方洲新概念 主编◎徐林

实用

错别字

修改大全

U0165167

华语教学出版社

图书在版编目（CIP）数据

实用错别字修改大全 / 徐林主编. — 2版. — 北京：
华语教学出版社, 2024.1

ISBN 978-7-5138-2578-8

Ⅰ.①实… Ⅱ.①徐… Ⅲ.①汉字—错别字—辨别
Ⅳ.①H124.1

中国国家版本馆CIP数据核字（2023）第255392号

实用错别字修改大全

出 版 人	王君校
主 　 编	徐 林
编 　 者	刘学强　曹明伟　车俊芳
责任编辑	王 丽
课程主讲	马朝霞
封面设计	柏拉图＋创意机构
版式设计	大恒工作室
排版制作	北京名人时代文化传媒中心
出 　 版	华语教学出版社
社 　 址	北京西城区百万庄大街24号
邮政编码	100037
电 　 话	（010）68995871
传 　 真	（010）68326333
网 　 址	www.sinolingua.com.cn
电子信箱	fxb@sinolingua.com.cn
印 　 刷	北京密兴印刷有限公司
经 　 销	全国新华书店
开 　 本	16开（787×1092）
字 　 数	261（千）　16.5印张
版 　 次	2020年12月第1版
	2024年1月第2版第1次印刷
标准书号	ISBN 978-7-5138-2578-8
定 　 价	36.80元

（图书如有印刷、装订错误，请与出版社发行部联系调换。联系电话：010-68995871、010-68996820）

前　言

　　语言是人类最重要的交流工具，也是人类传递思想的工具。随着社会的发展，多元文化和多种传播媒介的出现，尤其是互联网的全覆盖，人们在日常生活乃至书面用语中语言运用不规范的问题日益凸显。错字及病句时有出现，甚至出现了许多生造词、简化用语、网络语言等杂糅乱用等现象，严重干扰了学生对规范化汉语的认识与学习。为此，我们专门编写了《实用错别字修改大全》一书，旨在帮助学生增强发现错字错词并进行修改的能力，进而提高学生对规范汉字、词语的使用能力。

　　★章节体系清晰、实用

　　本书分为6个部分。

　　第一章从理论上介绍了错别字的基础知识，系统地介绍了"什么是错别字""为什么会出现错别字""如何避免读错字音"以及"怎样避免写错别字"。

　　第二章整理汇编了常见的易读错的词和成语，对照标记相关字的正确读音和错误读音，有助于学生识别错误读音。

　　第三章整理汇编了常见的易写错的词和成语，对照标记正确词语与错误词语的书写，并对词语的释义进行了分析，以帮助学生理解词义、区分正误、准确书写。

　　第四章详细介绍了常见的易混易错字词和成语的辨析与使用，主要涉及同音字、同义词、近义词的辨析，从读音、字形、字义上进行细致区分，帮助学生全方位掌握这类字词的运用。

　　第五章通过"基础"和"提高"两个层次的综合训练，由易到难，让学生在试题练习中自测自查，逐级提高发现并修改错别字的能力。

附录部分从知识性和趣味性角度出发，罗列了"易读错的姓氏""易读错的地名"，结合生活实际，拓展学生的知识范围。

★ 内容编排亮点突出

1. 知识全面，归纳系统

汉字数量庞大，易出现错别字，本书在综合各类考题和生活实践的基础上，筛选并归纳整理了常见的易读错、易写错的字、词和成语，并以分栏表格的形式对照呈现，系统地将主要知识点一网打尽，知识全面系统，"一书在手，知识全有"。

2. 分类详解，要点明确

本书分类详细，不仅从字、词及成语角度进行分类辨析，而且涉及同音字、形近字、同义词、近义词等不同类型的字词的考查与辨析，基本囊括了易考的字词题型类别，帮助学生夯实字词基础，也为提高修改病句、阅读与写作能力奠定了基础。在辨析过程中，本书讲解细致、准确、到位，精准定位易错易混字词的读音、字形和字义上的区别，让学生迅速找到错误原因。

3. 讲练结合，重视实践

除了积累和记忆之外，本书尤其注重学生的练习实践，通过适当的专门的练习让学生夯实基础，强化基础知识的记忆，快速定位错别字。本书第二至四章在每一节后面，设置了"小试身手"栏目让学生进行练习，当堂检验学习效果，做到讲练结合，温故知新。第五章综合训练旨在通过丰富多样的考查题型，由易到难、逐级检验学生对知识点的掌握程度。

本书由一线优秀教师精心研究、精选资料和搜集各类经典考题编写而成，在编写过程中也得到了一些专家的指导，在此我们表示诚挚的谢意。我们恳切希望广大读者对本书中存在的不足给予批评指正，以便我们对本书进一步完善和修订。我们深信本书会成为广大读者的良师益友。

编　者

2020年12月

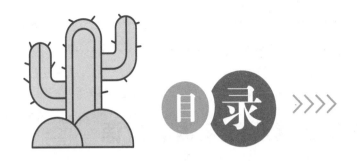

目 录 >>>>

第四章　辨析易错易混的字词和成语

第五章　错别字综合训练

附　录

第一章

关于错别字

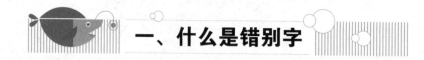

一、什么是错别字

错别字，顾名思义是指错字和别字。

错字是因笔画、偏旁或部首写的不对，或增减笔画导致不正确的字。如"期末"写成"期未"，"末"和"未"在书写上笔画有误；"安详"写成"安祥"，"详"和"祥"在偏旁上区分不清。

别字就是误用了形体相近、字音相同或相近，但意思不同的字，即张冠李戴。如"按部就班"容易写错为"按部就搬"，这个词语的意思是写文章时篇章结构安排得体，用字造句合乎规范；后来引申为照章办事，依次进行，不逾格；也指按老规矩办事，缺乏创新精神。这里的"班"是"门类、次序"的意思，"搬"则是"移动、迁移"的意思。

不管是错字还是别字，我们都要尽量避免，因此我们应该认真学习，仔细区分字形，掌握字义，这样才能正确书写每一个汉字。

二、为什么会出现错别字

文章中错别字的出现，不但影响意思的正确表达，浪费我们的时间和精力，还直接阻碍我们书面表达能力的提高。为什么会出现错别字呢？下面我们就对错别字出现的原因进行分析归纳。

1. 因字形相似造成的错别字

许多汉字之间有相似的部分，这些形体相近、结构只有细微差别的字，即形近字，书写时很容易因笔画多一笔或少一笔、偏旁混淆、随意改变部件等原因形成错别字。

（1）增减笔画。如：把"步、弋、候"写成"歩、戈、侯"。

（2）混淆偏旁。如：把"练习、扬眉"写成"炼习、杨眉"。

（3）错写部件。如：把"岭、抢"写成"苓、抢"。

2. 因字音相同造成的错别字

有些字的读音相同或相近，但字形并不相似，书写时却极易用错。

（1）同音字混淆。如把"刻苦"的"刻"写成"克"，"长久"的"长"写成"常"，"迫不及待"的"及"写成"急"，"部署"的"部"写成"布"。

（2）同音近义字混淆。如把"联系"写成"连系"，"反省"写成"反醒"。这类汉字只要掌握字义，使用时就不会出现错误。

3. 因字形、字音都相近造成的错别字

有些字形相近、字音相同或相近的字，辨析起来有一定困难，书写时就很容易出现错误。写错的原因是没有掌握这类字的意思。如"辩论"的"辩"容易写错为"辨"。"辩论"的"辩"中间是言字旁，表示用言语来说明见解或主张；"辨"中间是丶点一撇，意思是根据不同事物的特点，在认识上加以区别。看清这类字的字形，掌握它们的意思，书写时就会得心应手。

4. 因不知出处造成的错别字

有一部分词语、成语是有历史渊源的，它们是约定俗成的，不能随意更改。如果不知出处，不理解它们的内涵，就容易写错。如"世外桃源"常误写为"世外桃园"。追溯起来，这个词语出自晋代陶渊明的《桃花源记》，这里的"源"指源头、事物的根由，是指一个地方，比喻理想中的环境幽静、不受外界干扰、生活安逸的地方。整个词语的意思是借指不受外界影响的地方或幻想中的安乐美好的世界。

三、如何避免读错字音

就汉字本身来说，现代汉语中近音、多音的字太多，比较容易混淆。就我们自身来说，随着识字量日渐增多，日积月累，有些记忆不清、模棱两可的字词就会积压成堆，很容易读错。另外，方言的发音也对读准字音有影响。就使用环境来说，电视、网络上的广告字词误用，也会对人产生误导。那我们怎样才能避免读错字呢？

1. 注意辨析多音字的读音

多音字就是一个字有两个或两个以上的读音，不同的读音表义不同，用法不同，词性也往往不同。如何避免因多音而读错字音的现象呢？

（1）依据词性判断读音。如多音字"刹"，作名词时读"chà"，如"刹那""古刹"；作动词时读"shā"，如"刹车""刹住"。

（2）依据字义判断读音。如多音字"角"，意思是"角色"时，组词"主角""名角"，读"jué"；意思是"牛、羊、鹿等头上长出的坚硬的东西"或"形状像角的地方"时，组词"牛角""角落"，读"jiǎo"。

（3）依据语体色彩辨析。有的字还有"读书音"和"口语音"的区别。一般"读书音"用于书面语言，"口语音"用于口头语言。如"血"字在一些成语或医学用语中读"xuè"，也就是书面语，组词有"血债要用血来还"（书面语），"呕心沥血"（成语）、"血压"（医学用语）；在口语中读"xiě"，组词有"流血""血淋淋"等。

2. 注意看清形近字的差别

汉字里有许多字形相近的字，它们的差别很小，有的一笔不同，有的局部不同，有的多一点或少一点，有的长一些或短一些，如"土"与"士"、"今"与"令"、"狠"与"恨"等，不少人容易将这些形近字读错。因此，在认读汉字时要辨认准字形，分清字形之间的细微差别。

3. 注意词语变调的情况

读词语时，因两个音节连读而影响其中某个字的声调发生变化的情况叫作变调。如读"鼓掌（gǔ zhǎng）"时，"鼓"字本来是三声而变调读成了二声。这是汉语中的特殊情况，不属于错读，但注音时还要写字的原调。这类变读词并不多，平时注意积累，就不容易出错。

四、怎样避免写错别字

1. 读准字音

有些汉字字形相同或相近，但读音不同，很容易混淆。如果我们在平时的学习中大声朗读，读准字音，养成良好的朗读习惯，就可以凭借字音把它们区分开来。

2. 辨清字形

汉字绝大多数是形声字，形声字声旁表音，形旁表意。我们只要认清偏旁部首和字的结构，就可以根据汉字的形旁辨析汉字。如用"木"作部首的字，一般都和树木有关；用"禾"作部首的字，一般都与庄稼有关；用"手（扌）"作部首的字，一般都与手或动作有关。

3. 以义辨字

正确理解字义也能在一定程度上保证汉字的正确书写。如果明白了易混字的意思，就能有效地避免写错别字。如把"颗粒归仓"错写为"棵粒归仓"，这是对"颗"和"棵"的字义没有掌握好导致的。"颗"指小而圆的东西，如"一颗米粒"，粮食是粒状的，故用"颗"；而"棵"指植物的数量、大小，如"一棵树"。

4. 理解记忆

小学常用字除了形声字外，还有少部分是象形字、指事字、会意字。这些字结构复杂，分解字形，理解记忆，有助于我们记住字形。如"攀"字：上面两个"木"代表"树木"，中间两个"乂"代表树枝，山上什么都没有，只有两棵树，要想上山，只能用大手抓住树枝往上爬。这样就记忆深刻，不容易出错了。

5. 口诀辨字

我们可以借助一些口诀来辅助识字记字，加深印象。如记"己、已、巳"

时，可以记为"已半，巳满，不出己"；记"噪、燥、躁、澡"时，可以记为"乱喊乱叫有噪声，乱发脾气是急躁，身体脏了要洗澡，天不下雨地干燥"；记"渴、喝"时，可以记为"渴时需要一口喝，有水方解渴，用口才能喝"。

6. 追根溯源

有些汉字的字形有着特殊的意义，了解它们形成的源头，可以避免写错别字。有些人经常误写误用"在"和"再"。追溯来看，"在"原本表示草木初生在土上，是存活、生存、存在的意思，是一个介词；"再"是会意字，原本的字形像两部分木材架起的样子，本义是第二次，是一个副词。比如，我们说"再见"，是下一次见的意思。汉语中还有一些词语、成语是有一定的渊源的，如历史故事、神话传说、寓言故事等。了解词语的源头，也能避免写错别字。如"缘木求鱼"出自《孟子·梁惠王上》："以若所为，求若所欲，犹缘木而求鱼也。"意思是爬到树上去找鱼。比喻方向或办法不对头，不可能达到目的。其中"缘"字是爬的意思。

7. 勤用字典

人常说"字典是不会说话的老师"，在平时的学习中，遇到不认识的字、不好把握的字，要及时查字典，养成查字典的好习惯，这对我们学习汉字有很大的帮助。

第二章

易读错的词和成语

一、易读错的词

A

	正确	错误
挨饿	ái	āi
白皑皑	ái	ǎi
和蔼	ǎi	ài
狭隘	ài	yì
熟谙	ān	yīn
盎然	àng	áng
熬菜	āo	áo
鏖战	áo	lù
拗断	ǎo	ào
拗口令	ào	ǎo

B

	正确	错误
扳平	bān	bǎn
炮羊肉	bāo	pào
剥皮	bāo	bō
薄饼	báo	bó
烘焙	bèi	péi
蓓蕾	bèi lěi	péi léi
投奔	bèn	bēn

绷紧	bēng	běng
迸发	bèng	bìng
匕首	bǐ	bì
包庇	bì	pì
麻痹	bì	pì
复辟	bì	pì
秘鲁	bì	mì
针砭	biān	biǎn
蝙蝠	biān	biǎn
蹩脚	bié	biè
濒临	bīn	pín
屏气	bǐng	píng
摒弃	bìng	bǐng
剥削	bō	bāo
波涛	bō	pō
停泊	bó	pō
淡薄	bó	báo
哺育	bǔ	pǔ

C

	正确	错误
粗糙	cāo	zào
嘈杂	cáo	cāo

参差	cēn cī	cān chā	凄怆	chuàng	chuāng
差错	chā	chà	啜泣	chuò	zhuì
搽粉	chá	cā	辍学	chuò	zhuì
刹那	chà	shà	瑕疵	cī	zī
差遣	chāi	chā	伺候	cì	sì
谄媚	chǎn	xiàn	烟囱	cōng	chōng
忏悔	chàn	qiàn	从容	cóng	cōng
羼杂	chàn	chán	淙淙	cóng	zōng
徜徉	cháng	tǎng	璀璨	cuǐ	cuī
偿还	cháng	chǎng	忖度	cǔn duó	cùn dù
绰起	chāo	chuó	蹉跎	cuō tuó	chā tā
对称	chèn	chèng	痤疮	cuó	zuò
乘机	chéng	chèng	挫折	cuò	cuō
惩罚	chéng	chěng			
驰骋	chěng	pìn			

鞭笞	chī	tà
踟蹰	chí chú	zhī zhú
奢侈	chǐ	chì
整饬	chì	shì
炽热	chì	zhì
不啻	chì	dì
憧憬	chōng	chóng
惆怅	chóu	zhōu
踌躇	chóu chú	shòu zhú
处罚	chǔ	chù
黜免	chù	chuò
揣摩	chuǎi	chuāi
椽子	chuán	yuán
创伤	chuāng	chuàng

	正确	错误
答应	dā	dá
呆板	dāi	ái
傣族	dǎi	tài
逮老鼠	dǎi	děi
逮捕	dài	dǎi
档案	dàng	dǎng
追悼	dào	diào
提防	dī	tí
缔造	dì	tì
掂量	diān	diàn
踮脚	diǎn	diàn
玷污	diàn	zhān

装订	dìng	dīng
订正	dìng	dīng
恫吓	dòng hè	kǒng xià
陡峭	dǒu	tú
兑换	duì	tuì
踱步	duó	dù

	正确	错误
阿谀	ē	ā
婀娜	ē nuó	ā nà
扼要	è	é
遏制	è	yè
摁门铃	èn	àn

	正确	错误
藩国	fān	pān
菲薄	fěi	fēi
沸点	fèi	fú
氛围	fēn	fèn
仿佛	fú	fó
凫水	fú	wù
涪陵	fú	péi
篇幅	fú	fù
果脯	fǔ	pǔ

	正确	错误
准噶尔	gá	gē
横亘	gèn	gèng
脖颈子	gěng	jǐng
供给	gōng jǐ	gòng gěi
供认	gòng	gōng
佝偻	gōu lóu	jù lǒu
勾当	gòu	gōu
诟病	gòu	hòu
花骨朵儿	gū	gǔ
骨气	gǔ	gú
蛊惑	gǔ	zhōng
商贾	gǔ	jiǎ
桎梏	gù	gào
纶巾	guān	lún
粗犷	guǎng	kuàng
皈依	guī	bān
瑰丽	guī	guì
刽子手	guì	kuài
聒噪	guō	kuò

	正确	错误
哈达	hǎ	hā
尸骸	hái	gǔ
蒿蒿	hāo	gāo

	正确	错误
干涸	hé	gù
上颌	hé	é
喝彩	hè	hē
负荷	hè	hé
附和	hè	hé
蛮横	hèng	héng
横财	hèng	héng
哄抢	hōng	hòng
内讧	hòng	gàng
华山	huà	huá
脚踝	huái	kē
齐桓公	huán	héng
豢养	huàn	juàn
阴晦	huì	méi
污秽	huì	suì
教诲	huì	huǐ
混淆	hùn xiáo	hǔn yáo
和泥	huó	huò
豁达	huò	huō

	正确	错误
茶几	jī	jǐ
畸形	jī	qí
羁绊	jī	lè
跻身	jī	qī
通缉令	jī	jí
汲取	jí	jī

	正确	错误
即使	jí	jì
嫉妒	jí	jì
棘手	jí	cì
贫瘠	jí	jǐ
狼藉	jí	jī
脊梁	jǐ	jí
给予	jǐ yǔ	gěi yù
觊觎	jì	kǎi
成绩	jì	jī
事迹	jì	jī
雪茄	jiā	qié
信笺	jiān	jiàn
歼灭	jiān	qiān
缄默	jiān	xián
眼睑	jiǎn	liǎn
间断	jiàn	jiān
缴纳	jiǎo	jiāo
校对	jiào	xiào
结冰	jié	jiē
反诘	jié	jí
拮据	jié	jí
攻讦	jié	jiān
桔梗	jié	jú
押解	jiè	jiě
球茎	jīng	jìng
长颈鹿	jǐng	jìng
劲敌	jìng	jìn
痉挛	jìng	jīng
针灸	jiǔ	jiū

韭菜	jiǔ	fēi
内疚	jiù	jiū
狙击	jū	qiě
矩形	jǔ	jù
沮丧	jǔ	qiě
咀嚼	jǔ jué	zǔ jiáo
龃龉	jǔ yǔ	qú wǔ
镌刻	juān	juàn
隽永	juàn	juān
羊圈	juàn	quān
角色	jué	jiǎo
倔强	jué	juè
崛起	jué	qū
猖獗	jué	què
诡谲	jué	jú
攫取	jué	zhuàn
矍铄	jué shuò	qú lè
细菌	jūn	jǔn
龟裂	jūn	guī

	正确	错误
咯痰	kǎ	ké
愤慨	kǎi	gài
犒赏	kào	gào
坎坷	kě	kē
恪守	kè	què
可汗	kè hán	kě hàn

倥偬	kǒng zǒng	kōng cōng
会计	kuài	huì
窥探	kuī	guī
傀儡	kuǐ	kuí
喟叹	kuì	wèi

	正确	错误
邋遢	lā ta	lē tè
唠叨	láo	lāo
落枕	lào	luò
奶酪	lào	luò
勒索	lè	lē
勒紧	lēi	lè
擂鼓	léi	lèi
羸弱	léi	yíng
擂台	lèi	léi
罹难	lí	luó
潋滟	liàn	liǎn
量杯	liáng	liàng
撩水	liāo	liáo
撩拨	liáo	liāo
寂寥	liáo	liào
趔趄	liè	liě
恶劣	liè	luè
雕镂	lòu	lóu
贿赂	lù	gè
棕榈	lú	lǚ

掠夺 　　lüè　　lüě

M

	正确	错误
抹布	mā	mǒ
阴霾	mái	lí
埋怨	mán	mái
耄耋	mào dié	máo zhì
联袂	mèi	jué
闷热	mēn	mèn
愤懑	mèn	mǎn
蒙骗	mēng	méng
靡费	mí	fēi
静谧	mì	bì
分娩	miǎn	mǐn
藐视	miǎo	mào
荒谬	miù	miǎo
脉脉	mò	mài
牟取	móu	mōu
模样	mú	mó

N

	正确	错误
按捺	nà	nài
羞赧	nǎn	hè
泥淖	nào	zhào
木讷	nè	nà
气馁	něi	tuǒ

拟人	nǐ	sì
隐匿	nì	ruò
拘泥	nì	ní
亲昵	nì	nī
凝视	níng	yí
泥泞	nìng	níng
忸怩	niǔ ní	niù nì
执拗	niù	yòu
驽马	nú	nù

P

	正确	错误
扒手	pá	bā
迫击炮	pǎi	pò
澎湃	pài	bài
蹒跚	pán	mán
滂沱	pāng	páng
彷徨	páng	fáng
炮制	páo	pào
胚胎	pēi	pī
抨击	pēng	píng
纰漏	pī	pí
毗邻	pí	bǐ
癖好	pǐ	pì
媲美	pì	bì
扁舟	piān	biǎn
剽窃	piāo	piáo
饿殍	piǎo	fú

乒乓球	pīng pāng	bīng bāng
湖泊	pō	bó
糟粕	pò	pō
解剖	pōu	pāo
奴仆	pú	pū
璞玉	pú	pǔ
匍匐	pú	fǔ
瀑布	pù	pò

	正确	错误
蹊跷	qī qiao	xī qiǎo
祈祷	qí	qī
颀长	qí	xīn
歧途	qí	zhī
绮丽	qǐ	qí
修葺	qì	róng
休憩	qì	xī
关卡	qiǎ	kǎ
悭吝	qiān	jiān
掮客	qián	jiān
虔诚	qián	qiān
天堑	qiàn	zàn
戕害	qiāng	zhuāng
强迫	qiǎng	qiáng
襁褓	qiǎng	qiáng
讥诮	qiào	xiāo
怯懦	qiè	qüè

惬意	qiè	xiá
衾枕	qīn	jīn
引擎	qíng	qín
亲家	qìng	qīn
曲折	qū	qǔ
祛除	qū	qüè
黢黑	qū	jùn
清癯	qú	zhái
瞿塘峡	qú	zhái
龋齿	qǔ	qú
债券	quàn	juàn
商榷	què	hè
逡巡	qūn	suō
麇集	qún	mí

	正确	错误
围绕	rào	rǎo
稔知	rěn	niàn
荏苒	rěn rǎn	rén rán
仍然	réng	rēng
冗长	rǒng	ròng

S

	正确	错误
缫丝	sāo	cháo
稼穑	sè	qiáng
堵塞	sè	sāi

	正确	错误
刹车	shā	shà
芟除	shān	mò
禅让	shàn	chán
讪笑	shàn	shān
赡养	shàn	zhān
折本	shé	zhé
慑服	shè	niè
妊娠	shēn	chēn
狩猎	shòu	shǒu
倏忽	shū	tiáo
刷白	shuà	shuā
游说	shuì	shuō
吸吮	shǔn	rǔn
怂恿	sǒng	cóng
塑料	sù	suò
簌簌	sù	shù
虽然	suī	suí
婆娑	suō	shā

	正确	错误
趿拉	tā	jí
蛋挞	tà	tǎ
鞭挞	tà	dá
倜傥	tǎng	dǎng
叨扰	tāo	dāo
熏陶	táo	tāo
体己	tī	tǐ

	正确	错误
孝悌	tì	dì
殄灭	tiǎn	zhēng
轻佻	tiāo	tiǎo
调皮	tiáo	tiǎo
妥帖	tiē	tiě
请帖	tiě	tiē
字帖	tiè	tiě
恸哭	tòng	dòng
湍急	tuān	chuǎn
颓废	tuí	tū
蜕化	tuì	duì
囤积	tún	dūn

	正确	错误
纨绔	wán kù	zhí kuā
逶迤	wēi yí	wěi tuō
违反	wéi	wěi
崔嵬	wéi	guǐ
斡旋	wò	wō
龌龊	wò chuò	wū cù

	正确	错误
膝盖	xī	qī
檄文	xí	jī
狡黠	xiá	jí
纤维	xiān	qiān

翩跹	xiān	qiān
心弦	xián	xuán
鲜见	xiǎn	xiān
肖像	xiào	xiāo
采撷	xié	jí
纸屑	xiè	xuè
机械	xiè	jiè
省亲	xǐng	shěng
不朽	xiǔ	qiǎo
星宿	xiù	sù
自诩	xǔ	yǔ
抚恤	xù	xuè
酗酒	xù	xiōng
煦暖	xù	xī
炫耀	xuàn	xuán
洞穴	xué	xuè
戏谑	xuè	nuè
驯服	xùn	xún

	正确	错误
倾轧	yà	zhā
殷红	yān	yīn
湮没	yān	miè
筵席	yán	yàn
河沿	yán	yàn
赝品	yàn	yīng
佯装	yáng	xiáng

窈窕	yǎo	yáo
揶揄	yé	yē
陶冶	yě	zhì
呜咽	yè	yàn
摇曳	yè	gē
拜谒	yè	è
笑靥	yè	yàn
颐和园	yí	yì
迤逦	yǐ	yě
旖旎	yǐ	qí
游弋	yì	gē
后裔	yì	shāng
造诣	yì	zhǐ
友谊	yì	yí
肄业	yì	sì
荫凉	yìn	yīn
应届	yīng	yìng
应承	yìng	yīng
黝黑	yǒu	yōu
园囿	yòu	yǒu
迂回	yū	yú
逾越	yú	yù
舆论	yú	xīng
伛偻	yǔ lǚ	qū lǒu
参与	yù	yǔ
驾驭	yù	nú
熨帖	yù	yùn
头晕	yūn	hūn
允许	yǔn	rǔn

日晕	yùn	yūn
晕船	yùn	yūn
酝酿	yùn	yún

Z

	正确	错误
扎小辫	zā	zhā
咂舌	zā	zà
登载	zǎi	zài
载重	zài	zǎi
暂时	zàn	zǎn
臧否	zāng	cáng
宝藏	zàng	cáng
确凿	záo	yè
谮言	zèn	jiān
憎恶	zēng	zèng
赠送	zèng	zēng
驻扎	zhā	zhá
咋呼	zhā	zhà
挣扎	zhá	zhā
札记	zhá	zhā
择菜	zhái	zé
占卜	zhān	zhàn
栈道	zhàn	jiàn
破绽	zhàn	dìng
精湛	zhàn	shèn
高涨	zhǎng	zhàng

召开	zhào	zhāo
蛰伏	zhé	zhē
贬谪	zhé	dí
铁砧	zhēn	zhàn
箴言	zhēn	jiān
缜密	zhěn	shèn
赈灾	zhèn	chén
症结	zhēng	zhèng
拯救	zhěng	chén
挣脱	zhèng	zhēng
脂肪	zhī	zhǐ
踯躅	zhí zhú	zhèng zhuó
对峙	zhì	shì
中听	zhōng	zhòng
中肯	zhòng	zhōng
胡诌	zhōu	zōu
压轴	zhòu	zhóu
贮藏	zhù	chǔ
谆谆	zhūn	chūn
灼热	zhuó	sháo
卓越	zhuó	zhuō
啄木鸟	zhuó	zhuō
着陆	zhuó	zháo
恣意	zì	zī
浸渍	zì	zé
作坊	zuō	zuò
柞蚕	zuò	zhà

小试身手

一、请在括号里给下列加点的字注音（读轻声的要标出声调）。

馄饨（　　　）	轻佻（　　　）	处理（　　　）
订正（　　　）	愤懑（　　　）	当铺（　　　）
薅草（　　　）	溃烂（　　　）	起哄（　　　）
眼睑（　　　）	靓妆（　　　）	规矩（　　　）
脊梁（　　　）	落枕（　　　）	牵强（　　　）
喷香（　　　）	剖析（　　　）	济南（　　　）
氛围（　　　）	媲美（　　　）	鲜有（　　　）
胴体（　　　）	配角（　　　）	缔造（　　　）
砒霜（　　　）	匕首（　　　）	粗犷（　　　）
针灸（　　　）	箴言（　　　）	肆虐（　　　）
哨卡（　　　）	禅让（　　　）	问鼎（　　　）
联袂（　　　）	吱声（　　　）	场面（　　　）
炽热（　　　）	龋齿（　　　）	量子（　　　）
沮丧（　　　）	悲恸（　　　）	驰骋（　　　）
发酵（　　　）	哺育（　　　）	游弋（　　　）
薄荷（　　　）	参与（　　　）	乘机（　　　）

二、给下列容易读错的字选择正确的读音。

姿（zhī zī）势　　　　滂（pāng páng）沱　　　　颤（chàn zhàn）抖

婀（ā ē）娜　　　　落（luò lào）价　　　　鞭挞（tà dà）

试（shì shí）验　　　　创（chuàng chuāng）伤　　　　富饶（ráo rǎo）

绮（qǐ yǐ）丽　　　　栖（xī qī）息　　　　粗糙（zāo cāo）

虽（suī suí）然　　遮（zhē zhé）蔽　　皮肤（fū fǔ）

向（xiǎng xiàng）导　　立即（jí jì）　　仍（rēng réng）然

竭（jiē jié）力　　傍（bāng bàng）晚　　潜（qián qiǎn）力

咆哮（xiāo xiào）　　藐（mǎo miǎo）视　　似（shì sì）乎

模（mó mú）样　　屏（bǐng píng）息　　为（wèi wéi）难

大厦（shà xià）　　歼（qiān jiān）灭　　匣（jiá xiá）子

沏（qī qiè）茶　　暂（zàn zhàn）时　　供（gōng gòng）应

静寂（jì jī）　　和蔼（ài ǎi）　　迸（bèng bìng）发

骨（gǔ gú）气　　沸（fú fèi）点　　祈（qí qī）祷

羊圈（juàn quān）

三、给下列多音字注音并组词。

1. 空　（　　　）＿＿＿＿＿＿
　　　（　　　）＿＿＿＿＿＿

2. 攒　（　　　）＿＿＿＿＿＿
　　　（　　　）＿＿＿＿＿＿

3. 脯　（　　　）＿＿＿＿＿＿
　　　（　　　）＿＿＿＿＿＿

4. 卷　（　　　）＿＿＿＿＿＿
　　　（　　　）＿＿＿＿＿＿

5. 屏　（　　　）＿＿＿＿＿＿
　　　（　　　）＿＿＿＿＿＿

6. 会　（　　　）＿＿＿＿＿＿
　　　（　　　）＿＿＿＿＿＿

7. 佛　（　　　）＿＿＿＿＿＿
　　　（　　　）＿＿＿＿＿＿

8. 还　（　　　）＿＿＿＿＿＿
　　　（　　　）＿＿＿＿＿＿

9. 盛 {
（　　　　）＿＿＿＿＿＿＿
（　　　　）＿＿＿＿＿＿＿
}
　　　　　　　10. 泊 {
（　　　　）＿＿＿＿＿＿＿
（　　　　）＿＿＿＿＿＿＿
}

四、选择正确的答案，把序号写在括号里。

1. 读音不正确的一项是（　　　　）。

A. 绿林　lù lín　　　　　　B. 鼎盛　dǐng shèng

C. 模样　mó yàng　　　　　D. 休憩　xiū qì

2. 句中加点的字注音有错的一项是（　　　　）。

A. 杨树，你没有婆娑（suō）的姿态，没有屈曲盘旋的虬枝

B. 燕山运动是侏罗纪到白垩纪时期中国广泛发生的地壳（qiào）运动

C. 我用手抚它光滑的绒（róng）毛，它并不怕，反而友好地啄（zhuó）两下我
　　的手指

D. 一刹（shà）那，庞大的火箭笔直上升，隆隆巨响震得整个山谷抖（dǒu）动
　　起来

3. 下列加点字的注音不正确的一项是（　　　　）。

A. 急躁（cāo）　芬兰（fēn）　　　B. 灼伤（zhuó）　内外（nèi）

C. 适应（shì）　组词（zǔ）　　　　D. 文雅（yǎ）　亲吻（wěn）

4. 下列加点字注音完全正确的一项（　　　　）。

A. 要塞（sè）　拮据（jū）　　　　B. 分（fèn）外　绯（fēi）红

C. 畸（qí）形　倔强（jiàng）　　　D. 贮（zhù）藏　惬（xiá）意

5. 下面词语中加点字的注音有误的一项是（　　　　）。

A. 陶醉（zuì）　氛围（fèn）　　　B. 滑稽（jī）　拥护（yōng）

C. 颤抖（chàn）　隐秘（mì）　　　D. 罕见（hǎn）　搀扶（chān）

6. 下列句子中加点字的注音有错误的一项是（　　　　）。

A. 人类的智慧与大自然的智慧相比实在是相形见绌（zhuō），无论是令人厌
　　恶（wù）的苍蝇蚊子，还是美丽可人的鲜花绿草，都是大自然精巧绝伦的

艺术品

B. 我常常把手放在大地上，我会感到她在跳跃（yuè），和我的心的跳跃是一样的，它们的热血一直在流，在热情的默契（qì）里它们彼此呼唤，终有一天它们要汇合在一起

C. 这是某种令人惊骇（hài）而不知名的杰作，在不可名状的晨曦（xī）中依稀可见，宛如在欧洲文明的地平线上瞥见的亚洲文明的剪影

D. 峰环水抱的萨尔茨堡，高高低低的房屋鳞次栉（zhì）比，庄严肃（sù）穆的修道院坐落在绿树浓荫中

7. 下列句子中多音字的注音有错误的一项是（　　　）。

A. 这件事让他一宿（xiǔ）没睡，躺在宿（sù）舍的床上，他一直望着窗外的夜空，直到天上所有的星宿（xiù）隐去，也没有想出解决问题的办法

B. 那滑稽的表演引得围观的孩子哄（hōng）堂大笑，然后他挥鞭乱甩，又吓得大家一哄（hòng）而散

C. 这家超市采用薄（bó）利多销的方式来销售这种薄（bò）荷味的薄（báo）饼

D. 胳膊上戴着红袖章的老太太不断提（tí）醒旅客提（tí）防小偷扒窃

8. 下列各组词语中加点字的读音，与所给注音全都相同的一组是（　　　）。

A. 帖 tiē　　　妥帖　　　帖子　　　画帖　　　服帖

B. 畜 xù　　　畜产　　　畜牧　　　畜养　　　家畜

C. 创 chuàng　创作　　　创口　　　开创　　　创造

D. 乘 chéng　乘便　　　乘客　　　乘兴　　　乘势

参考答案

一、

tún　tiāo　chǔ　dìng　mèn　dàng　hāo　kuì　hòng　jiǎn　jìng　jǔ　jǐ　lào

qiǎng pèn pōu jǐ fēn pì xiǎn dòng jué dì pī bǐ guǎng jiǔ
zhēn nüè qiǎ shàn dǐng mèi zī chǎng chì qǔ liàng jǔ tòng
chěng jiào bǔ yì bò yù chéng

二、

zī pāng chàn ē lào tà shì chuāng ráo qǐ qī cāo suī zhē fū
xiàng jí réng jié bàng qián xiào miǎo sì mú bǐng wéi shà jiān
xiá qī zàn gōng jì ǎi bèng gǔ fèi qí juàn

三、

1. kōng 空军 kòng 空地　　　2. cuán 攒动 zǎn 积攒

3. pú 胸脯 fǔ 果脯　　　4. juàn 试卷 juǎn 卷尺

5. bǐng 屏息 píng 屏风　　　6. huì 会议 kuài 会计

7. fú 仿佛 fó 佛教　　　8. hái 还有 huán 归还

9. shèng 盛开 chéng 盛饭　　　10. bó 停泊 pō 湖泊

（组词答案不唯一）

四、

1. C。"模样"应读"mú yàng"。

2. D。"刹"应读"chà"。

3. A。"躁"应读"zào"。

4. B。A项中"塞"应读"sài"，C项中"畸"应读"jī"，D项中"惬"应读"qiè"。

5. A。"氛"应读"fēn"。

6. A。"绌"应读"chù"。

7. D。"提"有"tí、dī"两种读音，在"提防"一词中读"dī"，是"小心防备"的意思。

8. D。A项中"帖子"的"帖"读"tiě"，"画帖"的"帖"读"tiè"；B项中"家畜"的"畜"读"chù"；C项中"创口"的"创"读"chuāng"。

二、易读错的成语

B

	正确	错误
并行不悖	bèi	bó
图穷匕见	bǐ xiàn	bì jiàn
刚愎自用	bì	fù
奴颜婢膝	bì xī	bēi qī
分道扬镳	biāo	biān
妄自菲薄	bó	báo

C

	正确	错误
参差不齐	cēn cī	cān chā
差强人意	chā	chà
风驰电掣	chè	zhì
瞠目结舌	chēng	táng
嗤之以鼻	chī	chì
魑魅魍魉	chī mèi	lí wèi
忧心忡忡	chōng	zhōng
处心积虑	chǔ	chù
相形见绌	chù	zhuō
命途多舛	chuǎn	chuǎi
一蹴而就	cù	jiù

D

	正确	错误
百战不殆	dài	tái
殚精竭虑	dān	dàn
虎视眈眈	dān	chén
弹丸之地	dàn	tán
安步当车	dàng	dāng
长歌当哭	dàng	dāng
咄咄逼人	duō	chū
审时度势	duó	dù

E

	正确	错误
阿谀逢迎	ē	ā
怒不可遏	è	jié

G

	正确	错误
言简意赅	gāi	hái
大动干戈	gē	gě
觥筹交错	gōng	guāng

呱呱坠地	gū	guā
沽名钓誉	gū	gǔ
直言贾祸	gǔ	jiǎ

矫揉造作	jiǎo	jiāo
茕茕孑立	jié	zǐ
情不自禁	jīn	jìn
泾渭分明	jīng	jìng
以儆效尤	jǐng	jìng
疾风劲草	jìng	jìn
迥然不同	jiǒng	tóng
波谲云诡	jué guǐ	jú wēi

H

	正确	错误
引吭高歌	háng	kàng
沆瀣一气	hàng xiè	kàng fēi
一丘之貉	hé	hè
一唱一和	hè	hé
荷枪实弹	hè	hé
一哄而散	hòng	hōng
囫囵吞枣	hú	wù
飞扬跋扈	hù	yì
怙恶不悛	hù quān	gū jùn
衣锦还乡	huán	hái
病入膏肓	huāng	máng
诲人不倦	huì	huǐ
浑浑噩噩	hún	hūn

K

	正确	错误
同仇敌忾	kài	qì
溘然长逝	kè	hè
脍炙人口	kuài	huì
岿然不动	kuī	guī
功亏一篑	kuì	guì
喟然长叹	kuì	wèi

J

	正确	错误
窗明几净	jī	jǐ
自给自足	jǐ	gěi
济济一堂	jǐ	jì
汗流浃背	jiā	jiá
草菅人命	jiān	guǎn
挑拨离间	jiàn	jiān

L

	正确	错误
丢三落四	là	luò
果实累累	léi	lěi
罪行累累	lěi	léi
模棱两可	léng	líng
风声鹤唳	lì	quǎn
身陷囹圄	líng yǔ	lìng wú
绿林好汉	lù	lǜ
层峦叠嶂	luán	lán

满腹经纶　　　lún　　　　　lùn

M

	正确	错误
扪心自问	mén	mèn
弥天大罪	mí	ěr
所向披靡	mǐ	fēi
风靡一时	mǐ	mí
酩酊大醉	mǐng dǐng	míng dīng
蓦然回首	mò	mù
含情脉脉	mò	mài
大模大样	mú	mó

N

	正确	错误
排忧解难	nàn	nán
不屈不挠	náo	ráo
泥古不化	nì	ní
拈轻怕重	niān	niǎn
宁缺毋滥	nìng wú	níng wù
唯唯诺诺	nuò	ruò

P

	正确	错误
心宽体胖	pán	pàng
庖丁解牛	páo	bāo

如法炮制	páo	pào
蚍蜉撼树	pí	bǐ
否极泰来	pǐ	fǒu
独辟蹊径	pì xī	bì qī
大腹便便	pián	biàn
饿殍遍野	piǎo	fú
居心叵测	pǒ	bǒ
一抔黄土	póu	bēi
返璞归真	pú	pǔ
风尘仆仆	pú	pǔ
一曝十寒	pù	bào

Q

	正确	错误
牵强附会	qiǎng	qiáng
强人所难	qiǎng	qiáng
强词夺理	qiǎng	qiáng
翘首以待	qiáo	qiào
人中翘楚	qiáo	qiào
面面相觑	qù	jiàn
胜券在握	quàn	juàn

R

	正确	错误
耳濡目染	rú	xū
繁文缛节	rù	rǔ

	正确	错误
敷衍塞责	sè	sāi
茅塞顿开	sè	sài
莘莘学子	shēn	xīn
恃强凌弱	shì	chí
不可胜数	shǔ	shù
众口铄金	shuò	lè
扑朔迷离	shuò	sù
数见不鲜	shuò xiān	shǔ xiǎn
鬼鬼祟祟	suì	chōng

	正确	错误
一塌糊涂	tā tú	tà tū
恬不知耻	tián	tiǎn
暴殄天物	tiǎn	zhēn
铤而走险	tǐng	tíng
如火如荼	tú	chá
唾手可得	tuò	chuí

	正确	错误
虚与委蛇	wēi yí	wěi shé
为虎作伥	wèi	wéi
好高骛远	wù	máo

	正确	错误
屡见不鲜	xiān	xiǎn
弦外之音	xián	xuán
垂涎三尺	xián	yán
鲜为人知	xiǎn	xiān
相机行事	xiàng	xiāng
混淆是非	xiáo	yáo
惟妙惟肖	xiào	xiāo
浑身解数	xiè	jiě
不省人事	xǐng	shěng
乳臭未干	xiù	chòu
削足适履	xuē	xiāo
徇私舞弊	xùn	xún

		错误
揠苗助长	yà	yàn
偃旗息鼓	yǎn	yàn
气息奄奄	yǎn	yān
安然无恙	yàng	yáng
杳无音信	yǎo	miǎo
开门揖盗	yī	jí
甘之如饴	yí	tái
贻笑大方	yí	tái
自怨自艾	yì	ài
傲然屹立	yì	qǐ

苦心孤诣	yì	zhǐ
良莠不齐	yǒu	xiù
卖官鬻爵	yù	bì

	正确	错误
爱憎分明	zēng	zèng
叱咤风云	zhà	chà

教学相长	zhǎng	cháng
饮鸩止渴	zhèn	jiù
鳞次栉比	zhì	jié
博闻强识	zhì	shí
孤注一掷	zhì	zhèng
惴惴不安	zhuì	chuǎn
不着边际	zhuó	zháo
睚眦必报	zì	zī

一、请在括号里给下列加点的字注音。

无懈可击（　　　）　　自给自足（　　　）　　安然无恙（　　　）

暴殄天物（　　　）　　不可胜数（　　　）　　不屈不挠（　　　）

草菅人命（　　　）　　瞠目结舌（　　　）　　处心积虑（　　　）

窗明几净（　　　）　　垂涎三尺（　　　）　　参差不齐（　　　）

大腹便便（　　　）　　大模大样（　　　）　　殚精竭虑（　　　）

耳濡目染（　　　）　　饿殍遍野（　　　）　　返璞归真（　　　）

风驰电掣（　　　）　　风尘仆仆（　　　）　　风靡一时（　　　）

果实累累（　　　）　　甘之如饴（　　　）　　寡廉鲜耻（　　　）

含情脉脉（　　　）　　汗流浃背（　　　）　　沆瀣一气（　　　）

浑身解数（　　　）　　虎视眈眈（　　　）　　好高骛远（　　　）

济济一堂（　　　）　　矫揉造作（　　　）　　迥然不同（　　　）

苦心孤诣（　　　）　　脍炙人口（　　　）　　开门揖盗（　　　）

良莠不齐（　　　）　　绿林好汉（　　　）　　屡见不鲜（　　　）

扪心自问（　　　）　　命途多舛（　　　）　　满腹经纶（　　　）

弥天大罪（　　　）　　面面相觑（　　　）　　酩酊大醉（　　　）

乳臭未干（　　　）　　居心叵测（　　　）　　扑朔迷离（　　　）

二、下列成语中有的字被小强读错了，请找出来并改正。

泥古不化 ní gǔ bù huà　　　　　众口铄金 zhòng kǒu lè jīn

改正：＿＿＿＿＿＿　　　　　　　改正：＿＿＿＿＿＿

拈轻怕重 zhān qīng pà zhòng　　宁缺毋滥 níng quē wú làn

改正：＿＿＿＿＿＿　　　　　　　改正：＿＿＿＿＿＿

否极泰来 fǒu jí tài lái

改正：＿＿＿＿＿＿

气息奄奄 qì xī yān yān

改正：＿＿＿＿＿＿

牵强附会 qiān qiáng fù huì

改正：＿＿＿＿＿＿

趾高气扬 chǐ gāo qì yáng

改正：＿＿＿＿＿＿

情不自禁 qíng bù zì jìn

改正：＿＿＿＿＿＿

如法炮制 rú fǎ pào zhì

改正：＿＿＿＿＿＿

爱憎分明 ài zèng fēn míng

改正：＿＿＿＿＿＿

恣意妄为 zī yì wàng wéi

改正：＿＿＿＿＿＿

歃血为盟 chà xuè wéi méng

改正：＿＿＿＿＿＿

胜券在握 shèng juàn zài wò

改正：＿＿＿＿＿＿

恃强凌弱 chí qiáng líng ruò

改正：＿＿＿＿＿＿

惴惴不安 chuǎn chuǎn bù ān

改正：＿＿＿＿＿＿

挑拨离间 tiǎo bō lí jiān

改正：＿＿＿＿＿＿

自怨自艾 zì yuàn zì ài

改正：＿＿＿＿＿＿

同仇敌忾 tóng chóu dí qì

改正：＿＿＿＿＿＿

妄自菲薄 wàng zì fēi bó

改正：＿＿＿＿＿＿

三、用"√"画出下列加点字的正确读音。

一抔黄土	póu	bēi	沐风栉雨	jié	zhì
惟妙惟肖	qiào	xiào	杳无音信	yǎo	chá
强人所难	qiáng	qiǎng	莘莘学子	shēn	xīn
奴颜婢膝	qī	xī	铤而走险	tíng	tǐng
苦心孤诣	yì	zhǐ	恬不知耻	tián	shé
顿开茅塞	sài	sè	咄咄逼人	chū	duō
引吭高歌	háng	kàng	图穷匕见	xiàn	jiàn
饮鸩止渴	jiù	zhèn	丢三落四	là	luò
如火如荼	chá	tú	独辟蹊径	pì	bì

垂涎三尺	xián	yán		好高骛远	wù	mǎ
乳臭未干	xiù	chòu		混淆是非	jiáo	xiáo
一蹴而就	cù	jiù		草菅人命	guǎn	jiān
忍俊不禁	jīn	jìn		贻笑大方	yí	tái
病入膏肓	huāng	máng		刚愎自用	fù	bì
风声鹤唳	lì	quǎn		为虎作伥	wèi	wéi
纨绔子弟	zhí	wán		虚与委蛇	wěi	wēi
相形见绌	zhuō	chù		相机行事	xiàng	xiāng
睚眦必报	cǐ	zì		一唱一和	hé	hè
以儆效尤	jǐng	jìng		大模大样	mó	mú

四、选择正确的答案，把序号写在括号里。

1. 下列词语中加点字的读音正确的一项是（   ）。

A. 苦心孤诣（zhì）　　　　　B. 含英咀（qiè）华

C. 颠沛（pài）流离　　　　　D. 恬（tián）不知耻

2. 下列成语中加点字读音有误的一项是（   ）。

A. 抑扬顿挫（yì）　　　　　B. 昂首东望（yáng）

C. 毕恭毕敬（bì）　　　　　D. 如痴如醉（chī）

3. 下列词语中加点字读音有误的一项是（   ）。

A. 不可计数（shù）　　　　　B. 不落窠（kē）臼

C. 不翼（yì）而飞　　　　　D. 杳（yǎo）无音信

4. 下列词语中加点字读音有误的一项是（   ）。

A. 狂风怒号（háo）　　　　　B. 毫不可惜（háo）

C. 悄无声息（qiāo）　　　　　D. 气急败坏（bài）

5. 下列词语中加点字读音有误的一项是（   ）。

A. 宏伟建筑（hóng）　　　　　B. 震天动地（zhèn）

C. 排山倒海（dào）　　　　　D. 隆隆作响（lóng）

6. 下列词语中加点字读音正确的一项是（　　　　）。

　　A. 人影绰绰（cuó）　　　　　　B. 脱鞋挽（miǎn）裤

　　C. 潜（qiǎn）龙腾渊　　　　　　D. 百兽震惶（huáng）

7. 下列词语中加点字读音有误的一项是（　　　　）。

　　A. 应（yīng）运而生　　　　　　B. 沁（qìn）人肺腑

　　C. 概不赊（shē）账　　　　　　　D. 蛊（gǔ）惑人心

8. 下列词语中加点字的读音正确的一项是（　　　　）。

　　A. 人声鼎沸（dīng）　　　　　　B. 气喘吁吁（yū）

　　C. 成群结队（jié）　　　　　　　D. 玲珑剔透（tì）

9. 下列词语中加点字的读音有误的一项是（　　　　）。

　　A. 悄（qiǎo）然无声　　　　　　B. 兴（xìng）奋不已

　　C. 锲（qiè）而不舍　　　　　　　D. 猝（cù）不及防

10. 下列词语中加点字的读音正确的一项是（　　　　）。

　　A. 难以辨认（bàn）　　　　　　B. 饮鸩止渴（jiù）

　　C. 鲜为人知（xiān）　　　　　　D. 沐风栉雨（zhì）

参考答案

一、

xiè jǐ yàng tiǎn shǔ náo jiān chēng chǔ jī xián cēn pián mú
dān rú piǎo pú chè pú mǐ léi yí xiǎn mò jiā hàng xiè dān
wù jǐ jiǎo jiǒng yì kuài yī yǒu lù xiān mén chuán lún mí qù
mǐng xiù pǒ shuò

二、

ní（nì）　　lè（shuò）　　zhān（niān）　　níng（nìng）　　fǒu（pǐ）
yān yān（yǎn yǎn）　　qiáng（qiǎng）　　chǐ（zhǐ）　　jìn（jīn）　　pào（páo）

zèng（zēng）　zī（zì）　chà（shà）　juàn（quàn）　chí（shì）

chuǎn chuǎn（zhuì zhuì）　jiān（jiàn）　ài（yì）　qì（kài）　fēi（fěi）

三、

póu zhì xiào yǎo qiǎng shēn xī tǐng yì tián sè duō háng xiàn zhèn là tú pì xián wù xiù xiáo cù jiān jīn yí huāng bì lì wèi wán wēi chù xiàng zì hè jǐng mú

四、

1. D。A项中"诣"应读"yì"，B项中"咀"应读"jǔ"，C项中"沛"应读"pèi"。

2. B。"昂"应读"áng"。

3. A。A项中的"数"应读"shǔ"。

4. C。C项中"悄"应读"qiǎo"。

5. C。C项中"倒"应读"dǎo"。

6. D。A项中"绰"应读"chuò"，B项中"挽"应读"wǎn"，C项中"潜"应读"qián"。

7. A。"应"应读"yìng"。

8. C。A项中"鼎"应读"dǐng"，B项中"吁"应读"xū"，D项中"剔"应读"tī"。

9. B。"兴"应读"xīng"。

10. D。A项中"辨"应读"biàn"，B项中"鸩"应读"zhèn"，C项中"鲜"应读"xiǎn"。

第三章

易写错的词和成语

一、易写错的词

A

哀恸 āi tòng × 衰恸

【区分】哀：悲伤，悲痛。衰：衰弱，变弱。

【词义】哀恸：悲痛至极。

爱戴 ài dài × 爱带

【区分】戴：拥护，尊敬。带：用皮、布或线等做成的长条物。

【词义】爱戴：敬爱并衷心拥护。

谙熟 ān shú × 暗熟

【区分】谙：熟悉。暗：不亮，没有光；不公开的，隐藏不露的。

【词义】谙熟：熟悉（某种事物）。

安详 ān xiáng × 安祥

【区分】详：庄重。祥：吉利。

【词义】安详：从容不迫；稳重。

按摩 àn mó × 按磨

【区分】摩：抚摩，摩擦。磨：摩擦；用磨料磨物体使光滑、锋利或达到其他目的。

【词义】按摩：用手在人体的一定

位上推、按、捏、揉等，以促进血液循环，增加皮肤抵抗力，调整神经功能。

黯然 àn rán × 暗然

【区分】黯：本义指深黑色。引申为阴暗阴沉，又指人的心情沮丧。暗：不亮，没有光；不公开的，隐藏不露的。

【词义】黯然：一般指情绪低落、心情沮丧的样子。

盎然 àng rán × 昂然

【区分】盎：洋溢，充盈。昂：仰；精神振奋；价格高。

【词义】盎然：形容气氛、趣味等浓厚的样子。

翱翔 áo xiáng × 遨翔

【区分】翱：展翅飞。遨：漫游。

【词义】翱翔：在空中回旋地飞。

遨游 áo yóu × 翱游

【区分】遨：漫游。翱：展翅飞。

【词义】遨游：指漫游，游历。

澳门 ào mén × 奥门

【区分】澳：海边弯曲可以停船的地方（多用于地名）。奥：含义深，不易理解。

【词义】澳门：中国地名，位于珠江口西岸，是中国特别行政区之一。

B

芭蕉 bā jiāo × 笆蕉

【区分】芭：一种草本植物。笆：用竹片、柳条、荆条等编成的片状器物。

【词义】芭蕉：多年生草本植物，叶子很大，花白色，果实跟香蕉相似，可以吃。原产亚热带。

拔高 bá gāo × 拨高

【区分】拔：选取，提升。拨：用手指或棍棒等推动或挑动。

【词义】拔高：故意抬高某些人物、作品或成绩等的地位。

白皙 bái xī × 白晰

【区分】皙：人的皮肤白。晰：明白，清楚。

【词义】白皙：肤色白净。

斑斓 bān lán × 斑澜

【区分】斓：颜色驳杂，灿烂多彩。澜：大波浪。

【词义】斑斓：颜色错杂灿烂。又指生活多姿多彩。

扳手 bān shǒu × 搬手

【区分】扳：使位置固定的东西改变方向或转动。搬：移动，迁移。

【词义】扳手：拧紧或松开螺丝、螺母等的工具。也指器具上用于扳动的部分。

版面 bǎn miàn × 板面

【区分】版：上面有文字或图形的用木板或金属等制成供印刷用的东西。板：成片的较硬的物体。

【词义】版面：报刊、书籍的一整页；报纸杂志每一面上文字图画的编排形式。

绊倒 bàn dǎo × 拌倒

【区分】绊：挡住或缠住，使跌倒或使行走不方便。拌：搅和，搅拌。

【词义】绊倒：走路或跑步时被物件绊住脚而摔倒。

报酬 bào chóu × 报筹

【区分】酬：用财物报答。筹：谋划；计策，办法。

【词义】报酬：由于使用别人的劳动、物件等而付给别人的钱或实物。

暴乱 bào luàn × 爆乱

【区分】暴：突然而猛烈的。爆：猛

然破裂或迸出；出人意料地出现或发生。

【词义】暴乱：指破坏社会秩序的武装骚动。

报效 bào xiào × 报孝

【区分】效：为别人或集团献出（力量或生命）。孝：对父母尽心奉养并顺从。

【词义】报效：为报答对方的恩情而为对方尽力。

抱怨 bào yuàn × 报怨

【区分】抱：心里存着，怀有。报：报复；报答。

【词义】抱怨：埋怨，心中不满。

暴躁 bào zào × 暴燥

【区分】躁：性急，不冷静。燥：干，缺少水分。

【词义】暴躁：遇事急躁，容易发怒。

卑怯 bēi qiè × 卑却

【区分】怯：胆小，没勇气。却：后退；推辞，拒绝；表示转折。

【词义】卑怯：自卑又怯懦。

备课 bèi kè × 背课

【区分】备：预备，准备。背：凭记忆读出。

【词义】备课：教师在讲课前准备讲

课内容。

弊病 bì bìng × 蔽病

【区分】弊：害处，与"利"相对。蔽：欺骗，隐瞒。

【词义】弊病：弊端；毛病或缺点。

编辑 biān jí × 编缉

【区分】辑：聚集，特指聚集材料编书。缉：把麻析成缕连接起来。

【词义】编辑：对资料或现成的作品进行整理、加工，也指从事编辑工作的人。

鞭挞 biān tà × 鞭鞑

【区分】挞：用鞭棍等打人。鞑：古代对中国北方游牧民族的称呼。

【词义】鞭挞：鞭打；驱使。

编纂 biān zuǎn × 编篡

【区分】纂：搜集材料编书。篡：非法夺取。

【词义】编纂：编辑，多指资料较多、篇幅较大的著作。

辨析 biàn xī × 辩析

【区分】辨：判别，区分，辨别。辩：（口头上）说明是非或争论真假。

【词义】辨析：辨别，分析。

标记 biāo jì × 标计

【区分】记：符号，标识。计：计

算；测量或计算的工具；主意，策略。

【词义】标记：记号，标志。

濒临 bīn lín × 频临

【区分】濒：接近，临近。频：屡次，连次。

【词义】濒临：紧接；临近。

秉公 bǐng gōng × 禀公

【区分】秉：执掌，主持。禀：指下对上报告。

【词义】秉公：做事秉持公正之心。

屏气 bǐng qì × 摒气

【区分】屏：抑止（呼吸）。摒：排除。

【词义】屏气：暂时抑止呼吸。形容谨慎畏惧的样子。

病榻 bìng tà × 病塌

【区分】榻：狭长而较矮的床，亦泛指床。塌：倒下；四下；下陷。

【词义】病榻：病床。

不啻 bù chì × 不谛

【区分】啻：但，只，仅。谛：仔细（看或听）；道理。

【词义】不啻：指不只，不止；如同。

部署 bù shǔ × 布署

【区分】部：安置，安排。布：做出安排。

【词义】部署：指安排，布置（人力、任务）。

C

猜忌 cāi jì × 猜嫉

【区分】忌：嫉妒，憎恨。嫉：因别人比自己好而怨恨。

【词义】猜忌：猜疑，忌妒。

才华 cái huá × 材华

【区分】才：才能。材：木料，泛指一切原料或资料；人的能力、资质。

【词义】才华：表现于外的才能（多指文艺方面的）。

仓促 cāng cù × 伧促

【区分】仓：匆促地。伧：古代讥人粗俗、鄙陋。

【词义】仓促：匆忙。

嘈杂 cáo zá × 吵杂

【区分】嘈：杂乱，杂声。吵：声音杂乱搅扰人；打嘴架、口角。

【词义】嘈杂：（声音）杂乱；喧闹。

恻隐 cè yǐn × 侧隐

【区分】恻：悲伤。侧：旁边，跟"正"相对；斜着。

【词义】恻隐：指对遭受苦难的人表示同情，心中不忍。

婵娟 chán juān ✕ 蝉娟

【区分】婵：姿态美好；美女；月亮。蝉：昆虫，种类很多，雄的腹面有发声器，叫的声音很大；古代的一种薄绸，薄如蝉翼。

【词义】婵娟：形容姿态美好。古诗文里多用来形容女子，也指月亮。

谗言 chán yán ✕ 馋言

【区分】谗：在别人面前说陷害某人的坏话。馋：贪吃，专爱吃好的。

【词义】谗言：毁谤或挑拨离间的话。

怅然 chàng rán ✕ 伥然

【区分】怅：失意，不痛快。伥：迷茫不知所措的样子。

【词义】怅然：因不如意而感到不痛快。

朝廷 cháo tíng ✕ 朝庭

【区分】廷：封建时代君主受朝问政的地方。庭：堂阶前的院子。

【词义】朝廷：君主时代君主听政的地方。也指以君主为首的中央统治机构。

沉湎 chén miǎn ✕ 沉缅

【区分】湎：沉迷。缅：遥远。

【词义】沉湎：沉溺，耽于。比喻潜心于某事物或处于某种境界或思维活动中。

诚恳 chéng kěn ✕ 诚垦

【区分】恳：真诚。垦：用力翻土。

【词义】诚恳：指人的态度不虚伪，真诚恳挚。

秤杆 chèng gǎn ✕ 称杆

【区分】秤：衡量轻重的器具。称：量轻重。

【词义】秤杆：杆秤上标有刻度单位的木杆部分，起支持物重和秤砣的作用，并在计量后标示出重量。

宠爱 chǒng ài ✕ 庞爱

【区分】宠：爱；纵容，偏爱。庞：高大。

【词义】宠爱：对在下者因喜欢而偏爱。用于上对下，地位高的人对地位低的人。

处置 chǔ zhì ✕ 处治

【区分】置：放，摆，搁。治：管理，处理。

【词义】处置：分别事理，使各得其所。

穿戴 chuān dài ✕ 穿带

【区分】戴：把东西放在头、面、颈、胸、臂等处。带：随身拿着；携带。

【词义】穿戴：穿和戴，泛指打扮。

也指穿的和戴的衣帽、首饰等。

船舶 chuán bó × 船泊

【区分】舶：航海的大船。泊：停船靠岸。

【词义】船舶：各种船只的总称。

船舱 chuán cāng × 船仓

【区分】舱：船或飞机等内部载人或装东西的部分。仓：贮藏谷物的建筑物。

【词义】船舱：船内载乘客、装货物的地方。

凑合 còu he × 凑和

【区分】合：聚集。和：和睦，和谐；平和，和缓。

【词义】凑合：大家从四面八方聚到一起；拼凑；将就。

猝然 cù rán × 促然

【区分】猝：突然。促：时间短；催，推动；靠近。

【词义】猝然：突然地，出乎意料地。

璀璨 cuǐ càn × 璀灿

【区分】璨：美玉。灿：光彩，耀眼。

【词义】璀璨：形容珠玉等光彩鲜明，非常绚丽。

磋商 cuō shāng × 搓商

【区分】磋：原指把象牙加工成器物，引申为商量讨论。搓：两个手掌反复摩擦，或把手掌放在别的东西上来回搓。

【词义】磋商：反复商量，仔细讨论。

蹉跎 cuō tuó × 磋跎

【区分】蹉：时光白白过去。磋：原指把象牙加工成器物，引申为商量讨论。

【词义】蹉跎：指虚度光阴，任由时光流逝却毫无作为，可以用于形容人做事毫无斗志，浪费时间。

D

搭讪 dā shàn × 答讪

【区分】搭：交接，配合；支，架设。答：回复；回报别人，报答。

【词义】搭讪：找寻话头借以开始攀谈，或无话找话进行敷衍或寒暄。

殆尽 dài jìn × 贻尽

【区分】殆：大概，几乎。贻：赠给；遗留，留下。

【词义】殆尽：几乎罄尽。

代课 dài kè × 带课

【区分】代：代替，代办。带：率

领，引导。

【词义】代课：代替专职教师授课。

怠慢 dài màn　× 待慢

【区分】怠：懒惰，松懈；轻慢，不尊敬。待：等，等候；对待；招待；要，打算。

【词义】怠慢：冷淡，不恭敬。还用于客套话，表示招待不周到。

淡泊 dàn bó　× 淡薄

【区分】泊：恬静。薄：轻微，少。

【词义】淡泊：对于名利淡漠，不看重；也指家道清贫。

倒卖 dǎo mài　× 导卖

【区分】倒：对调，转移，更换，改换。导：指引，带领；传引，传向；启发。

【词义】倒卖：未经官方批准，通过投机手段以大大高于标价的价格出售。

登山 dēng shān　× 蹬山

【区分】登：（人）由低处到高处（多指步行）。蹬：腿和脚向脚底的方向用力。

【词义】登山：徒步爬山；体育运动的一种。

敌寇 dí kòu　× 敌冠

【区分】寇：强盗或外来的侵略者。

冠：帽子；形状像帽子或在顶上的东西。

【词义】敌寇：入侵的敌人。

诋毁 dǐ huǐ　× 低毁

【区分】诋：骂，说人坏话。低：地势或位置在一般标准或平均程度之下，与"高"相对。

【词义】诋毁：毁谤，污蔑。

抵押 dǐ yā　× 抵压

【区分】押：把财物交给人做保证。压：赌博时在某一门上下注。

【词义】抵押：债务人把自己的财产押给债权人，作为清偿债务的保证。

地窖 dì jiào　× 地窑

【区分】窖：收藏东西的地洞或坑。窑：烧砖瓦陶瓷等的建筑物。

【词义】地窖：贮藏用的地坑或地下室。

巅峰 diān fēng　× 颠峰

【区分】巅：山顶。颠：头顶；高而直立的东西的顶；倾倒，跌；跳起来跑。

【词义】巅峰：顶峰；事物发展的最高峰。

颠覆 diān fù　× 颠复

【区分】覆：底朝上翻过来，歪倒。复：回去，返；再，重来；还原，使如前。

【词义】颠覆：物体倾覆，翻倒。比喻用阴谋破坏而非直接用武力从根本上推翻。

奠基 diàn jī × 垫基

【区分】奠：稳固地安置。垫：衬在底下或铺在上面；用来衬、铺的东西；替人暂付款项。

【词义】奠基：给建筑物奠定基础。比喻创建某种事业。

玷污 diàn wū × 沾污

【区分】玷：使有污点。沾：因为接触而被东西附着上。

【词义】玷污：弄脏，使有污点（多用于比喻）。

凋敝 diāo bì × 凋蔽

【区分】敝：破旧，破烂；衰败。蔽：遮盖，挡住；概括。

【词义】凋敝：衰败，残缺破败，也可用于描绘秋天，用来形容百花凋零，一片凄凉的景象。

凋零 diāo líng × 凋凌

【区分】零：植物凋谢。凌：杂乱，交错。

【词义】凋零：草木凋谢零落。

调查 diào chá × 调察

【区分】查：查看，检查。察：仔细

看，细致深刻地观察。

【词义】调查：为了了解情况进行考察。

钓竿 diào gān × 钓杆

【区分】竿：竹子的主干。杆：器物上像棍子的细长部分；较长的棍。

【词义】钓竿：一根逐渐变细的细长杆，尖端系线用来钓鱼。

跌宕 diē dàng × 迭宕

【区分】跌：下降，低落。迭：交换，轮流；屡次；及。

【词义】跌宕：性格洒脱，不拘束；音调抑扬顿挫或文章富于变化。

度假 dù jià × 渡假

【区分】度：过，由此到彼。渡：由这一岸到那一岸，通过（江河等）。

【词义】度假：指旅行或在某胜地度过假期。

杜绝 dù jué × 杜决

【区分】绝：断。决：拿定主意；堤岸被水冲开。

【词义】杜绝：堵塞，彻底制止。

对弈 duì yì × 对奕

【区分】弈：围棋；下棋。
奕：盛大；光明；美的。

【词义】对弈：下棋。

堕落 duò luò ×坠落

【区分】堕：掉下来，坠落。坠：落，掉下。

【词义】堕落：道德方面下落至可耻或可鄙的程度。

E

婀娜 ē nuó ×阿娜

【区分】婀：柔美的样子。阿：加在称呼上的词头。

【词义】婀娜：轻盈柔美的样子。

噩耗 è hào ×恶耗

【区分】噩：惊人的，不祥的。恶：不好；凶狠，恶劣。

【词义】噩耗：令人吃惊的不幸的消息（多指亲朋好友或敬爱的人逝世消息）。

厄运 è yùn ×恶运

【区分】厄：困苦，灾难。恶：不好；凶狠，恶劣。

【词义】厄运：不幸的遭遇；苦难的时运。

遏制 è zhì ×揭制

【区分】遏：阻止，禁止。揭：把盖在上面的东西拿起，或把黏合着的东西分开；使显露；高举。

【词义】遏制：阻止，制止，禁绝。

F

发愣 fā lèng ×发楞

【区分】愣：发呆，失神。楞：同"棱"。

【词义】发愣：发呆，发昏。

筏子 fá zi ×伐子

【区分】筏：用竹、木等平摆着编扎成的水上交通工具。伐：砍。

【词义】筏子：水上交通工具。用竹或木编排而成，或用牛羊皮等制作而成。

砝码 fǎ mǎ ×法码

【区分】砝：天平上作为重量标准的东西，用金属制成。法：体现统治阶级的意志，由国家制定和颁布的公民必须遵守的行为规则。

【词义】砝码：在秤上补足重量的东西。

烦恼 fán nǎo ×烦脑

【区分】恼：烦闷，苦闷。脑：头；高等动物神经系统的主要部分。

【词义】烦恼：烦闷苦恼。

反悔 fǎn huǐ ×返悔

【区分】反：翻转的；颠倒的。返：回，归。

【词义】反悔：翻悔，收回自己说出

口的话。

范畴 fàn chóu ×范筹

【区分】畴：田地；类，同类的。筹：计数的用具，多用竹子制成；计策。

【词义】范畴：类型，领域，范围。

妨碍 fáng ài ×防碍

【区分】妨：阻碍，伤害。防：戒备，预先做好应急的准备。

【词义】妨碍：使事情不能顺利进行，使过程或进展变得缓慢或困难。

绯红 fēi hóng ×飞红

【区分】绯：红色。飞：鸟类或虫类等用翅膀在空中往来活动。

【词义】绯红：状态词，鲜红。

悱恻 fěi cè ×徘恻

【区分】悱：想说可是不能够恰当地说出来。徘：来回地走；犹疑不决。

【词义】悱恻：形容内心悲苦凄切。

烽火 fēng huǒ ×峰火

【区分】烽：古代边防报警的烟火。峰：高而尖的山头。

【词义】烽火：古时边防报警点燃的烟火；借指战火或战争。

俸禄 fèng lù ×奉禄

【区分】俸：官员等所得的薪金。奉：供养，伺候。

【词义】俸禄：封建时代官吏的薪水。

伏法 fú fǎ ×服法

【区分】伏：屈服；承认错误或受到惩罚。服：担任（职务），承当（义务或刑罚）；使信服。

【词义】伏法：犯人被执行死刑。

俘虏 fú lǔ ×俘掳

【区分】虏：俘获；俘获的人。掳：抢取；把人抢走。

【词义】俘虏：战争中活捉的敌方从事战争的人员。

辐射 fú shè ×幅射

【区分】辐：由一个中心或中枢在同一平面上向外伸展的许多杆、棒或直线。幅：布帛、呢绒等的宽度；量词，用于布帛、呢绒、图画等。

【词义】辐射：从中心向各个方向沿直线伸展出去。也指电磁波或微观粒子流从它们的发射体向各个方向传播的过程。

附和 fù hè ×付和

【区分】附：同意，赞同。付：交，给；量词。

【词义】附和：指对别人的言行应和、追随（多含贬义）。

G

甘休 gān xiū ×干休

【区分】甘：自愿，乐意。干：有才能的，善于办事的。

【词义】甘休：情愿罢休，罢手。

感慨 gǎn kǎi ×感概

【区分】慨：叹息，叹气。概：大略，总括。

【词义】感慨：心灵有所感触而慨叹。

刚强 gāng qiáng ×钢强

【区分】刚：硬，坚强，与"柔"相对。钢：经过精炼，不含磷砂等杂质的铁。

【词义】刚强：意志性格等坚强，不在恶势力前低头，不畏艰难。

高粱 gāo liáng ×高梁

【区分】粱：谷子的优良品种的总称。梁：架在墙上或柱子上支撑房顶的横木，泛指水平方向的长条形承重构件。

【词义】高粱：一种粮食作物。一年生草本植物，叶子和玉米相似，但较窄，圆锥花序，生在茎的顶端，籽实有红、褐、黄、白等颜色。

告诫 gào jiè ×告戒

【区分】诫：警告，劝人警惕。戒：防备。

【词义】告诫：规劝某人勿做某事；教诲劝诫。

告罄 gào qìng ×告馨

【区分】罄：本义为器中空，引申为尽，用尽。馨：散布很远的香气。

【词义】告罄：本指祭祀礼毕，现指财物用完或货物售完。

告示 gào shi ×告事

【区分】示：表明；把事物拿出来或指出来使别人知道。事：事情；事故；从事。

【词义】告示：以言语告诉他人，使他明白己意；政府公布的文书。

阁楼 gé lóu ×隔楼

【区分】阁：小木头房子。隔：遮断；隔开，间隔；距离。

【词义】阁楼：在较高的房间内上部架起的一层矮小的楼。

隔膜 gé mó ×膈膜

【区分】隔：思想感情有距离。膈：人或哺乳动物体腔中分隔胸腹两腔的膜状肌肉。

【词义】隔膜：隔阂；情意不相通，彼此不了解；不通晓，外行。

个别 gè bié　× 各别

【区分】个：单独的。各：每个，彼此不同。

【词义】个别：单独，单个；少数的，少有的。

更迭 gēng dié　× 更叠

【区分】迭：轮流，替换。叠：一层加上一层，重复。

【词义】更迭：轮流更替。

哽咽 gěng yè　× 梗咽

【区分】哽：声气阻塞。梗：直，挺直；阻塞，妨碍。

【词义】哽咽：不能痛快地哭出声。

供应 gōng yìng　× 贡应

【区分】供：供给；提供东西或条件给需要的人用。贡：古代臣下或属国把物品进献给帝王。

【词义】供应：以物资满足需要（有时也指以人力满足需要）。

勾销 gōu xiāo　× 钩销

【区分】勾：用笔画出符号，表示删除或截取。钩：悬挂或探取东西用的器具，形状弯曲，头端尖锐。

【词义】勾销：抹掉，消除；用笔画掉。

股份 gǔ fèn　× 股分

【区分】份：整体里的一部分。分：成分；职责、权利等的限度。

【词义】股份：公司资产中任何一份由股东提供的资本，每份的资金数额相等，它与公司的经营、利润以及股东的权利和利益紧密相关。

骨骼 gǔ gé　× 骨格

【区分】骼：骨头。格：划分成的空栏或框子；规格，格式。

【词义】骨骼：人或其他脊椎动物的骨架，泛指保护内部器官、支撑软组织的骨架或多少有些软骨性的架子。

蛊惑 gǔ huò　× 盅惑

【区分】蛊：传说中的一种人工培养的毒虫，专用来害人。盅：饮酒或喝茶用的没有把儿的杯子。

【词义】蛊惑：毒害，使人心意迷惑。

雇佣 gù yōng　× 顾佣

【区分】雇：出钱让人为自己做事。顾：商店或服务行业指人前来购买货物或要求服务。

【词义】雇佣：用货币购买劳动；支付固定工资而雇人提供服务。

观摩 guān mó　× 观模

【区分】摩：研究切磋。模：仿效。

【词义】观摩：观看彼此的成绩，互相学习，交流经验。

惯常 guàn cháng ✕ 贯常

【区分】惯：习以为常，积久成性。贯：穿，贯通；连贯。

【词义】惯常：习以为常的，成了习惯的，经常；平常，平时。

国粹 guó cuì ✕ 国萃

【区分】粹：精华；纯一，不杂。萃：草丛生，草茂盛的样子；聚集。

【词义】国粹：中国固有文化中的精华。

果腹 guǒ fù ✕ 裹腹

【区分】果：充实，饱足。裹：包裹；夹带。

【词义】果腹：吃饱肚子。

H

害臊 hài sào ✕ 害缲

【区分】臊：害羞。缲：一种缝纫方法。

【词义】害臊：怕羞，不好意思。

鼾声 hān shēng ✕ 酣声

【区分】鼾：熟睡时粗重的鼻息声。酣：尽量，痛快。

【词义】鼾声：打呼噜的声音。

寒暄 hán xuān ✕ 寒喧

【区分】暄：温暖；太阳的温暖。喧：大声说话，声音杂乱。

【词义】寒暄：问寒问暖。今多泛指宾主见面时谈天气冷暖之类的应酬话。

涵养 hán yǎng ✕ 含养

【区分】涵：包容，包含。含：东西放在嘴里，不咽下也不吐出；藏在里面；容纳。

【词义】涵养：能控制情绪的功夫；蓄积并保持（水分等）。

颔首 hàn shǒu ✕ 颌首

【区分】颔：点头。颌：构成口腔上部和下部的骨头与肌肉等组织。

【词义】颔首：点头表示允可、赞许。

嗥叫 háo jiào ✕ 豪叫

【区分】嗥：动物大声叫。豪：气魄大；有钱有势。

【词义】嗥叫：形容动物大声号叫。

豪迈 háo mài ✕ 毫迈

【区分】豪：气魄大，直爽痛快，没有拘束的。毫：计量单位；细长而尖的毛；毛笔；指数量极少。

【词义】豪迈：气度宽广，洒脱豪放。

毫米 háo mǐ　× 亳米

【区分】毫：计量单位。亳：（亳州）地名，在安徽省。

【词义】毫米：长度单位。

呵斥 hē chì　× 喝斥

【区分】呵：怒责。喝：大声喊叫。

【词义】呵斥：大声斥责。

核算 hé suàn　× 合算

【区分】核：仔细地对照、考察。合：计，折算。

【词义】核算：核查计算。

喝彩 hè cǎi　× 喝采

【区分】彩：称赞、夸奖的欢呼声。采：摘取；选取；开采；搜集。

【词义】喝彩：过去是指赌博掷骰子时，呼喝作势，希望中彩。后用来指大声叫好。

亨通 hēng tōng　× 享通

【区分】亨：通达，顺利。享：受用。

【词义】亨通：通达，顺畅。

宏大 hóng dà　× 洪大

【区分】宏：广大，博大。洪：大；指洪水。

【词义】宏大：巨大，宏伟。

花瓣 huā bàn　× 花辫

【区分】瓣：组成花冠的各片。辫：把头发分股编成的带状物。

【词义】花瓣：花冠的通常呈叶状的一个构成部分。

涣散 huàn sàn　× 焕散

【区分】涣：消散。焕：光明，光亮。

【词义】涣散：精神、组织、纪律等散漫；松懈。

荒谬 huāng miù　× 荒缪

【区分】谬：错误的，不合情理的。缪：错误。

【词义】荒谬：荒唐，错得离谱。

黄连 huáng lián　× 黄莲

【区分】连：连接；包括在内。莲：多年生草本植物，生在浅水中；叶子大而圆，花大，有粉红、白色两种。

【词义】黄连：一种多年生草本植物，羽状复叶，花小，白色，根茎味苦，可入药。

幌子 huǎng zi　× 晃子

【区分】幌：帐幔，帘子。晃：明亮；照耀；一闪而过。

【词义】幌子：原意是挂在店铺门外，用来招揽顾客的招牌。后用来指为了掩盖真实意图而假借的名义。

灰烬 huī jìn ✕ 灰尽

【区分】烬：物体燃烧后剩下的东西。尽：完毕。

【词义】灰烬：物品燃烧后的剩余物。

诙谐 huī xié ✕ 恢谐

【区分】诙：诙谐，戏谑。恢：广大，引申指扩大。

【词义】诙谐：说话风趣，引人发笑。

会晤 huì wù ✕ 会悟

【区分】晤：遇，见面。悟：理解，明白；觉醒。

【词义】会晤：相见，会面晤谈。

彗星 huì xīng ✕ 慧星

【区分】彗：扫帚。慧：聪明，有才智。

【词义】彗星：绕着太阳旋转的一种星体，通常在背着太阳的一面拖着一条扫帚状的长尾巴，体积很大，密度很小。俗称扫帚星。

会诊 huì zhěn ✕ 汇诊

【区分】会：多数人的集合或组成的团体。汇：河流会合；聚集。

【词义】会诊：指几个医生共同诊断疑难病症。现也常用来比喻几个方面共同研究解决生产、工作上出现的疑难问题。

J

饥肠 jī cháng ✕ 肌肠

【区分】饥：饿。肌：人或动物体内附着在骨头上或构成内脏的柔软物质，由许多纤维组成。

【词义】饥肠：饥饿的肚子。

激愤 jī fèn ✕ 激忿

【区分】愤：因不满而愤怒或怨恨。忿：生气，恨。

【词义】激愤：激动愤怒。

嵇康 jī kāng ✕ 稽康

【区分】嵇：姓。稽：查考；停留；拖延。

【词义】嵇康：人名，三国时期曹魏思想家、音乐家、文学家。

几率 jī lǜ ✕ 机率

【区分】几：小桌子；几乎。机：机器；事情变化的枢纽；有重要关系的环节。

【词义】几率：概率，表示某件事发生的可能性大小的一个量。

跻身 jī shēn ✕ 挤身

【区分】跻：登，上升。挤：互相推、拥，用身体排开人或物。

【词义】跻身：使自己上升到（某种

行列、位置等）；置身。

籍贯 jí guàn × 藉贯

【区分】籍：登记隶属关系的簿册。藉：践踏，凌辱。

【词义】籍贯：祖居或本人出生的地方。

吉祥 jí xiáng × 吉详

【区分】祥：吉利。详：细密，完备，与"略"相对。

【词义】吉祥：幸运，吉利。

伎俩 jì liǎng × 技俩

【区分】伎：技巧，才能。技：技能，本领。

【词义】伎俩：欺骗人的手段或花招。

既然 jì rán × 即然

【区分】既：已经。即：靠近，接触；当下，目前；就，便。

【词义】既然：连词，表示先提出前提，而后加以推论，常与"就、也、还"等配搭。

嘉奖 jiā jiǎng × 佳奖

【区分】嘉：夸奖，赞许。佳：美，好。

【词义】嘉奖：称赞并奖励。

家具 jiā jù × 家俱

【区分】具：器物。俱：全；都。

【词义】家具：家庭用具，主要指床、柜、桌、椅等。

嫁接 jià jiē × 稼接

【区分】嫁：女子结婚；转移罪名、损失等。稼：种植谷物，亦泛指农业劳动。

【词义】嫁接：把枝或芽接到另一种植物体上，使其繁殖，是改良品种的方法。

驾驭 jià yù × 驾驱

【区分】驭：驾驶马车。驱：赶牲口；快跑；赶走。

【词义】驾驭：驱使车马行进。比喻掌握控制，支配。

艰苦 jiān kǔ × 坚苦

【区分】艰：困难。坚：不动摇；不改变。

【词义】艰苦：艰难地过日子。指生活困苦。

简练 jiǎn liàn × 简炼

【区分】练：经验多，精熟。炼：用火烧或加热等办法使物质纯净、坚韧；用心琢磨使精练。

【词义】简练：简要精练；简便实用。

豇豆 jiāng dòu × 江豆

【区分】豇：一种草本植物。江：大河的通称。

【词义】豇豆：一年生草本植物，茎蔓生，花淡紫色。果实为圆筒形长荚果，种子呈肾脏形。嫩荚是常见蔬菜。

缰绳 jiāng shéng × 僵绳

【区分】缰：拴牲口的绳子。僵：直挺挺，不灵活。

【词义】缰绳：牵牲口的绳子。

娇惯 jiāo guàn × 骄惯

【区分】娇：爱怜过甚，过分珍惜。骄：自满，自高自大，不服从。

【词义】娇惯：溺爱纵容。

脚跟 jiǎo gēn × 脚根

【区分】跟：脚的后部，踵。根：高等植物茎干下部长在土里的部分。

【词义】脚跟：脚的后部，也称脚后跟。

矫健 jiǎo jiàn × 骄健

【区分】矫：强壮，勇武。骄：自满，自高自大，不服从。

【词义】矫健：强壮有力，英勇威武。

教诲 jiào huì × 教悔

【区分】诲：教导，明示。悔：懊恼，过去做的不对。

【词义】教诲：教导训诫。

教唆 jiào suō × 教梭

【区分】唆：挑动别人去做坏事。梭：织布时往返牵引纬线（横线）的工具，两头尖，中间粗，像枣核。

【词义】教唆：通过诱导唆使别人做坏事。

截止 jié zhǐ × 截至

【区分】止：停住不动。至：到；极，最。

【词义】截止：表示到某个时间停止，强调停止。"截止"不能直接带时间词语作宾语，一般用于时间词语之后。

戒心 jiè xīn × 介心

【区分】戒：防备。介：在两者中间；介绍；放在（心里）；耿直。

【词义】戒心：警惕戒备之心。

晋升 jìn shēng × 进升

【区分】晋：进，升。进：向前或向上移动、发展，与"退"相对。

【词义】晋升：指有等级之分的职务、职称等从低级别向高级别的升迁。

经典 jīng diǎn × 精典

【区分】经：作为思想、道德、行为

等标准的书，亦称宗教中讲教义的书，或称某一方面事物的专著。精：指提炼出来的精华。

【词义】经典：指具有典范性、权威性的著作。

惊愕 jīng è ×惊谔

【区分】愕：惊讶。谔：正直地说话。

【词义】惊愕：形容因吃惊而发愣，非常震惊的样子。

精湛 jīng zhàn ×精堪

【区分】湛：深。堪：可，能；能忍受，能承受。

【词义】精湛：精熟深通。

痉挛 jìng luán ×痉孪

【区分】挛：手脚蜷曲不能伸开。孪：双生。

【词义】痉挛：指肌肉紧张，不自主地收缩。多由中枢神经系统受刺激引起。

竟然 jìng rán ×竞然

【区分】竟：居然，表示出乎意料。竞：比赛，互相争胜。

【词义】竟然：表示出乎意料。

迥然 jiǒng rán ×炯然

【区分】迥：远。炯：光明，明亮。

【词义】迥然：形容差别很大。

就绪 jiù xù ×就序

【区分】绪：开端。序：次序；排次序；开头的，在正式内容之前的。

【词义】就绪：一切安排妥当。

狙击 jū jī ×阻击

【区分】狙：窥伺。阻：阻挡，阻碍。

【词义】狙击：埋伏在隐蔽处伺机袭击。

剧痛 jù tòng ×巨痛

【区分】剧：甚，严重。巨：大，很大。

【词义】剧痛：剧烈疼痛，非常疼。

崛起 jué qǐ ×掘起

【区分】崛：高起，突起。掘：刨，挖。

【词义】崛起：地势突起，隆起；相对高起或突起。

抉择 jué zé ×决择

【区分】抉：剔出。决：拿定主意；堤岸被水冲开。

【词义】抉择：挑选，选择。

竣工 jùn gōng ×峻工

【区分】竣：事情完毕。峻：山高而陡；严厉。

【词义】竣工：工程完工。

K

开阔 kāi kuò ✕ 开扩

【区分】阔：有宽广之意，或指时间的长久。扩：推广，伸张，放大，张大。

【词义】开阔：指（面积或空间范围）宽广；（思想、心胸）宽阔；使开阔。

开销 kāi xiāo ✕ 开消

【区分】销：消费。消：消失；消除；度过（时间），消遣。

【词义】开销：支付（费用）；支付的费用。

瞌睡 kē shuì ✕ 磕睡

【区分】瞌：困倦，想睡觉。磕：碰在硬东西上。

【词义】瞌睡：由于困倦而进入睡眠或半睡眠状态；想睡觉。

刻薄 kè bó ✕ 克薄

【区分】刻：不厚道。克：制伏。

【词义】刻薄：待人、说话冷酷无情，过分苛求。

刻画 kè huà ✕ 刻划

【区分】画：绘图。划：用尖锐的东西把别的东西分开或在表面上刻过去、擦过去；设计，计划。

【词义】刻画：雕刻和绘画；精细地描摹，塑造。

恪守 kè shǒu ✕ 格守

【区分】恪：谨慎而恭敬。格：划分成的空栏和框子；规格，格式。

【词义】恪守：谨慎而恭顺地遵守。

枯槁 kū gǎo ✕ 枯稿

【区分】槁：枯干。稿：谷类植物的茎秆。

【词义】枯槁：草木干枯；面容憔悴。

诳语 kuáng yǔ ✕ 狂语

【区分】诳：本义指的是欺诈性言辞，蛊惑人心的言辞。引申义为欺骗，迷惑。狂：纵情任性或放荡骄恣的态度。

【词义】诳语：骗人的话，说谎话或者说大话。

匮乏 kuì fá ✕ 溃乏

【区分】匮：缺乏。溃：散乱；垮台。

【词义】匮乏：（物资）缺乏；贫乏。

L

腊月 là yuè ✕ 蜡月

【区分】腊：干肉；晾干。蜡：动物、植物或矿物所产生的某些油质，具有可塑性，易熔化，不溶于水。

【词义】腊月：农历十二月。

褴褛 lán lǚ ×烂褛

【区分】褴：衣服破烂不堪。烂：破碎；东西腐坏。

【词义】褴褛：指衣服破烂，不整洁，十分凌乱，不堪入目。

篮球 lán qiú ×蓝球

【区分】篮：架上供投球用的筐状物。蓝：用靛青染成的颜色；像晴天天空的颜色。

【词义】篮球：篮球运动使用的球，用橡胶做里面的球胆，用牛皮做外面的球皮，也有全用橡胶制成的。

蓝色 lán sè ×兰色

【区分】蓝：用靛青染成的颜色；像晴天天空的颜色。兰：一种草本植物。

【词义】蓝色：一种颜色，是光的三原色之一。

阑珊 lán shān ×栏珊

【区分】阑：残，将尽。栏：栏杆；表格中区分项目的格子。

【词义】阑珊：衰落，凋零，将尽。

滥用 làn yòng ×烂用

【区分】滥：不加选择，不加节制。烂：因水分过多或过熟而松软；腐

烂；破碎。

【词义】滥用：胡乱、过多地使用。

朗诵 lǎng sòng ×朗颂

【区分】诵：用有高低抑扬的腔调念。颂：赞扬；以颂扬为目的的诗文。

【词义】朗诵：清清楚楚地高声诵读。

浪费 làng fèi ×浪废

【区分】费：用，消耗。废：失去原来作用的；不再使用；衰败。

【词义】浪费：对人力、财物、时间等用得不当或没有节制。

羸弱 léi ruò ×赢弱

【区分】羸：瘦弱。赢：胜；获利。

【词义】羸弱：瘦弱。

雷同 léi tóng ×类同

【区分】雷：由于下雨时带异性电的两块云相接，空中闪电发出的强大的声音。类：许多相似或相同事物的综合。

【词义】雷同：旧指雷一发声，万物同时响应。今指随声附和，或不该相同而相同。

联络 lián luò ×连络

【区分】联：联结，结合。连：相接，接续。

【词义】联络：彼此交接，接上关系。

潦草 liáo cǎo ✕ 辽草

【区分】潦：草率，不精细；不工整。辽：远。

【词义】潦草：字不工整；做事不仔细，不认真。

瞭望 liào wàng ✕ 了望

【区分】瞭：远远地望。了：明白；完结；副词，表示完全不，一点儿也没有。

【词义】瞭望：登高远望或从高远处监视敌情。

临摹 lín mó ✕ 临摩

【区分】摹：仿效，照着样子做。摩：擦，蹭，接触。

【词义】临摹：照原样摹仿写字或画画。

凛冽 lín liè ✕ 凛洌

【区分】冽：寒冷。洌：水清或酒清。

【词义】凛冽：形容极为寒冷。

伶俐 líng lì ✕ 玲俐

【区分】伶：聪明，灵活。玲：形容器物细致精巧；形容玉碰击的声音。

【词义】伶俐：形容机灵乖巧。

玲珑 líng lóng ✕ 灵珑

【区分】玲：形容玉碰击的声音；形容器物细致精巧。灵：有效验；聪明，不呆滞；精神，灵魂。

【词义】玲珑：精巧细致；灵活敏捷。

浏览 liú lǎn ✕ 流览

【区分】浏：大略地看。流：液体移动；像水流的东西；传播。

【词义】浏览：粗略地看一遍。

笼络 lǒng luò ✕ 拢络

【区分】笼：遮盖，罩住。拢：使不松散或不离开。

【词义】笼络：笼和络是牵住牲口的用具。引申为用手段拉拢。

孪生 luán shēng ✕ 挛生

【区分】孪：双生，一胎两个。挛：手脚蜷曲不能伸开。

【词义】孪生：一胎双生。亦用以比喻相同或十分相似者。

沦落 lún luò ✕ 伦落

【区分】沦：沉没，降落。伦：条理，次序；同类，同等。

【词义】沦落：流落；没落，衰落；沉沦。

萝卜 luó bo ✕ 罗卜

【区分】萝：通常指某些能爬蔓的植

物。罗：捕鸟的网；姓氏。

【词义】萝卜：一种草本植物，是普通蔬菜之一。

落第 luò dì × 落弟

【区分】第：次序；科举考试及格的等次。弟：亲戚中同辈而年纪比自己小的男子。

【词义】落第：原指科举考试未被录取。后泛指未被选中或成绩不及格。

M

脉搏 mài bó × 脉膊

【区分】搏：跳动。膊：上肢，近肩的部分。

【词义】脉搏：心脏收缩时，动脉产生的搏动。

脉络 mài luò × 脉胳

【区分】络：像网子那样的东西。胳：上肢，肩膀以下手腕以上的部分。

【词义】脉络：中医对动脉和静脉的统称。比喻条理或头绪。

谩骂 màn mà × 漫骂

【区分】谩：轻慢，没有礼貌。漫：到处都是，遍。

【词义】谩骂：用轻慢、嘲笑的态度骂。

蔓延 màn yán × 漫延

【区分】蔓：植物成细条状而不能直立的长茎。漫：到处都是，遍。

【词义】蔓延：向四周扩展延伸。

茫然 máng rán × 芒然

【区分】茫：模糊不清，对事理全无所知。芒：一种植物。

【词义】茫然：完全不知道的样子；失意的样子。

贸然 mào rán × 冒然

【区分】贸：冒冒失失或轻率的样子。冒：向外透或往上升；不顾、不加小心等意思。

【词义】贸然：轻率的样子。指遇事不经深思熟虑，随便就决定的做法。

煤炭 méi tàn × 煤碳

【区分】炭：一种深褐色或黑色固体燃料。碳：一种非金属元素。有金刚石、石墨等同素异形体。化学性质稳定，是构成有机物的主要成分。

【词义】煤炭：一种固体可燃性矿物。

梦魇 mèng yǎn × 梦餍

【区分】魇：梦中遇可怕的事而呻吟、惊叫。餍：吃饱；满足。

【词义】梦魇：睡眠时，因梦中受惊吓而喊叫，或觉得有什么东西压在身上，不能动弹。

迷宫 mí gōng ×谜宫

【区分】迷：分辨不清，失去了辨别、判断的能力。谜：还没有弄明白或难以理解的事物。

【词义】迷宫：一种充满复杂通道的建筑物，很难找到从其内部到达入口或从入口到达中心的道路。比喻充满奥秘不易探索的领域。

糜烂 mí làn ×靡烂

【区分】糜：烂，碎。靡：浪费。

【词义】糜烂：烂到不可收拾；腐烂。

弥漫 mí màn ×迷漫

【区分】弥：满，遍。迷：分辨不清，失去了辨别、判断的能力。

【词义】弥漫：布满，到处都充斥着。

描摹 miáo mó ×描模

【区分】摹：照着样子写或画，特指用薄纸蒙在原字或原画上写或画。模：规范，标准；仿效。

【词义】描摹：照着底样写和画；用语言文字表现人或事物的形象、情状、特性等。

渺茫 miǎo máng ×缈茫

【区分】渺：茫茫然，看不清楚；微

小；水势辽远。缈：隐隐约约，若有若无。

【词义】渺茫：时地远隔，模糊不清；烟波辽阔的样子。

藐视 miǎo shì ×渺视

【区分】藐：轻视，小看。渺：微小；水势辽远；茫茫然，看不清楚。

【词义】藐视：认为某种事物很卑贱、渺小，是没有价值或令人厌恶的，从而对它加以轻视，加以嘲笑。

泯灭 mǐn miè ×抿灭

【区分】泯：消灭，丧失。抿：稍稍合拢，收敛。

【词义】泯灭：形迹、印象等消灭。

冥想 míng xiǎng ×暝想

【区分】冥：深奥，深沉。暝：日落，天黑；黄昏。

【词义】冥想：对一个主题进行深刻、连续的思考。

明信片 míng xìn piàn ×名信片

【区分】明：公开，显露在外。名：名字，名称。

【词义】明信片：专供写信用的硬纸片，邮寄时不用信封。

没落 mò luò ×末落

【区分】没：终，尽。末：最后，终了。

【词义】没落：衰败，趋向灭亡。

默契 mò qì × 默挈

【区分】契：相合，相投。挈：举，提；带领。

【词义】默契：心声情意暗相符合。

蓦然 mò rán × 募然

【区分】蓦：突然。募：募集，广泛征求。

【词义】蓦然：猛然；不经心地。

拇指 mǔ zhǐ × 姆指

【区分】拇：手、脚的大指。姆：多指保姆。

【词义】拇指：手和脚的第一个指头。

暮霭 mù ǎi × 暮蔼

【区分】霭：云气，雾气。蔼：和气；繁茂。

【词义】暮霭：黄昏时的云雾。

N

难耐 nán nài × 难奈

【区分】耐：忍，受得住。奈：如何，怎样。

【词义】难耐：难以忍耐，不能忍受。

年龄 nián líng × 年令

【区分】龄：岁数。令：命令；使，使得；时节；敬辞。

【词义】年龄：人或动植物已经生存的年数。

碾碎 niǎn suì × 辗碎

【区分】碾：轧。辗：身体翻来覆去地；间接，经过曲折。

【词义】碾碎：通过压、磨使粉碎。

纽带 niǔ dài × 钮带

【区分】纽：枢纽。钮：器物上用手操作、转动的部分。

【词义】纽带：指能够起联系作用的人或事物。

忸怩 niǔ ní × 扭怩

【区分】忸：不好意思，惭愧或不大方的样子。扭：转动，扳转；身体摇摆转动。

【词义】忸怩：形容羞愧或不大方的样子。

暖烘烘 nuǎn hōng hōng × 暖哄哄

【区分】烘：用火烤或烤火取暖；衬托。哄：形容许多人大声笑或喧哗声。

【词义】暖烘烘：状态词。形容温暖宜人。

懦弱 nuò ruò × 儒弱

【区分】懦：软弱无能。儒：旧时泛指读书人。

【词义】懦弱：软弱，不坚强。

疟疾 nüè ji × 虐疾

【区分】疟：一种按时发冷发热的急性传染病。虐：残暴狠毒。

【词义】疟疾：以疟蚊为媒介，由疟原虫引起的周期性发作的急性传染病。

O

殴打 ōu dǎ × 欧打

【区分】殴：打击，捶击。欧：姓氏；特指欧洲。

【词义】殴打：指用手或手拿某些东西猛打。

讴歌 ōu gē × 呕歌

【区分】讴：歌唱。呕：吐。

【词义】讴歌：歌颂。

偶尔 ǒu ěr × 偶而

【区分】尔：这样，如此。而：连词。

【词义】偶尔：表示情况并非经常出现。

怄气 òu qì × 呕气

【区分】怄：怄气；使怄气，使人不愉快。呕：吐。

【词义】怄气：与人闹别扭，生闷气。

P

判决 pàn jué × 叛决

【区分】判：区别，分辨，断定。叛：违背自己所属方面的利益投到敌对方面去。

【词义】判决：封建时代指官府断案，后指司法机关对审理结束的案件做出裁决。

彷徨 páng huáng × 傍徨

【区分】彷：犹疑不决，不知道往里走好。傍：靠。

【词义】彷徨：犹豫不决，不知道往哪里走好。

佩带 pèi dài × 配带

【区分】佩：挂，带。配：调和；有计划地分派；把缺少的补足。

【词义】佩带：把手枪、刀、剑等插在或挂在腰部。

膨胀 péng zhàng × 澎胀

【区分】膨：胀大。澎：波涛撞击。

【词义】膨胀：由于内部压力而向外扩张。

纰漏 pī lòu × 批漏

【区分】纰：布帛丝缕等破坏散开。批：口头或用文字判定是非、优劣、可否。

【词义】纰漏：因疏忽而产生的错误疏漏。

毗邻 pí lín　×毗临

【区分】邻：邻接的，邻近的。临：靠近；对着；临到（某一行为发生的时间）。

【词义】毗邻：（地方）相邻接。

辟谣 pì yáo　×僻谣

【区分】辟：排除。僻：位置偏僻；不常见的；性情古怪。

【词义】辟谣：说明事实真相，驳斥谣言。

片段 piàn duàn　×片断

【区分】段：事物、时间的一节。断：长形的东西从中间分开。

【词义】片段：整体中的一部分。

剽悍 piāo hàn　×骠悍

【区分】剽：动作敏捷。骠：勇猛；马快跑的样子。

【词义】剽悍：形容敏捷而勇猛。

飘零 piāo líng　×漂零

【区分】飘：随风摇动或飞扬。漂：浮在液体上不动或顺着风向、流向而移动。

【词义】飘零：（花、叶等）凋谢坠落，飘落。比喻漂泊流落。

贫瘠 pín jí　×贫脊

【区分】瘠：土地不肥沃。脊：人和动物背上中间的骨头。

【词义】贫瘠：土地不肥沃，土壤层薄。

平添 píng tiān　×凭添

【区分】平：经常的，普通的。凭：倚靠，倚仗；证据。

【词义】平添：平白或自然而然地增添。

Q

期望 qī wàng　×企望

【区分】期：盼望，希望。企：踮着脚看，今用为盼望的意思。

【词义】期望：对人或事物的未来有所等待和希望。

歧途 qí tú　×岐途

【区分】歧：岔道，偏离正道的小路。岐：山名，在中国陕西省。

【词义】歧途：岔路。比喻错误的道路。

气体 qì tǐ　×汽体

【区分】气：没有一定的形状、体积，能自由散布的物体。汽：蒸气，液体或固体变成的气体。

【词义】气体：没有一定形状和体

积，可以流动的物质。

洽谈 qià tán × 恰谈

【区分】洽：商量，接洽。恰：适当，合适；刚刚。

【词义】洽谈：一般指针对某些经济事项，双方接洽商谈。

签订 qiān dìng × 签定

【区分】订：改正，修改；约定，立（契约）。定：不动的，不变的。

【词义】签订：双方订立条约或契约并签字。

迁徙 qiān xǐ × 迁徒

【区分】徙：迁移。徒：步行。

【词义】迁徙：迁移，搬家。

歉疚 qiàn jiù × 欠疚

【区分】歉：对不住人的心情。欠：短少，不够。

【词义】歉疚：觉得对不起人而惭愧不安。

强悍 qiáng hàn × 强捍

【区分】悍：勇猛，勇敢。捍：保卫，抵御。

【词义】强悍：强横勇猛。

窍门 qiào mén × 窃门

【区分】窍：比喻事情的关键。窃：偷；用阴谋手段获取、占据。

【词义】窍门：比喻解决问题的好方法。

亲密 qīn mì × 亲蜜

【区分】密：关系近，感情好。蜜：甜美。

【词义】亲密：亲近密切。

青稞 qīng kē × 青棵

【区分】稞：麦子的一种，粒大，皮薄。棵：量词，用于植物。

【词义】青稞：大麦的一种，粒大皮薄。

青睐 qīng lài × 亲睐

【区分】青：深绿色或浅蓝色；黑色；喻年轻。亲：亲属；乡亲；自己的；亲密。

【词义】青睐：重视，看得起。

清晰 qīng xī × 清浙

【区分】晰：明白，清楚。浙：象声词，形容轻微的风雨声。

【词义】清晰：清楚明晰。

倾轧 qīng yà × 倾扎

【区分】轧：排挤。扎：刺；驻扎；钻。

【词义】倾轧：以争吵、摩擦和对立为特色的持久的不和。

顷刻 qǐng kè　× 倾刻

【区分】顷：短时间。倾：斜，歪。

【词义】顷刻：片刻，极短的时间。

屈从 qū cóng　× 曲从

【区分】屈：低头，降服。曲：弯转；不公正，不合理。

【词义】屈从：屈意顺从。屈服于压力，违心地顺从。

驱使 qū shǐ　× 驱驶

【区分】使：派遣，支使。驶：（车马等）飞快地跑；使行动，开动（多指有发动机的）。

【词义】驱使：差遣，派用；推动，支配。

蜷缩 quán suō　× 倦缩

【区分】蜷：身体弯曲。倦：疲乏。

【词义】蜷缩：身躯蜷曲紧缩。

痊愈 quán yù　× 全愈

【区分】痊：病好了，恢复健康。全：完备，齐备；完整，不缺少。

【词义】痊愈：指病情好转，恢复健康，或伤口、疮口愈合。

R

饶命 ráo mìng　× 绕命

【区分】饶：饶恕，宽容。绕：缠绕；围着转动；从侧面迂回。

【词义】饶命：免予处死。

韧劲 rèn jìn　× 轫劲

【区分】韧：受外力作用时，虽然变形而不易折断，柔软而结实。轫：阻住车轮转动的木头。

【词义】韧劲：顽强持久的劲头。

融合 róng hé　× 溶合

【区分】融：融合，调和。溶：在水中或其他液体中化开。

【词义】融合：相合在一起。

融洽 róng qià　× 融恰

【区分】洽：和谐。恰：正巧，刚刚。

【词义】融洽：彼此感情好，没有隔阂和抵触。

熔岩 róng yán　× 溶岩

【区分】熔：固体受热到一定温度时变成液体。溶：在水中或其他液体中化开。

【词义】熔岩：从火山或地面裂缝中喷溢出的高温岩浆，也指这种岩浆冷却后凝固成的岩石。

蹂躏 róu lìn　× 揉躏

【区分】蹂：踩，践踏。揉：用手来回擦或搓。

【词义】蹂躏：用暴力欺压、践踏。

S

骚扰 sāo rǎo ✕ 搔扰

【区分】骚：动乱，扰乱，不安定。搔：挠，用手指甲轻刮。

【词义】骚扰：使不安宁，扰乱。

瘙痒 sào yǎng ✕ 搔痒

【区分】瘙：古代指疥疮。搔：挠，用手指甲轻刮。

【词义】瘙痒：皮肤发痒难受。

沙场 shā chǎng ✕ 杀场

【区分】沙：非常细碎的石粒。杀：使人或动物失去生命。

【词义】沙场：平沙旷野，古时多指战场。

杀戮 shā lù ✕ 杀戳

【区分】戮：杀。戳：用硬物尖端触击，刺。

【词义】杀戮：大量杀害，屠戮。

沙哑 shā yǎ ✕ 杀哑

【区分】沙：（嗓音）不清脆，不响亮。杀：使人或动物失去生命；消减；战斗。

【词义】沙哑：（嗓子）发音困难，声音低沉而不圆润。

煞白 shà bái ✕ 刷白

【区分】煞：极，很。刷：刷子；用

刷子清除或涂抹；淘汰。

【词义】煞白：惨白，没有血色。

霎时 shà shí ✕ 刹时

【区分】霎：极短的时间。刹：止住。

【词义】霎时：极短的时间，片刻。

山坳 shān ào ✕ 山拗

【区分】坳：山间的平地。拗：固执，不顺从。

【词义】山坳：山间的平地。

擅长 shàn cháng ✕ 善长

【区分】擅：长于，善于。善：擅长；善良。

【词义】擅长：独具某种特长。

赡养 shàn yǎng ✕ 瞻养

【区分】赡：供给人财物。瞻：往上或往前看。

【词义】赡养：成年子女或晚辈对父母或其他长辈在物质上的帮助和生活上的照顾。

商榷 shāng què ✕ 商确

【区分】榷：商讨。确：真实，实在；坚定，固定；的确。

【词义】商榷：商量，讨论。

晌午 shǎng wǔ ✕ 响午

【区分】晌：正午或正午前后。响：

声音；发出声音；声音大；回声。

【词义】晌午：中午。

奢靡 shē mí　× 奢糜

【区分】靡：浪费。糜：粥；烂。

【词义】奢靡：奢侈浪费。

慑服 shè fú　× 摄服

【区分】慑：恐惧，害怕；威胁，使恐惧。摄：拿，吸取；捕捉。

【词义】慑服：因恐惧而屈服。

深邃 shēn suì　× 深遂

【区分】邃：深远。遂：顺，如意。

【词义】深邃：深奥。

伸张 shēn zhāng　× 申张

【区分】伸：（身体或物体的一部分）展开。申：申述，说明；申请。

【词义】伸张：扩大（多指抽象事物）。

神秘 shén mì　× 神密

【区分】秘：不公开的，不让大家知道的。密：距离近；关系好；精致，细致；秘密。

【词义】神秘：使人摸不透的，高深莫测的。

神州 shén zhōu　× 神洲

【区分】州：古代的一种行政区划，所辖地区的大小历代不同。洲：水中的陆地。

【词义】神州：古代指中原地区，后借指中国。

首饰 shǒu shì　× 手饰

【区分】首：头，脑袋。手：人体上肢前端能拿东西的部分。

【词义】首饰：指头上戴的装饰品，也泛指身上佩戴的饰物。

狩猎 shòu liè　× 守猎

【区分】狩：打猎。守：保持，卫护；看管；遵照。

【词义】狩猎：捕杀或猎取野生动物。

授予 shòu yǔ　× 受予

【区分】授：交付，给予。受：接纳别人给的东西；忍耐某种遭遇。

【词义】授予：郑重地给予。

舒缓 shū huǎn　× 抒缓

【区分】舒：从容，缓慢。抒：发出，表达，倾吐。

【词义】舒缓：形容从容和缓或行动迟慢。

疏浚 shū jùn　× 疏峻

【区分】浚：挖深，疏通。峻：山高而陡；严厉。

【词义】疏浚：清除淤塞或挖深河槽使水流通畅。

熟悉 shú xi　× 熟习

【区分】悉：知道。习：学；学过后再温熟反复地学，使熟练；对某事熟悉。

【词义】熟悉：清楚地知道。

漱口 shù kǒu　× 嗽口

【区分】漱：含水冲洗口腔。嗽：咳嗽。

【词义】漱口：用一种液体漱口腔及喉咙的行为。

树立 shù lì　× 竖立

【区分】树：立，建立。竖：直立；直立的。

【词义】树立：建立（多用于抽象的好的事情）。

厮杀 sī shā　× 撕杀

【区分】厮：互相。撕：用手使东西裂开或离开附着处。

【词义】厮杀：相互拼杀，指战斗。

松弛 sōng chí　× 松驰

【区分】弛：放松，松懈，解除。驰：车马等奔跑；快跑。

【词义】松弛：指减低紧张程度或减小压力，引申为松懈、懒散。

琐碎 suǒ suì　× 锁碎

【区分】琐：细小，零碎。锁：加在门窗、器物等开合处或连接处，使人不能随便打开的装置。

【词义】琐碎：零碎细小。

T

抬杠 tái gàng　× 抬扛

【区分】杠：一种较粗的棍子。扛：用肩膀承担物体；支撑，忍耐。

【词义】抬杠：旧时指用杠抬运灵柩，后来指争辩，顶牛。

昙花 tán huā　× 坛花

【区分】昙：常组词为昙花，指一种植物。坛：用土堆成的平台。

【词义】昙花：一种常绿灌木，多在夜间开放，时间很短，供观赏。

袒护 tǎn hù　× 坦护

【区分】袒：脱去上衣，露出身体的一部分。坦：宽而平；坦白，坦率。

【词义】袒护：对错误的思想行为无原则地支持或保护。

蹚浑水 tāng hún shuǐ　× 淌浑水

【区分】蹚：从有水、草的地方走过去。淌：流下。

【词义】蹚浑水：比喻随他人一起做坏事，或介入复杂混乱的事情。

汤圆 tāng yuán　× 汤元

【区分】圆：团圆，意在合家欢乐。

元：头，首，始，大。

【词义】汤圆：糯米粉等做的球形食品，一般有馅儿，煮熟带汤吃。

誊写 téng xiě ✕ 誉写

【区分】誊：转录，抄写。誉：名声；赞美。

【词义】誊写：抄写。

剔除 tī chú ✕ 踢除

【区分】剔：把不好的挑出来。踢：用脚触击。

【词义】剔除：削除，除去，挑出并去掉不合格的。

提纲 tí gāng ✕ 题纲

【区分】提：垂手拿着有环、柄或绳套的东西。题：写作或讲演内容的总名目。

【词义】提纲：文章、讲话等的内容要点。

体裁 tǐ cái ✕ 体材

【区分】裁：安排取舍。材：木料，泛指一切原料或资料；人的能力、资质。

【词义】体裁：文学作品的分类，可用多种标准来划分。

体谅 tǐ liàng ✕ 体量

【区分】谅：宽恕。量：古代指斗、升一类测定物体体积的器具。

【词义】体谅：为别人着想而给以宽恕或同情。

体形 tǐ xíng ✕ 体型

【区分】形：实体。型：样式。

【词义】体形：人体、动物体或机器等的形状。

填补 tián bǔ ✕ 添补

【区分】填：把空缺的地方塞满或补满。添：增加。

【词义】填补：填充空白。

挑衅 tiǎo xìn ✕ 挑畔

【区分】衅：嫌隙，感情上的裂痕，争端。畔：田地的边界。

【词义】挑衅：寻衅生事，蓄意引起争斗。

帖子 tiě zi ✕ 贴子

【区分】帖：邀请客人的通知。贴：粘；靠近，紧挨。

【词义】帖子：邀请客人时送去的通知。现多指在网络论坛上发表议论、参与讨论的话语或短文。

通牒 tōng dié ✕ 通谍

【区分】牒：文书，证件。谍：秘密探察军、政及经济等方面的消息。

【词义】通牒：一国通知另一国并要求对方答复的文书。

通缉 tōng jī　×通辑

【区分】缉：搜捕，捉拿。辑：把收集的材料进行加工、整理；整套书刊的一部分。

【词义】通缉：司法机关通令有关地区协同缉拿在逃的犯罪嫌疑人或在押犯人。

涂鸦 tú yā　×涂鸭

【区分】鸦：鸟类的一种，多指乌鸦。鸭：家禽的一种，多指鸭子。

【词义】涂鸦：涂黑一片像乌鸦。常比喻胡乱写作或随意涂画。

蜕变 tuì biàn　×退变

【区分】蜕：解脱，变化。退：向后移动；离开；送还；脱落。

【词义】蜕变：（人或事物）发生质变。

蜕皮 tuì pí　×褪皮

【区分】蜕：蛇、蝉等动物脱皮。褪：颜色消退或消失。

【词义】蜕皮：脱去外皮的现象；表皮脱落。

拖沓 tuō tà　×拖踏

【区分】沓：多而重复。踏：用脚踩。

【词义】拖沓：形容做事拖拉。

W

外快 wài kuài　×外块

【区分】快：高兴，舒服。块：成疙瘩或成团的东西；量词，用于银币或纸币，等于"元"。

【词义】外快：在正常收入以外的收入或者通过一些小手段得到的利益。

宛若 wǎn ruò　×婉若

【区分】宛：仿佛。婉：和顺；（说话）曲折含蓄。

【词义】宛若：仿佛，好像。

萎靡 wěi mǐ　×萎糜

【区分】靡：倒下。糜：粥；糜烂，腐烂。

【词义】萎靡：精神不振作，意志消沉。

卫戍 wèi shù　×卫戎

【区分】戍：军队防守。戎：军队，军事。

【词义】卫戍：警备（多用于首都）。

文牍 wén dú　×文黩

【区分】牍：古代写字用的木片。黩：污辱，玷污；滥用。

【词义】文牍：指公文书信等；旧时也指官府中经管文牍的人。

污垢 wū gòu　×污诟

【区分】垢：污秽，脏东西。诟：耻辱；怒骂，辱骂。

【词义】污垢：积在人身上或物体上的脏东西。

诬蔑 wū miè　×诬灭

【区分】蔑：涂染。引申为造谣中伤。灭：熄灭；淹没；消亡。

【词义】诬蔑：捏造事实，毁坏别人的名誉。

X

檄文 xí wén　×激文

【区分】檄：古代官府用以征召或声讨的文书。激：水受阻遏，震荡而涌或飞溅；鼓动；急剧的。

【词义】檄文：文体名。用于征召、晓谕、声讨的文书。

狭隘 xiá ài　×狭益

【区分】隘：险要的地方；狭窄。益：好处；有益的；增加；更加。

【词义】狭隘：指不宽阔，现在更多地引申为心胸、气量、见识等不宏大宽广。

先驱 xiān qū　×先躯

【区分】驱：快跑。躯：身体。

【词义】先驱：走在前面引导，最初发现或帮助发展某种新事物的人。

贤惠 xián huì　×娴惠

【区分】贤：有道德的，有才能的。娴：文雅美丽。

【词义】贤惠：指妇女善良温顺而通情达理。

闲暇 xián xiá　×闲瑕

【区分】暇：空闲。瑕：玉上面的斑点。比喻缺点或过失。

【词义】闲暇：指空闲的时间。

陷阱 xiàn jǐng　×陷井

【区分】阱：捕野兽用的陷坑。井：从地面往下凿成的能取水的深洞。

【词义】陷阱：诱捕猎物或诱杀动物用的坑。比喻小人施诈使人受骗上当的圈套。

香醇 xiāng chún　×香淳

【区分】醇：酒味浓厚，纯粹。淳：朴实。

【词义】香醇：指（气味、滋味）香而纯正。

象棋 xiàng qí　×橡棋

【区分】象：形状，样子。橡：一种常绿乔木。

【词义】象棋：棋类运动的一种。

逍遥 xiāo yáo　× 消遥

【区分】逍：逐渐远去。消：融化，散失；除去；耗费。

【词义】逍遥：自由自在，不受拘束。

肖像 xiào xiàng　× 肖象

【区分】像：比照人物制成的形象。象：一种哺乳动物；形状，样子。

【词义】肖像：一个人的样貌。特指以某一个人为主体的画像或照片。

胁迫 xié pò　× 协迫

【区分】胁：逼迫，恐吓。协：共同合作；帮助，辅助。

【词义】胁迫：威胁强迫。

亵渎 xiè dú　× 亵赎

【区分】渎：轻慢，对人不恭敬。赎：用钱财换回抵押品；用行动抵消、弥补罪过。

【词义】亵渎：轻慢；冒犯，不恭敬。

泄气 xiè qì　× 泻气

【区分】泄：液体、气体排出；发泄。泻：液体很快地流。

【词义】泄气：自气球或轮胎中排出空气或其他气体；泄劲；讥讽低劣或没有本领。

心扉 xīn fēi　× 心菲

【区分】扉：门扇。菲：形容花草茂盛，香气浓郁。

【词义】心扉：指人的内心。

馨香 xīn xiāng　× 罄香

【区分】馨：散布很远的香气。罄：本义为器中空，引申为尽，用尽。

【词义】馨香：芳香，香气。

形骸 xíng hái　× 形骇

【区分】骸：骨头。骇：惊吓，震惊。

【词义】形骸：人的躯体，多指外貌，容貌。

行迹 xíng jì　× 形迹

【区分】行：走。形：形状，样子；实体；显露。

【词义】行迹：经行的足迹。比喻行动的踪迹。

雄赳赳 xióng jiū jiū　× 雄纠纠

【区分】赳：健壮威武的样子。纠：缠绕；集合；纠正。

【词义】雄赳赳：威武的气质与状态。比喻人的气势很强大。

旋律 xuán lǜ　× 弦律

【区分】旋：转动。弦：系在弓背两端的、能发箭的绳状物。

【词义】旋律：单个音符或乐音的节奏上的编排和有含义的连续，彼此间有明确的关系并形成美学上的整体。

绚烂 xuàn làn ×眩烂

【区分】绚：色彩华丽。眩：眼睛花；迷惑，迷乱。

【词义】绚烂：光彩炫目。也指文辞华丽富赡。

渲染 xuàn rǎn ×宣染

【区分】渲：绘画时先把颜料涂在纸上，然后用笔蘸水使色彩浓淡适宜。宣：疏导，疏通；公开说出来；传播、散布出去。

【词义】渲染：国画的一种画法，用水墨或淡的色彩涂抹画面，以加强艺术效果。比喻夸大地形容。

削弱 xuē ruò ×消弱

【区分】削：减少，减弱。消：融化，散失；除去；耗费。

【词义】削弱：力量、势力减弱；使变弱。

循环 xún huán ×寻环

【区分】循：遵守，依照，沿袭。寻：找，搜求。

【词义】循环：事物周而复始地运动或变化。

询问 xún wèn ×寻问

【区分】询：问，征求意见。寻：找，搜求。

【词义】询问：征求意见；打听。

驯良 xùn liáng ×训良

【区分】驯：顺服的。训：教导，训诫；教导或训诫的话。

【词义】驯良：温顺善良。

徇私 xùn sī ×循私

【区分】徇：顺从，曲从。循：遵守，依照，沿袭。

【词义】徇私：为了私利放弃原则，而做不合法的或错误的事。

Y

烟囱 yān cōng ×烟卤

【区分】囱：炉灶出烟的通路。卤：指制盐时剩下的黑色汁液；用五香咸水或酱油等浓汁制作食品。

【词义】烟囱：炉灶或锅炉上出烟的管子。

延伸 yán shēn ×延申

【区分】伸：舒展开，拉长。申：陈述，说明；重复，一再。

【词义】延伸：指在宽度、大小、范围上向外延长、伸展。

沿袭 yán xí ×沿习

【区分】袭：照样继续下去。习：学；学过后再温熟反复地学，使熟练；对某事熟悉。

【词义】沿袭：依照旧传统或规定办理。

演绎 yǎn yì ×演译

【区分】绎：抽出，理出头绪。译：把一种语言文字依照原义改变成另一种语言文字。

【词义】演绎：由一般原理推出关于特殊情况下的结论的推理方法。

赝品 yàn pǐn ×膺品

【区分】赝：假的，伪造的。膺：胸；接受，承受。

【词义】赝品：伪造的东西（多指文物等）。

摇曳 yáo yè ×摇拽

【区分】曳：拉，牵引。拽：拉，牵引。

【词义】摇曳：摇摆不停。

夜幕 yè mù ×夜暮

【区分】幕：覆在上面的帐。暮：傍晚，太阳落山的时候。

【词义】夜幕：夜间景物像被一幅大幕罩住一样。

遗憾 yí hàn ×遗撼

【区分】憾：失望，心中感到不满足。撼：搬动，摇动。

【词义】遗憾：遗恨；由无法控制的或无力补救的情况所引起的后悔。

贻误 yí wù ×殆误

【区分】贻：遗留，留下。殆：危险；大概，几乎。

【词义】贻误：指错误遗留下去，使受到坏的影响，也指因拖延时间或错过时机而误事。

肄业 yì yè ×肆业

【区分】肄：学习，练习。肆：放纵，任意行事。

【词义】肄业：指没有毕业或尚未毕业。

隐晦 yǐn huì ×隐讳

【区分】晦：昏暗不明。讳：避忌；有顾忌不敢说或不愿说。

【词义】隐晦：指说的话、写的文章所表示的意思曲折、不明显。

英镑 yīng bàng ×英磅

【区分】镑：英国、埃及等国的本位货币。磅：英美制重量单位。

【词义】英镑：英国的本位货币。

荧屏 yíng píng × 萤屏

【区分】荧：物理学上称某些物质受光或其他射线照射时所发出的可见光。萤：一种昆虫，多指萤火虫。

【词义】荧屏：电视接收机的屏幕。

拥戴 yōng dài × 拥带

【区分】戴：拥护，尊敬。带：带子或像带子的长条物。

【词义】拥戴：拥护推戴。

臃肿 yōng zhǒng × 雍肿

【区分】臃：肿。雍：和谐。

【词义】臃肿：过度肥胖或肥大，转动不灵。

踊跃 yǒng yuè × 涌跃

【区分】踊：往上跳。涌：水由下向上冒出来；像水涌出。

【词义】踊跃：形容情绪热烈，争先恐后。

犹如 yóu rú × 尤如

【区分】犹：相似，如同。尤：特异的，突出的；更加。

【词义】犹如：好像。

游弋 yóu yì × 游戈

【区分】弋：用带绳子的箭射鸟。戈：古代的一种兵器。

【词义】游弋：指巡逻，无目标地兜游，监视某些可能发生的事情。也指在水中游动。

云霄 yún xiāo × 云宵

【区分】霄：云。宵：夜。

【词义】云霄：云块飘浮的高空。

韵味 yùn wèi × 蕴味

【区分】韵：本义指和谐的声音，也指风度、气质、情趣。蕴：积聚，蓄藏，包含。

【词义】韵味：雅致含蓄的意味。

Z

杂沓 zá tà × 杂踏

【区分】沓：多而重复。踏：用脚踩。

【词义】杂沓：纷乱、杂乱的样子。

赃款 zāng kuǎn × 脏款

【区分】赃：贪污受贿或偷盗所得的财物。脏：玷污，不干净。

【词义】赃款：通过贪污、受贿或抢劫、盗窃等非法手段得来的钱。

糟践 zāo jian × 糟贱

【区分】践：踩，踏。贱：地位卑下。

【词义】糟践：浪费，破坏；作弄，侮辱。

遭殃 zāo yāng　×糟殃

【区分】遭：遇见，碰到。糟：坏；作践；损害。

【词义】遭殃：遭遇祸殃。

燥热 zào rè　×躁热

【区分】燥：干，缺少水分。躁：性急，不冷静。

【词义】燥热：指天气干燥炎热。

造诣 zào yì　×造旨

【区分】诣：（学业或技艺）所达到的程度。旨：意义，目的。

【词义】造诣：学问、艺术等所达到的程度。

札记 zhá jì　×扎记

【区分】札：古时写字用的小而薄的木片。扎：刺；驻扎；钻。

【词义】札记：读书笔记。

账户 zhàng hù　×帐户

【区分】账：关于货币、货物出入的记载。帐：用布或其他材料等做成的遮蔽用的东西。

【词义】账户：账簿上对各种资金运用、来源和周转过程等设置的分类。

招徕 zhāo lái　×招来

【区分】徕：把人招来，指商业上招揽顾客。来：由另一方面到这一方

面，与"往""去"相对。

【词义】招徕：招揽，招引到自己面前来；有时比喻招揽客人。

肇事 zhào shì　×兆事

【区分】肇：引起，引发，招惹。兆：事物发生前的征候或迹象，预示。

【词义】肇事：引起事端，闹事。

照相 zhào xiàng　×照像

【区分】相：外貌，物体的外观。像：比照人物制成的形象。

【词义】照相：给人或事物拍照片。

蛰居 zhé jū　×蜇居

【区分】蛰：动物在冬天潜伏起来，不食不动。蜇：蜂、蝎子等用毒刺刺人或动物。

【词义】蛰居：像动物冬眠一样长期躲在一个地方，不出头露面。

真谛 zhēn dì　×真缔

【区分】谛：道理；仔细（看或听）。缔：结合，订立；创立；约束，禁止。

【词义】真谛：真实的意义或道理。

针灸 zhēn jiǔ　×针炙

【区分】灸：烧，中医的一种医疗方法。炙：烤。

【词义】针灸：以针刺、艾灸防治疾

病的方法。

缜密 zhěn mì ✕ 慎密

【区分】缜：细致。慎：小心，当心。

【词义】缜密：细致精密；谨慎周密。

震撼 zhèn hàn ✕ 振撼

【区分】震：情绪过分激动。振：摇动，挥动；奋起；振作。

【词义】震撼：土地剧烈摇动；内心受到强烈的冲击或感动，情绪剧烈波动。

蒸馏 zhēng liú ✕ 蒸溜

【区分】馏：加热使液体变成蒸气以分离液体混合物。溜：滑行；偷偷地走开。

【词义】蒸馏：加热液体使变成蒸气，再使蒸气冷却凝成液体，从而除去其中的杂质。

证券 zhèng quàn ✕ 证卷

【区分】券：古代的契据，常分为两半，双方各执其一，现代指票据或作凭证的纸片。卷：可以舒展和弯转成圆筒形的书画；书籍的册本或篇章；考试用的纸。

【词义】证券：表明资产所有权或债权关系的一种凭证。

肿胀 zhǒng zhàng ✕ 肿涨

【区分】胀：身体内壁受到压迫而产生不舒服的感觉；膨胀。涨：固体吸收液体后体积增大；多出。

【词义】肿胀：肌肉、皮肤或黏膜等组织由于发炎、淤血或充血而体积增大。

仲裁 zhòng cái ✕ 众裁

【区分】仲：地位居中的。众：许多，特指人很多。

【词义】仲裁：双方争执不下时，由第三者居中调解，做出裁决。

皱纹 zhòu wén ✕ 绉纹

【区分】皱：脸上或物体上的褶皱。绉：丝织物的一种。

【词义】皱纹：皮肤或物体表面上因收缩或揉弄而形成的一凸一凹的条纹。

伫立 zhù lì ✕ 贮立

【区分】伫：长时间地站着。贮：储存，积存。

【词义】伫立：长时间地站立，没有动作。

装订 zhuāng dìng ✕ 装钉

【区分】订：用线、铁丝、书钉把书页、纸张连在一起。钉：把钉或楔子打入他物，把东西固定或组合起来。

【词义】装订：把零散的书页或纸张加工成本子。

装潢 zhuāng huáng　✕ 装璜

【区分】潢：染纸。璜：半璧形的玉。

【词义】装潢：装饰物品使美观（原只指书画，今不限）；物品的装饰。

装帧 zhuāng zhēn　✕ 装桢

【区分】帧：量词，用于字画等。桢：坚硬的木头；支柱。

【词义】装帧：指图书报刊的装潢设计。

追溯 zhuī sù　✕ 追朔

【区分】溯：逆水而行，引申为追求根源。朔：北方；初一。

【词义】追溯：逆流而上，向江河的发源处走。比喻探索事物的由来。

辎重 zī zhòng　✕ 缁重

【区分】辎：行军时携带的器械、粮草、营帐、服装、材料等。缁：黑色。

【词义】辎重：运输部队携带的军械、粮草、被服等物资。

自诩 zì xǔ　✕ 自栩

【区分】诩：夸耀，说大话。栩：形容生动传神的样子。

【词义】自诩：自夸。

奏效 zòu xiào　✕ 凑效

【区分】奏：呈现，取得。凑：聚合；接近；碰，赶。

【词义】奏效：取得成效。

诅咒 zǔ zhòu　✕ 咀咒

【区分】诅：求鬼神加祸于别人，现泛指咒骂。咀：含在嘴里细细玩味。

【词义】诅咒：原指祈求鬼神加祸于所恨的人。现指咒骂。

遵从 zūn cóng　✕ 尊从

【区分】遵：沿着，依照。尊：地位或辈分高；敬重。

【词义】遵从：遵照并依从。

坐落 zuò luò　✕ 座落

【区分】坐：（房屋）背对着某一方向，用于指出某种位置。座：座位；放在器物底下垫着的东西。

【词义】坐落：山川、田地或建筑物等的位置所在。

座右铭 zuò yòu míng　✕ 座右名

【区分】铭：写出或刻出的鞭策、勉励自己的文字。名：名字；名称；名义；名声。

【词义】座右铭：写在座位旁边，作为激励、警醒自己用的格言。

小试身手

一、看拼音写汉字。

哀 tòng （　　　）	狭 ài （　　　）	按 mó （　　　）
汤 yuán （　　　）	刻 huà （　　　）	淡 mò （　　　）
凄 chuàng （　　　）	宽 chuò （　　　）	瑕 cī （　　　）
忖 duó （　　　）	蹉 tuó （　　　）	装 dìng （　　　）
暴 zào （　　　）	婀 nuó （　　　）	烟 cōng （　　　）
篇 fú （　　　）	果 fǔ （　　　）	松 chí （　　　）
升 xiāo （　　　）	难 nài （　　　）	粗 guǎng （　　　）
负 hè （　　　）	驾 yù （　　　）	污 huì （　　　）
事 jì （　　　）	信 jiān （　　　）	告 jiè （　　　）
高 liáng （　　　）	范 chóu （　　　）	细 jūn （　　　）
贿 lù （　　　）	阴 mái （　　　）	投 bèn （　　　）
荒 miù （　　　）	泥 nào （　　　）	气 něi （　　　）
拘 nì （　　　）	亲 nì （　　　）	泥 nìng （　　　）
澎 pài （　　　）	纰 lòu （　　　）	亲 mì （　　　）
糟 pò （　　　）	翱 xiáng （　　　）	奴 pú （　　　）
天 qiàn （　　　）	勉 qiǎng （　　　）	引 qíng （　　　）

二、按照要求选择正确答案。

1. 选出下面每组词中有错别字的一项。

（1）A. 惊奇　　B. 沙哑　　C. 费话　　D. 若干　　（　　　）

（2）A. 膨张　　B. 吞没　　C. 呼啸　　D. 放纵　　（　　　）

（3）A. 拥戴　　B. 逗引　　C. 优虑　　D. 闷雷　　（　　　）

（4）A. 轰鸣　　B. 报怨　　C. 倾听　　D. 云彩　　（　　）

（5）A. 宽敞　　B. 触动　　C. 蒜苗　　D. 嘴唇　　（　　）

（6）A. 典礼　　B. 台藓　　C. 狭窄　　D. 示弱　　（　　）

（7）A. 慰藉　　B. 装饰　　C. 暄闹　　D. 阔达　　（　　）

（8）A. 陆地　　B. 娇健　　C. 清秀　　D. 惹恼　　（　　）

（9）A. 关键　　B. 步伐　　C. 斗志　　D. 瑾慎　　（　　）

2. 选出下面每组词中没有错别字的一项。

（1）A. 处境　淡忘　　B. 优郁　苦闷　　C. 原故　空虚　　D. 连想　防御　（　　）

（2）A. 濒危　端倪　　B. 殒落　寒暄　　C. 斡旋　哲居　　D. 临摹　幅射　（　　）

（3）A. 腊烛　捐躯　　B. 幅员　抿灭　　C. 拆穿　潦草　　D. 舞弊　缀学　（　　）

（4）A. 抵砺　减色　　B. 炼乳　履力　　C. 接授　对峙　　D. 融洽　教诲　（　　）

（5）A. 淳厚　缅怀　　B. 精萃　追究　　C. 痉挛　调销　　D. 发愣　震奋　（　　）

三、找出下面词语中的错别字，把正确的字写在括号内。

唉叹（　　）　　　　按装（　　）　　　　板机（　　）

恢负（　　）　　　　并发（　　）　　　　凋蔽（　　）

辩别（　　）　　　　频临（　　）　　　　秉赋（　　）

赌博（　　）　　　　脉膊（　　）　　　　部暑（　　）

安制（　　）　　　　风彩（　　）　　　　法码（　　）

呕气（　　）　　　　伧促（　　）　　　　怆皇（　　）

仓海（　　）　　　　仓桑（　　）　　　　曹杂（　　）

视查（　　）　　　　坦护（　　）　　　　掺扶（　　）

馋言（　　）　　　　蝉娟（　　）　　　　伥然（　　）

松驰（　　）　　　　瞳憬（　　）　　　　范筹（　　）

橱房（　　）　　　　怀惴（　　）　　　　缀学（　　）

仓卒（　　）　　　　催毁（　　）　　　　嗟商（　　）

穿带（　　）　　　　诋砺（　　）　　　　啼听（　　）

惦量（ 　 ）	沾污（ 　 ）	通谍（ 　 ）
徒坡（ 　 ）	欢渡（ 　 ）	梦餍（ 　 ）
激忿（ 　 ）	誉写（ 　 ）	造旨（ 　 ）
翱游（ 　 ）	笆蕉（ 　 ）	报孝（ 　 ）
卑却（ 　 ）	克薄（ 　 ）	踢除（ 　 ）
侧隐（ 　 ）	沉缅（ 　 ）	诬灭（ 　 ）
膺品（ 　 ）	激文（ 　 ）	摄服（ 　 ）

四、圈出下列句子中的错别字，并在括号里改正。

1. 可是一种从来没有感觉过的好奇心正服了我。（ 　 ）

2. 那条白线很快地向我们移来，逐渐拉长，变粗，横惯江面。（ 　 ）

3. 我遇上了一件千裁难逢的奇事。（ 　 ）

4. 大体上讲，住所是很简朴的，清洁、干躁，很卫生。（ 　 ）

5. 现在真是时来运转了。大家死气白赖都要借钱给我，要多少有多少。
（ 　 ）

6. 这城里就数你们最爱造遥，挑拨是非！（ 　 ）

7. 我注意地看着，眼睛应接不瑕。（ 　 ）

8. 这样从容不迫地吃饭，必须有一个人在旁边待候，像饭馆里的堂倌一样。
（ 　 ）

9. 爬山虎的脚长在茎上。茎上长叶柄的地方，反面伸出枝状的六七根细丝，每根细丝像蜗牛的触脚。（ 　 ）

10. 镇海古塔、中山亭和观朝台屹立在江边。（ 　 ）

11. 无名指多用于研旨粉、蘸药末等。（ 　 ）

12. 我铰尽脑汁思考这个问题的答案。（ 　 ）

13. 白天你们太淘气，防碍细胞的生长。（ 　 ）

14. 这是酒家鬼诈，惊吓那等客人，便去那厮家里宿歇。我却怕甚么！（ 　 ）

15. 聪明的，你告诉我，我们的日子为什么一去不复反呢？（ 　 ）

16. 汤姆和贝琪很快发现，他们在洞里所遭受的三天三夜的疲劳和饥饿，是不可能马上就灰复过来的。（   ）

17. 这是宇航员傲游太空目睹地球发出的感叹。（   ）

18. 山洪咆哮着，像一群受惊的野兽，从山谷里狂奔而来，实不可当。（   ）

19. 按照北京的老规矩，春节差不多在蜡月的初旬就开始了。（   ）

20. 我想衣服一洗完我马上拉起她就走，决不许她再担搁。（   ）

参考答案

一、

恸 隘 摩 圆 画 漠 怆 绰 疵 度 跎 订 躁 娜 卤 幅 脯
弛 销 耐 犷 荷 驭 秽 迹 笺 诚 梁 畴 菌 赂 霾 奔 谬
淖 馁 泥 昵 泞 湃 漏 密 粕 翔 仆 堑 强 擎

二、

1.（1）C。费—废   （2）A。张—胀   （3）C。优—忧
（4）B。报—抱   （5）A。敝—敞   （6）B。台—苔
（7）C。暄—喧   （8）B。娇—矫   （9）D。瑾—谨

2.（1）A。B项，优—忧；C项，原—缘；D项，连—联
（2）A。B项，殒—陨；C项，哲—蛰；D项，幅—辐
（3）C。A项，腊—蜡；B项，抿—泯；D项，缀—辍
（4）D。A项，抵—砥；B项，力—历；C项，授—受
（5）A。B项，萃—粹；C项，调—吊；D项，震—振

三、

唉（哀） 按（安） 板（扳） 负（复） 并（迸） 蔽（敝） 辩（辨）
频（濒） 秉（禀） 搏（博） 膊（搏） 暑（署） 制（置） 彩（采）
法（砝） 呕（怄） 伧（仓） 怆（仓） 仓（沧） 仓（沧） 曹（嘈）
查（察） 坦（袒） 掺（搀） 馋（谗） 蝉（婵） 伥（怅） 驰（弛）

瞳（憧）　筹（畴）　橱（厨）　惴（揣）　缀（辍）　卒（猝）　催（摧）

嗟（磋）　带（戴）　诋（砥）　啼（谛）　恬（掂）　沾（玷）　谍（牒）

徒（陡）　渡（度）　屦（魇）　忿（愤）　誉（誊）　旨（诣）　翱（遨）

笆（芭）　孝（效）　却（怯）　克（刻）　踢（剔）　侧（恻）　缅（湎）

灭（蔑）　膺（赝）　激（檄）　摄（慑）

四、

1. 正（征）　2. 惯（贯）　3. 裁（载）　4. 躁（燥）　5. 气（乞）

6. 遥（谣）　7. 瑕（暇）　8. 待（侍）　9. 脚（角）　10. 朝（潮）

11. 旨（脂）　12. 铰（绞）　13. 防（妨）　14. 鬼（诡）　15. 反（返）

16. 灰（恢）　17. 傲（遨）　18. 实（势）　19. 蜡（腊）　20. 担（耽）

二、易写错的成语

A

唉声叹气 āi shēng tàn qì
× 哀声叹气

【区分】唉：表示叹息或应答。哀：悲伤，悲痛。

【词义】唉声叹气：因伤感、烦闷或痛苦而发出叹息的声音。

爱不释手 ài bù shì shǒu
× 爱不失手

【区分】释：放下，放开。失：丢掉，找不着；错误。

【词义】爱不释手：因喜爱某物而舍不得放下。

爱屋及乌 ài wū jí wū
× 爱乌及屋

【区分】屋：房子，屋子。乌：乌鸦，鸟名，有的地区叫老鸹、老鸦，羽毛黑色，嘴大而直。

【词义】爱屋及乌：因为爱一个人而连带爱他屋上的乌鸦。比喻爱一个人而连带地关心到与他有关的人或物。

安分守己 ān fèn shǒu jǐ
× 安份守己

【区分】分：本分，职责、权利的限度。份：整体里的一部分；量词。

【词义】安分守己：指规矩、本分，不做违规、违纪、违法之事。

安居乐业 ān jū lè yè
× 按居乐业

【区分】安：对生活、工作等感到满足合适。按：用手或手指头压；抑制。

【词义】安居乐业：生活安定，对所从事的工作感到满意。

按部就班 àn bù jiù bān
× 按步就班

【区分】部：门类。步：脚步；阶段；地步。

【词义】按部就班：原意是写文章时结构安排得体，内容合乎规范。后来引申为按照一定的步骤、顺序进行。也指按老规矩办事，缺乏创新精神。

黯然神伤 àn rán shén shāng
× 暗然神伤

【区分】黯：阴暗。暗：光线不足，黑暗（跟"明"相对）；隐藏不露的；秘密的。

【词义】黯然神伤：心神悲痛沮丧的样子。

嗷嗷待哺 áo áo dài bǔ
× 噢噢待哺

【区分】嗷：拟声词。哀号或喊叫的声音。噢：叹词。表示了解。

【词义】嗷嗷待哺：形容饥饿时急于求食的样子。

B

白璧微瑕 bái bì wēi xiá
× 白壁微瑕

【区分】璧：古代的一种玉器，扁平，圆形，中间有小孔。壁：墙；壁垒。

【词义】白璧微瑕：洁白的玉上面有些小斑点，比喻很好的人或事物有些小缺点。

百步穿杨 bǎi bù chuān yáng
× 百步串杨

【区分】穿：破，透；通过（孔洞、缝隙、空地等）。串：连贯；用于连贯起来的东西。

【词义】百步穿杨：在一百步远以外射中杨柳的叶子。形容箭法或枪法十分高明。

百尺竿头 bǎi chǐ gān tóu
× 百尺杆头

【区分】竿：竿子。杆：器物上像棍子的细长部分；较长的棍。

【词义】百尺竿头：桅杆或杂技长竿的顶端。比喻极高的官位和功名，或学问、事业有很高的成就。

百战不殆 bǎi zhàn bù dài
× 百战不贻

【区分】殆：危险。贻：遗留；赠送。

【词义】百战不殆：每次打仗都不失败。形容善于用兵。

半途而废 bàn tú ér fèi
× 半途而费

【区分】废：不再使用。费：花费，耗费；用得多，消耗得多。

【词义】半途而废：中途停止。比喻做事不能坚持到底，有始无终。

壁垒森严 bì lěi sēn yán

× 壁磊森严

【区分】垒：古代军中作防守用的墙壁。磊：石头多。

【词义】壁垒森严：原指军事戒备严密。现也用来比喻彼此界限划得很分明。

变本加厉 biàn běn jiā lì

× 变本加利

【区分】厉：猛烈。利：锋利，锐利；利润或利息。

【词义】变本加厉：指变得比本来更加严重、恶劣（含贬义）。

变幻莫测 biàn huàn mò cè

× 变换莫测

【区分】幻：空虚的，不真实的。换：给人东西同时从他那里取得别的东西；变换；更换。

【词义】变幻莫测：变化多端，难以揣测。

标本兼治 biāo běn jiān zhì

× 表本兼治

【区分】标：事物的枝节或表面。表：外面，外表；榜样，模范。

【词义】标本兼治：对事物的枝节和根本都加以治理。

别出心裁 bié chū xīn cái

× 别出心才

【区分】裁：安排取舍（多用于文学艺术）；衡量，判断。才：才能；有才能的人。

【词义】别出心裁：独创一格，与众不同。

彬彬有礼 bīn bīn yǒu lǐ

× 杉杉有礼

【区分】彬：文雅的样子。杉：特指杉树，一种常绿乔木。

【词义】彬彬有礼：形容文雅有礼貌的样子。

兵荒马乱 bīng huāng mǎ luàn

× 兵慌马乱

【区分】荒：荒乱，不安定。慌：急，不沉着；慌张，不安。

【词义】兵荒马乱：形容战时社会动荡不安的景象。

屏气凝神 bǐng qì níng shén

× 摒气凝神

【区分】屏：抑制（呼吸）。摒：排除。

【词义】屏气凝神：抑制呼吸，聚精会神。形容注意力高度集中。

病入膏肓 bìng rù gāo huāng
× 病入膏盲

【区分】肓：指人体内心脏下膈膜上的部位。盲：瞎，看不见东西。比喻对某种事物不能辨别或不懂。

【词义】病入膏肓：病情很严重，到了无法医治的地步。比喻事态严重到不可挽回的地步。

并行不悖 bìng xíng bù bèi
× 并行不背

【区分】悖：违背，冲突。背：身体后面；向相反的方向。

【词义】并行不悖：同时进行，不相冲突。

拨乱反正 bō luàn fǎn zhèng
× 拔乱反正

【区分】拨：用手指或棍棒等推动或挑动，引申为治理。拔：把固定或隐藏在其他物体里的东西往外拉，抽出。

【词义】拨乱反正：指治理混乱的局面，恢复正常的秩序。

不卑不亢 bù bēi bù kàng
× 不卑不吭

【区分】亢：高，高傲。吭：出声，说话；喉咙。

【词义】不卑不亢：既不自卑，也不高傲，形容待人态度得体，分寸恰当。

不共戴天 bù gòng dài tiān
× 不共带天

【区分】戴：加在头、面、颈、手等处。带：带子或像带子的长条物；地带；区域。

【词义】不共戴天：不愿在同一个天底下生活。形容对敌人有深仇大恨。

不寒而栗 bù hán ér lì
× 不寒而立

【区分】栗：发抖，哆嗦。立：使竖立；使物件的上端向上；建立，树立。

【词义】不寒而栗：不冷而发抖。形容非常恐惧。

不计其数 bù jì qí shù
× 不记其数

【区分】计：计算。记：把印象保持在脑子里；记录，记载；登记。

【词义】不计其数：无法计算数目，形容极多。

不胫而走 bù jìng ér zǒu
× 不径而走

【区分】胫：小腿，从膝盖到踝骨的

部分。径：小路，喻指达到目的的途径、方法；直径。

【词义】不胫而走：现多用以形容作品、消息等迅速传开。

不可思议 bù kě sī yì
× 不可思义

【区分】议：议论，讨论，评说。义：公正合宜的道理；正义。

【词义】不可思议：原为佛教用语，指思想言语所不能达到的境界。后形容对事物或言论无法想象、很难理解。

不求甚解 bù qiú shèn jiě
× 不求深解

【区分】甚：很，极。深：距离大，与"浅"相对；程度高的；时间长的。

【词义】不求甚解：只求知道个大概，不求彻底了解。常指学习或研究不认真、不深入。

不祥之兆 bù xiáng zhī zhào
× 不详之兆

【区分】祥：吉利。详：细密，完备，与"略"相对；说明，细说。

【词义】不祥之兆：不吉利的预兆。

C

才华横溢 cái huá héng yì
× 才华横益

【区分】溢：充满而流出来。益：有好处的；更加；增加。

【词义】才华横溢：表现于外的才能。多指文学艺术方面，用来形容很有才华。

才疏学浅 cái shū xué qiǎn
× 材疏学浅

【区分】才：才能。材：木料，泛指一切原料或资料；人的能力、资质。

【词义】才疏学浅：见识少，学问不深（多用于自谦）。

惨绝人寰 cǎn jué rén huán
× 惨绝人圜

【区分】寰：广大的地域。圜：围绕。

【词义】惨绝人寰：人世上再没有比这更惨痛的事。形容惨痛到了极点。

沧海桑田 cāng hǎi sāng tián
× 苍海桑田

【区分】沧：青绿色（指水）。苍：青色（包括蓝和绿）。

【词义】沧海桑田：大海变成桑田，

桑田变成大海。比喻世事变化很大。

草菅人命 cǎo jiān rén mìng
× 草管人命

【区分】菅：野草。管：圆而细长中空的东西；负责；经理。

【词义】草菅人命：把人命看作野草。比喻反动统治者随意杀害人民。

草木凋零 cǎo mù diāo líng
× 草木雕零

【区分】凋：凋谢。雕：在竹木、玉石、金属等上面刻画；指雕刻艺术或雕刻作品。

【词义】草木凋零：衰败不振，比喻人的死伤离散。

恻隐之心 cè yǐn zhī xīn
× 测隐之心

【区分】恻：悲伤。测：利用仪器来度量；检验；料想。

【词义】恻隐之心：对别人的不幸产生同情之心。

层出不穷 céng chū bù qióng
× 曾出不穷

【区分】层：重复。曾：表示从前经历过。

【词义】层出不穷：形容事物连续出现，没有穷尽。

层峦叠嶂 céng luán dié zhàng
× 层峦叠障

【区分】嶂：直立像屏障的山峰。障：阻挡，遮掩；用来遮挡、阻隔的东西。

【词义】层峦叠嶂：形容山岭重叠险峻的样子。

插科打诨 chā kē dǎ hùn
× 插科打浑

【区分】诨：开玩笑的话。浑：水不清，污浊；糊涂，不明事理。

【词义】插科打诨：指戏曲演出中穿插一些滑稽的动作和谈话，引人发笑。

缠绵悱恻 chán mián fěi cè
× 缠绵悱测

【区分】恻：悲伤。测：利用仪器来度量；检验；料想。

【词义】缠绵悱恻：旧时形容内心痛苦难以排解。也指文章表达的感情婉转凄凉。

陈词滥调 chén cí làn diào
× 陈词烂调

【区分】滥：失实的，假的。烂：因水分过多或过熟而松软；腐烂；破碎。

【词义】陈词滥调：陈旧、空洞、不切实际的言论。

承前启后 chéng qián qǐ hòu
× 承前起后

【区分】启：开创。起：起身；由下向上；发生。

【词义】承前启后：承接前面的，开创后来的。指继承前人事业，为后人开辟道路。

嗤之以鼻 chī zhī yǐ bí
× 斥之以鼻

【区分】嗤：嗤笑。斥：责备；使离开。

【词义】嗤之以鼻：从鼻子里发出冷笑的声音。表示讥笑和蔑视。

充耳不闻 chōng ěr bù wén
× 冲耳不闻

【区分】充：塞住。冲：用开水浇；冲洗；猛烈撞击。

【词义】充耳不闻：塞住耳朵不听。形容有意不听别人的意见。

重蹈覆辙 chóng dǎo fù zhé
× 重蹈复辙

【区分】覆：底朝上翻过来；歪倒。复：回去；重来；许多，不单一。

【词义】重蹈覆辙：又走上翻过车的老路。比喻不吸取过去的教训，重犯过去的错误。

出类拔萃 chū lèi bá cuì
× 出类拔粹

【区分】萃：原为草丛生的样子，引申为聚集。粹：纯，不杂；精华。

【词义】出类拔萃：指超出一般（多用于形容品德、才能）。

出其不意 chū qí bù yì
× 出奇不意

【区分】其：代词，他（她、它）。奇：罕见的，特殊的；出人意料的。

【词义】出其不意：指出乎对方意料，突然行动。

出奇制胜 chū qí zhì shèng
× 出奇致胜

【区分】制：制服。致：达到，实现；招致，引起。

【词义】出奇制胜：出奇兵战胜敌人。比喻用对方意料不到的方法取得胜利。

出人头地 chū rén tóu dì
× 出人投地

【区分】头：指脑袋。投：抛，掷，扔；放进去，送进去。

【词义】出人头地：指高人一等。形

容德才超众或成就突出。

川流不息 chuān liú bù xī
× 穿流不息

【区分】川：水流，河流。穿：破，透；通过（孔洞、缝隙、空地等）。

【词义】川流不息：（行人、车马等）像水流一样连续不断。

传诵一时 chuán sòng yī shí
× 传颂一时

【区分】诵：称述，述说。颂：祝颂（多用于书信问候）；颂扬。

【词义】传诵一时：在某一个时期内，人们到处传述。

吹毛求疵 chuī máo qiú cī
× 吹毛求刺

【区分】疵：毛病，缺点。刺：尖锐像针的东西；用针或有尖的东西穿入。

【词义】吹毛求疵：吹开皮上的毛寻毛病。比喻故意挑剔别人的缺点，寻找差错。

从长计议 cóng cháng jì yì
× 从常计议

【区分】长：较长的时间。常：一般，普通，平常；不变的，固定的。

【词义】从长计议：用较长的时间慎重考虑、仔细商量。

粗制滥造 cū zhì làn zào
× 粗制烂造

【区分】滥：不加选择，不加节制。烂：因水分过多或过熟而松软；腐烂；破碎。

【词义】粗制滥造：指制作粗劣，只求数量，不讲究质量。也指工作不负责任，草率从事。

措手不及 cuò shǒu bù jí
× 错手不及

【区分】措：安排，处理。错：参差，错杂；不正确。

【词义】措手不及：事情突然发生，临时来不及应付。

D

大材小用 dà cái xiǎo yòng
× 大才小用

【区分】材：材料；人的资质、能力。才：才能；有才能的人；表示以前不久。

【词义】大材小用：大的材料用在小处。多指人事安排上不恰当，屈才。

大放厥词 dà fàng jué cí
× 大放绝词

【区分】厥：其，他的。绝：断；穷

尽；独一无二的；没有出路的。

【词义】大放厥词：原指写出很多优美的文字，现多指夸夸其谈，大发议论（含贬义）。

大煞风景 dà shà fēng jǐng
× 大杀风景

【区分】煞：损伤，损害。杀：使人或动物失去生命；消减。

【词义】大煞风景：损伤美好的景致。比喻败坏兴致。

大声疾呼 dà shēng jí hū
× 大声急呼

【区分】疾：快，迅速。急：急躁，着急；迫切，情况严重。

【词义】大声疾呼：大声而急切地呼喊，以引起人的注意或使人醒悟。

大庭广众 dà tíng guǎng zhòng
× 大廷广众

【区分】庭：院子，院落。廷：古时帝王接受朝见和办理政事的地方。

【词义】大庭广众：聚集很多人的公开场合。

大显身手 dà xiǎn shēn shǒu
× 大现身手

【区分】显：表现，露出。现：现在，此刻；当时；表露在外面，使人

可以看见。

【词义】大显身手：充分显露自己的本领和才能。

当仁不让 dāng rén bù ràng
× 当人不让

【区分】仁：仁爱。人：能制造工具并使用工具进行劳动的高等动物。

【词义】当仁不让：原指以仁为任，无所谦让。后指遇到该做的事情，主动去做，不推辞。

倒打一耙 dào dǎ yī pá
× 倒打一扒

【区分】耙：耙子。扒：抓着，用手指紧紧扣住；刨，挖。

【词义】倒打一耙：反回身打一耙子。比喻不仅拒绝对方的指摘，反而指摘对方。

得不偿失 dé bù cháng shī
× 得不尝失

【区分】偿：抵得上。尝：吃一点儿试试，辨别滋味。

【词义】得不偿失：所得的利益补偿不了所受的损失。

得陇望蜀 dé lǒng wàng shǔ
× 得垄望蜀

【区分】陇：指甘肃一带。垄：在耕

地上培成的一行一行的土埂；田地分界的稍稍高起的小路。

【词义】得陇望蜀：已经取得陇右，还想攻取西蜀。比喻贪得无厌。

地大物博 dì dà wù bó
× 地大物搏

【区分】博：（量）多，丰富。搏：对打；跳动。

【词义】地大物博：土地广大，物产丰富。

雕虫小技 diāo chóng xiǎo jì
× 凋虫小技

【区分】雕：雕刻。凋：凋谢，衰败，衰落。

【词义】雕虫小技：比喻微不足道的技能。

调虎离山 diào hǔ lí shān
× 吊虎离山

【区分】调：调动。吊：悬挂；用绳子向上提或向下放。

【词义】调虎离山：比喻为了便于乘机行事，想法子引诱有关的人离开原来的地方。

掉以轻心 diào yǐ qīng xīn
× 调以轻心

【区分】掉：落；摇动，摆动。调：

乐曲，乐谱；语音上的声调。

【词义】掉以轻心：用轻率的漫不经心的态度来对待事情。

顶礼膜拜 dǐng lǐ mó bài
× 顶礼模拜

【区分】膜："膜拜"是指跪在地上高举双手虔诚地行礼。模：模范；仿效；规范，标准。

【词义】顶礼膜拜：指虔诚地跪拜。也比喻对人特别恭敬或极端崇拜。

鼎力相助 dǐng lì xiāng zhù
× 鼎立相助

【区分】力：力量。立：使竖立；使物件的上端向上；建立，树立。

【词义】鼎力相助：大力支持帮助。请人帮助或表示感谢时的客气话。

独当一面 dú dāng yī miàn
× 独挡一面

【区分】当：担任，承担。挡：拦住，抵挡，遮蔽。

【词义】独当一面：单独担当一个方面的任务。

独具慧眼 dú jù huì yǎn
× 独具惠眼

【区分】慧：聪明，有才智。惠：给予的或受到的好处；恩惠。

【词义】独具慧眼：能看到别人看不到的东西，形容眼光敏锐，见解高超。

独辟蹊径 dú pì xī jìng
× 独劈蹊径

【区分】辟：开拓，开辟。劈：用刀斧等砍或由纵面破开。

【词义】独辟蹊径：单独开出一条道路。比喻独创出新风格或新方法。

独占鳌头 dú zhàn áo tóu
× 独占螯头

【区分】鳌：传说中指海里的大龟或大鳖。螯：螃蟹等节肢动物的变形的第一对脚，形状像钳子，能开合，用来取食或自卫。

【词义】独占鳌头：古称中状元，后来也比喻占首位或获得第一名。

断章取义 duàn zhāng qǔ yì
× 断章取意

【区分】义：意义；道理。意：意思；愿望。

【词义】断章取义：不顾全篇文章或讲话的原意，孤立地取一段或一句的意思。指引用与原意不符。

对症下药 duì zhèng xià yào
× 对针下药

【区分】症：疾病。针：缝衣物用的工具。

【词义】对症下药：针对病症用药。比喻针对具体情况提出解决问题的办法。

咄咄逼人 duō duō bī rén
× 绌绌逼人

【区分】咄：表示惊异。绌：不足，差。

【词义】咄咄逼人：形容气势汹汹，盛气凌人。

E

恶贯满盈 è guàn mǎn yíng
× 恶灌满盈

【区分】贯：穿，贯通。灌：浇；注入液体。

【词义】恶贯满盈：罪恶极多，像用绳子穿钱一样，已穿满了一根绳子。形容罪大恶极，已到末日。

耳濡目染 ěr rú mù rǎn
× 耳儒目染

【区分】濡：沾染，沾湿。儒：旧时泛指读书人。

【词义】耳濡目染：经常听到看到，不知不觉地受到影响。

F

发人深省 fā rén shēn xǐng
× 发人深醒

【区分】省：知觉，觉悟。醒：泛指头脑由迷糊而清楚；明显。

【词义】发人深省：启发人深思并醒悟。

繁文缛节 fán wén rù jié
× 繁文溽节

【区分】缛：烦琐，繁复。溽：湿。

【词义】繁文缛节：烦琐而不必要的礼节。也指烦琐多余的事项。

防患未然 fáng huàn wèi rán
× 防患未燃

【区分】然：指示代词，如此，这样。燃：燃烧；引火点燃。

【词义】防患未然：在事故或灾害发生之前就加以预防。

飞扬跋扈 fēi yáng bá hù
× 飞扬拔扈

【区分】跋："跋扈"是蛮横的意思。拔：把固定或隐藏在其他物体里的东西往外拉，抽出。

【词义】飞扬跋扈：原指意态狂豪，不受约束。现多形容骄横放肆，目中无人。

匪夷所思 fěi yí suǒ sī
× 非夷所思

【区分】匪：强盗；不，非。非：错误；不是；不合于；反对。

【词义】匪夷所思：不是根据常理所能想象到的。

沸沸扬扬 fèi fèi yáng yáng
× 拂拂扬扬

【区分】沸：开，滚，液体受热到一定温度时，内部发生气泡，表面翻滚，变成蒸汽。拂：掸去；轻轻擦过；甩动。

【词义】沸沸扬扬：像沸腾的水一样喧闹。形容人声喧闹。

费尽心思 fèi jìn xīn sī
× 废尽心思

【区分】费：花费，耗费。废：不再使用，不再继续；荒芜；衰败。

【词义】费尽心思：挖空心思，想尽办法。形容千方百计地谋算。

废寝忘食 fèi qǐn wàng shí
× 费寝忘食

【区分】废：不再使用，不再继续。

费：花费，耗费；用得多，消耗得多。

【词义】废寝忘食：顾不得睡觉，忘记了吃饭。形容非常勤奋专心。

分道扬镳 fēn dào yáng biāo
× 分道扬标

【区分】镳：马嚼子两端露出嘴外的部分。标：树木的末梢；标志，记号；标准。

【词义】分道扬镳：原指分路而行。后多比喻因目标不同而各走各的路。

分庭抗礼 fēn tíng kàng lǐ
× 分庭抗理

【区分】礼：行礼。理：物质本身的纹路、层次，客观事物本身的次序；对别人的言行做出反应。

【词义】分庭抗礼：古代宾主相见，站在庭院两边相对行礼，表示平等相待。后用来比喻平起平坐，实力相当，可以抗衡。

纷至沓来 fēn zhì tà lái
× 纷至踏来

【区分】沓：多而重复。踏：用脚踩。

【词义】纷至沓来：形容连续不断地到来。

丰功伟绩 fēng gōng wěi jì
× 丰功伟迹

【区分】绩：功业，成果。迹：留下的印子；痕迹；前人遗留的事物。

【词义】丰功伟绩：伟大的功绩。

蜂拥而至 fēng yōng ér zhì
× 蜂涌而至

【区分】拥：围着。涌：水或云气冒出。

【词义】蜂拥而至：像一窝蜂似的一拥而来。形容很多人乱哄哄地朝一个地方聚拢。

釜底抽薪 fǔ dǐ chōu xīn
× 斧底抽薪

【区分】釜：古代的炊事用具，相当于现在的锅。斧：斧子；古代一种兵器。

【词义】釜底抽薪：从锅底下抽去燃烧的柴火，使水停沸。比喻从根本上解决问题。

G

改邪归正 gǎi xié guī zhèng
× 改斜归正

【区分】邪：不正当，不正派。斜：跟平面或直线既不平行也不垂直的。

【词义】改邪归正：离开邪路，回到正路上来。指改正错误，重新做人。

甘拜下风 gān bài xià fēng
× 甘败下风

【区分】拜：表示恭敬的一种礼节。败：在战争或竞赛中失败；毁坏，搞坏（事情）。

【词义】甘拜下风：原指甘心服从，后泛指真心佩服，自认不如。

感恩戴德 gǎn ēn dài dé
× 感恩带德

【区分】戴：加在头、面、颈、手等处。带：带子或像带子的长条物；地带；区域。

【词义】感恩戴德：感激别人的恩德（现多含讽刺意义）。

歌舞升平 gē wǔ shēng píng
× 歌舞生平

【区分】升：向上，提高。"升平"指太平气象。生：生存，活；具有生命力的；活的。

【词义】歌舞升平：唱歌跳舞，庆祝太平。多形容太平盛世，有时也指粉饰太平。

各司其职 gè sī qí zhí
× 各施其职

【区分】司：主管，经营。施：施行，施展；给予。

【词义】各司其职：指各个部门或者个体要坚守自己的岗位。

根深蒂固 gēn shēn dì gù
× 根深底固

【区分】蒂：瓜、果等跟茎、枝相连的部分。底：最下面的部分；根基，基础。

【词义】根深蒂固：比喻基础稳固，不容易动摇。

功亏一篑 gōng kuī yī kuì
× 功亏一蒉

【区分】篑：古时盛土的筐子，用竹子编成。蒉：古代用草编的筐子。

【词义】功亏一篑：堆九仞高的山，只缺一筐土而不能完成。比喻事情最后由于松劲或缺少条件而没有成功。

寡不敌众 guǎ bù dí zhòng
× 寡不抵众

【区分】敌：对抗，抵挡。抵：支撑，抵挡，抵抗。

【词义】寡不敌众：人少的一方抵挡不住人多的一方。

关怀备至 guān huái bèi zhì

× 关怀倍至

【区分】备：表示完全。倍：跟原数相等的数，某数的几倍就是用几乘某数；加倍。

【词义】关怀备至：关心得无微不至。

鬼斧神工 guǐ fǔ shén gōng

× 鬼斧神功

【区分】工：细致，精巧；技术。功：成绩，成就，成效。

【词义】鬼斧神工：形容建筑、雕塑等的技艺非常精细巧妙，好像不是人工所能制成。

诡计多端 guǐ jì duō duān

× 鬼计多端

【区分】诡：欺诈，奸猾。鬼：阴险，不光明；机灵，敏慧（多指小孩子）。

【词义】诡计多端：形容坏主意很多。

过犹不及 guò yóu bù jí

× 过尤不及

【区分】犹：如，同。尤：特异的，突出的；更加。

【词义】过犹不及：指事情做得过分

了，就像做得不够一样，都是不好的。

H

含辛茹苦 hán xīn rú kǔ

× 含辛如苦

【区分】茹：吃。如：如同；适合；依照；比得上。

【词义】含辛茹苦：形容受尽种种辛苦。

汗流浃背 hàn liú jiā bèi

× 汗流夹背

【区分】浃：湿透。夹：从两旁钳住；掺杂。

【词义】汗流浃背：出汗多，湿透脊背。

和蔼可亲 hé ǎi kě qīn

× 和霭可亲

【区分】蔼：和气，态度好。霭：云气。

【词义】和蔼可亲：态度温和，容易接近。

和盘托出 hé pán tuō chū

× 合盘托出

【区分】和：连同。合：合拢；凑到一起；符合。

【词义】和盘托出：连同盘子一起端出来。比喻完全说出来或拿出来，毫无保留。

和颜悦色 hé yán yuè sè
× 和言悦色

【区分】颜：面容。言：讲，说；说的话；汉语的一个字叫一言。

【词义】和颜悦色：脸色和蔼喜悦。形容和善可亲。

哄堂大笑 hōng táng dà xiào
× 轰堂大笑

【区分】哄：许多人同时发出声音；哄逗，特指看小孩儿或带小孩儿。轰：形容打雷、放炮、爆炸等巨大的声音；赶，驱逐。

【词义】哄堂大笑：形容全屋子的人同时大笑。

后发制人 hòu fā zhì rén
× 后发治人

【区分】制：控制，制服。治：治理；惩办；医治。

【词义】后发制人：指先让一步，等对方动手暴露了弱点，再加以反击，制服对方。

虎视眈眈 hǔ shì dān dān
× 虎视耽耽

【区分】眈：用眼睛注视。耽：迟延，延误；沉溺，喜好过度。

【词义】虎视眈眈：像老虎要扑食那样注视着。形容贪婪地恶狠狠地盯着。

画地为牢 huà dì wéi láo
× 划地为牢

【区分】画：绘图。划：用尖锐的东西把别的东西分开或在表面上刻过去；设计，计划。

【词义】画地为牢：在地上画一个圈当作监狱。比喻只许在指定的范围内活动。

欢呼雀跃 huān hū què yuè
× 欢呼鹊跃

【区分】雀：多指麻雀。鹊：多指喜鹊。

【词义】欢呼雀跃：高兴得像麻雀一样跳跃。形容非常欢乐。

焕然一新 huàn rán yī xīn
× 涣然一新

【区分】焕：光明，光亮。涣：消，散。

【词义】焕然一新：形容出现了崭新

的面貌。

黄粱一梦 huáng liáng yī mèng
× 黄梁一梦

【区分】粱：小米。梁：架在墙上或柱子上支撑房顶的横木，泛指水平方向的长条形承重构件。

【词义】黄粱一梦：比喻虚幻的不能实现的梦想。

回光返照 huí guāng fǎn zhào
× 回光反照

【区分】返：回。反：颠倒的；方向相背的；反对。

【词义】回光返照：常用以指人临死前精神的暂时兴奋或事物灭亡前呈现的暂时虚假的好转现象。

浑浑噩噩 hún hún è è
× 浑浑恶恶

【区分】噩：凶恶惊人的，不吉利的。"噩噩"指严肃的样子。恶：很坏的行为；凶狠，凶恶。

【词义】浑浑噩噩：原意是浑厚而严正。现形容糊里糊涂，愚昧无知。

火中取栗 huǒ zhōng qǔ lì
× 火中取粟

【区分】栗：栗子。粟：一种草本植物，北方通称"谷子"，去皮后称"小米"。

【词义】火中取栗：偷取炉中烤熟的栗子。比喻受人利用，冒险出力却一无所得。

祸国殃民 huò guó yāng mín
× 祸国秧民

【区分】殃：使受祸害；祸害。秧：植物的幼苗。

【词义】祸国殃民：使国家受害，人民遭殃。

豁然开朗 huò rán kāi lǎng
× 霍然开朗

【区分】豁：开阔，开通，通达。霍：迅速，快。

【词义】豁然开朗：从黑暗狭窄变得宽敞明亮。比喻突然领悟了一个道理。

J

济济一堂 jǐ jǐ yī táng
× 挤挤一堂

【区分】济：济水，古水名。"济济"指众多的样子。挤：用压力使排出；许多人或事物紧挨着。

【词义】济济一堂：形容很多有才能的人聚集在一起。

继往开来 jì wǎng kāi lái
× 既往开来

【区分】继：继承。既：已经；完
了，尽。

【词义】继往开来：继承前人的事
业，并为将来开辟道路。

坚不可摧 jiān bù kě cuī
× 艰不可摧

【区分】坚：硬，坚固。艰：困难。

【词义】坚不可摧：非常坚固，摧毁
不了。

矫揉造作 jiǎo róu zào zuò
× 矫糅造作

【区分】揉：用手来回擦或搓；使直
的变成弯的。糅：混杂。

【词义】矫揉造作：比喻故意做作，
不自然。

金碧辉煌 jīn bì huī huáng
× 金壁辉煌

【区分】碧：青绿色。壁：墙；指某
些物体内部的表层；陡削的山崖。

【词义】金碧辉煌：形容建筑物等颜
色鲜明华丽，光彩夺目。

精兵简政 jīng bīng jiǎn zhèng
× 精兵减政

【区分】简：使简单，简化。减：从
总体或某个数量中去掉一部分。

【词义】精兵简政：缩小机构，精简
人员。

精诚所至 jīng chéng suǒ zhì
× 精诚所致

【区分】至：到。致：送给，给予；
招引，使达到。

【词义】精诚所至：人的真诚的意志
所到。

鸠占鹊巢 jiū zhàn què cháo
× 鸠占雀巢

【区分】鹊：多指喜鹊。雀：多指麻
雀。

【词义】鸠占鹊巢：比喻强占别人的
房屋、土地、产业等。

居心叵测 jū xīn pǒ cè
× 居心匝测

【区分】叵：文言副词，不可。匝：
圈；环绕；遍，满。

【词义】居心叵测：存心险恶，叫人
不可推测。

举一反三 jǔ yī fǎn sān
× 举一返三

【区分】反：类推。返：回。

【词义】举一反三：形容从一件事的情况、道理类推而知其他许多事的情况、道理。

绝无仅有 jué wú jǐn yǒu
× 决无仅有

【区分】绝：极，最。决：拿定主意；堤岸被水冲开。

【词义】绝无仅有：只有一个，再没有别的。形容非常少有。

K

开诚布公 kāi chéng bù gōng
× 开诚不公

【区分】布：宣告，对众陈述。不：用在动词、形容词和其他副词前面表示否定。

【词义】开诚布公：以诚意相见，坦率无私地表示意见。

开天辟地 kāi tiān pì dì
× 开天劈地

【区分】辟：开辟。劈：用刀斧等砍或由纵面破开。

【词义】开天辟地：古代神话中说盘古氏开天辟地，从此才有人类。后来用以比喻有史以来。

开源节流 kāi yuán jié liú
× 开源截流

【区分】节：省减，限制。截：割断，弄断；量词；阻拦；到一定期限停止。

【词义】开源节流：开辟水源，节制水流。比喻增加收入，节省支出。

克己奉公 kè jǐ fèng gōng
× 刻己奉公

【区分】克：克制，约束。刻：雕，用刀子挖；时间；形容程度极深；不厚道。

【词义】克己奉公：克制自己的私心，一心为公。

克勤克俭 kè qín kè jiǎn
× 可勤可俭

【区分】克：能。可：表示同意；能够；值得；适合。

【词义】克勤克俭：既能勤劳，又能节俭。

口诛笔伐 kǒu zhū bǐ fá
× 口株笔伐

【区分】诛：痛斥，责罚。株：植物露在地面上的茎和根；成长的植物体。

【词义】口诛笔伐：用语言和文字对坏人、坏事进行揭露、批判和声讨。

夸夸其谈 kuā kuā qí tán
× 夸夸奇谈

【区分】其：人称代词。他（她、它）的；他（她、它）们的。奇：罕见的，特殊的；出人意料的。

【词义】夸夸其谈：说话或写文章浮夸，不切实际。

脍炙人口 kuài zhì rén kǒu
× 烩炙人口

【区分】脍：切细的肉。烩：一种烹饪方法。

【词义】脍炙人口：脍和炙都是人们爱吃的食物。指美味人人爱吃。比喻好的诗文受到人们的称赞和传诵。

L

滥竽充数 làn yú chōng shù
× 烂竽充数

【区分】滥：失实的，假的。烂：因水分过多或过熟而松软；腐烂；破碎。

【词义】滥竽充数：比喻没有本领的人冒充有本领，占着位置，或拿次的东西混在好的里面充数。

老成持重 lǎo chéng chí zhòng
× 老陈持重

【区分】老成：指经历多，做事稳重。陈：安放，摆设，排列；时间久的，旧的。

【词义】老成持重：办事老练稳重，不轻举妄动。

老奸巨猾 lǎo jiān jù huá
× 老奸巨滑

【区分】猾：狡诈。滑：光溜，不粗涩；不诚实。

【词义】老奸巨猾：形容老于世故，极其奸诈狡猾。

老态龙钟 lǎo tài lóng zhōng
× 老态龙肿

【区分】钟："龙钟"指行动不灵便的样子。肿：皮肤、黏膜或肌肉等组织由于局部循环发生障碍、发炎、化脓、内出血等原因而浮胀或突起。

【词义】老态龙钟：形容年老体弱、行动不灵便。

雷厉风行 léi lì fēng xíng
× 雷历风行

【区分】厉：猛烈。历：经过；遍，完全；历法。

【词义】雷厉风行：像打雷那样猛烈，像刮风那样迅速。比喻执行政策、命令等要求严，行动快。

礼尚往来 lǐ shàng wǎng lái
× 礼上往来

【区分】尚：尊崇，注重。上：等级或品质高的；位置在高处的（跟"下"相对）；次序或时间在前的。

【词义】礼尚往来：礼节上讲求有来有往。现在也指你对我怎么样，我也用相同的方式回报你。

立竿见影 lì gān jiàn yǐng
× 立杆见影

【区分】竿：竿子。杆：器物上像棍子的细长部分；较长的棍。

【词义】立竿见影：把竹竿立在太阳光下，立刻就看到影子。比喻收效迅速。

立功赎罪 lì gōng shú zuì
× 立功渎罪

【区分】赎：用行动抵消、弥补罪过。渎：轻慢，对人不恭敬。

【词义】立功赎罪：建立功劳以抵消所犯的罪过。

励精图治 lì jīng tú zhì
× 厉精图治

【区分】励：劝勉。厉：严格；严肃；凶猛。

【词义】励精图治：振奋精神，想办法把国家治理好。

历历在目 lì lì zài mù
× 厉厉在目

【区分】历：遍，一个一个地。"历历"指（物体或景象）一个一个清楚、分明的样子。厉：严格；严肃；凶猛。

【词义】历历在目：指远方的景物看得清清楚楚，或过去的事情清清楚楚地重现在眼前。

令人发指 lìng rén fà zhǐ
× 今人发指

【区分】令：使，使得。今：现在。

【词义】令人发指：使人头发都竖起来了。形容使人极度愤怒。

炉火纯青 lú huǒ chún qīng
× 炉火纯清

【区分】青：青色。清：水或其他液体、气体纯净，没有混杂的东西。

【词义】炉火纯青：相传道家炼丹，到炉子里的火发出纯青色的火焰的时候，就算成功了。比喻学问、技术或办事达到了纯熟完美的地步。

论功行赏 lùn gōng xíng shǎng
× 轮功行赏

【区分】论：衡量，评定。轮：形状像轮子的东西；轮子。

【词义】论功行赏：按功劳的大小给予奖赏。

M

麻木不仁 má mù bù rén
× 麻木不忍

【区分】仁：仁爱；敬辞，用于对对方的尊称。忍：忍耐，忍受；忍心。

【词义】麻木不仁：肢体麻痹，没有感觉。比喻对外界的事物反应迟钝或漠不关心。

漫不经心 màn bù jīng xīn
× 慢不经心

【区分】漫：没有限制，没有约束，随意。慢：速度低，走路、做事等费的时间长；从缓。

【词义】漫不经心：随随便便，不放在心上。

慢条斯理 màn tiáo sī lǐ
× 慢条思理

【区分】斯：文雅。思：想，考虑；想念；想法。

【词义】慢条斯理：形容动作缓慢，不慌不忙。

毛骨悚然 máo gǔ sǒng rán
× 毛骨耸然

【区分】悚：害怕，恐惧。耸：耸立；耸动；引起注意，使人吃惊。

【词义】毛骨悚然：形容人碰到阴森或凄惨的景象时极端害怕的感觉。

貌合神离 mào hé shén lí
× 貌和神离

【区分】合：闭，对拢。和：平和；和谐；平息战争，谐调；平静；平息争端。

【词义】貌合神离：表面上关系不错，实际上是两条心。

门庭若市 mén tíng ruò shì
× 门廷若市

【区分】庭：院子，院落。廷：古时帝王接受朝见和办理政事的地方。

【词义】门庭若市：门前和院子里像集市一样。形容往来人很多，十分热闹。

懵懂无知 měng dǒng wú zhī
× 朦懂无知

【区分】懵：懵懂。朦：不清楚，模糊；月光不明。

【词义】懵懂无知：对事物的认识很模糊，没有认识到本质，只是粗浅了解，不明事理。

弥天大谎 mí tiān dà huǎng
× 迷天大谎

【区分】弥：满，遍。迷：辨认不清；醉心于某种事物。

【词义】弥天大谎：极大的谎话。

面面俱到 miàn miàn jù dào
× 面面具到

【区分】俱：全，都。具：器物。

【词义】面面俱到：各方面都照顾到，没有遗漏。

明察暗访 míng chá àn fǎng
× 明查暗访

【区分】察：仔细看，细致深刻地观察。查：查看；寻找线索；翻检着看。

【词义】明察暗访：明里观察，暗中询问了解。指用各种办法进行调查。

名列前茅 míng liè qián máo
× 名列前矛

【区分】茅：即白茅，俗称茅草。矛：古代的一种兵器。

【词义】名列前茅：古代楚国军队行军时，前哨如遇敌情，则举茅草发出警报。后用来指名次排在前面，形容成绩优异。

名门望族 míng mén wàng zú
× 名门旺族

【区分】望：人所敬仰的；有名的。旺：盛，兴盛；充足。

【词义】名门望族：高贵的、地位显要的家庭。

冥思苦想 míng sī kǔ xiǎng
× 瞑思苦想

【区分】冥：深奥，深沉；糊涂，愚昧。瞑：闭上眼睛；眼睛昏花。

【词义】冥思苦想：深沉地思索。也说冥思苦索。

明哲保身 míng zhé bǎo shēn
× 明者保身

【区分】哲：聪明智慧的人。者：用在名词、动词、形容词、数词、词组后，并与其相结合，指人、指事、指物、指时等。

【词义】明哲保身：明智的人善于保全自己，不参与可能给自己带来危险的事。

没齿难忘 mò chǐ nán wàng
× 末齿难忘

【区分】没："没齿"指终身。末：东西的梢；最后，终了。

【词义】没齿难忘：一辈子也忘不了。

莫名其妙 mò míng qí miào
× 莫明其妙

【区分】名：叫出，说出。明：亮；清楚；懂得；公开；睿智。

【词义】莫名其妙：说不出其中的奥妙。指事情很奇怪，说不出道理来。

目不暇接 mù bù xiá jiē
× 目不瑕接

【区分】暇：空闲。瑕：玉上面的斑点，比喻缺点或过失。

【词义】目不暇接：东西太多，眼睛看不过来。

N

恼羞成怒 nǎo xiū chéng nù
× 脑羞成怒

【区分】恼：发怒；怨恨。脑：头；

高等动物神经系统的主要部分。

【词义】恼羞成怒：由于羞愧和恼恨而发怒。

能屈能伸 néng qū néng shēn
× 能曲能伸

【区分】屈：使弯曲。曲：弯转；不公正，不合理。

【词义】能屈能伸：能弯曲也能伸展。指人在不得志的时候能忍耐，在得志的时候能施展才干、抱负。

能言善辩 néng yán shàn biàn
× 能言善辨

【区分】辩：（口头上）说明是非或争论真假。辨：判别，区分，辨别。

【词义】能言善辩：很会说话，善于辩论。

宁缺毋滥 nìng quē wú làn
× 宁缺毋烂

【区分】滥：不加选择，不加节制。烂：因水分过多或过熟而松软；腐烂；破碎。

【词义】宁缺毋滥：宁可缺少些，也不要不顾标准，凑数求多。

宁死不屈 nìng sǐ bù qū
× 宁死不曲

【区分】屈：低头，降服。曲：弯

转；不公正，不合理。

【词义】宁死不屈：宁可死去，也不屈服。

弄巧成拙 nòng qiǎo chéng zhuō
× 弄巧成绌

【区分】拙：笨，不灵巧。绌：不足，不够。

【词义】弄巧成拙：本想卖弄聪明，结果做了蠢事。

O

藕断丝连 ǒu duàn sī lián
× 藕断丝联

【区分】连：相接，接续。联：联结，联合。

【词义】藕断丝连：藕被折断时还有许多丝连着不断。比喻相互间没有彻底断绝关系。

呕心沥血 ǒu xīn lì xuè
× 呕心漓血

【区分】沥：液体一滴一滴地落下。漓：水名，漓江。

【词义】呕心沥血：多形容为事业、工作、文艺创作等费尽心血。

P

盘根错节 pán gēn cuò jié
× 盘根错结

【区分】节：枝节。结：条状物上打成的疙瘩；聚，合。

【词义】盘根错节：树根枝节盘旋交错，不易砍伐。比喻事情繁难复杂，不易处理。

旁征博引 páng zhēng bó yǐn
× 旁证博引

【区分】征：收集，寻求。证：证明；凭证；证据。

【词义】旁征博引：（写文章、说话）为了证明论点正确可靠而大量地引用材料。

蓬头垢面 péng tóu gòu miàn
× 蓬头诟面

【区分】垢：污秽，脏东西。诟：耻辱；怒骂，辱骂。

【词义】蓬头垢面：头发很乱，脸上很脏。也泛指没有修饰。

披肝沥胆 pī gān lì dǎn
× 披肝厉胆

【区分】沥：液体一滴一滴地落下。厉：严格；严肃；凶猛。

【词义】披肝沥胆：比喻真心相见，倾吐心里话。也形容非常忠诚。

劈头盖脸 pī tóu gài liǎn
× 辟头盖脸

【区分】劈：正对着，冲着。辟：开发建设；驳斥，排除。

【词义】劈头盖脸：正对着头和脸盖下来。形容（打击、冲击、批评等）来势凶猛。

披星戴月 pī xīng dài yuè
× 披星带月

【区分】戴：加在头、面、颈、手等处。带：携带，随身拿着。

【词义】披星戴月：身披星星，头顶月亮。形容起早贪黑，辛勤劳动或昼夜赶路，旅途辛劳。

平心而论 píng xīn ér lùn
× 凭心而论

【区分】平：安定，安静。凭：（身子）靠着；倚靠，倚仗。

【词义】平心而论：平心静气地给予客观评价。

迫不及待 pò bù jí dài
× 迫不急待

【区分】及：赶上。急：急躁；气恼，发怒；又快又猛；紧急。

【词义】迫不及待：形容心情十分急切，急迫得不能再等待。

破釜沉舟 pò fǔ chén zhōu
× 破斧沉舟

【区分】釜：古代的炊事用具，相当于现在的锅。斧：斧子；古代的一种兵器。

【词义】破釜沉舟：表示不胜利不生还。后比喻下定决心彻底干一场，不达目的决不罢休。

扑朔迷离 pū shuò mí lí
× 扑溯迷离

【区分】朔："扑朔"指雄兔脚毛蓬松。溯：逆着水流的方向走；追求根源或回想。

【词义】扑朔迷离：指难辨兔的雌雄。形容事情错综复杂，难以辨别清楚。

Q

其乐融融 qí lè róng róng
× 其乐容容

【区分】融："融融"指欢乐的样子。容：包含；允许；相貌。

【词义】其乐融融：形容快乐和谐的景象。

气喘吁吁 qì chuǎn xū xū
× 气喘嘘嘘

【区分】吁："吁吁"指喘气声。
嘘：慢慢地吐气。
【词义】气喘吁吁：形容呼吸急促，
大声喘气。

气急败坏 qì jí bài huài
× 气极败坏

【区分】急：匆促，急促。极：顶
点；尽头；最终的；最高的。
【词义】气急败坏：上气不接下气，
狼狈不堪。形容十分慌张或恼怒。

迄今为止 qì jīn wéi zhǐ
× 讫今为止

【区分】迄：到。讫：（事情）完
结；截止。
【词义】迄今为止：指从古至今，是
一个时段。指到现在为止。

气势汹汹 qì shì xiōng xiōng
× 气势凶凶

【区分】汹：水向上翻腾。"汹汹"
指声势盛大的样子（多含贬义）。
凶：恶；残暴；伤害人的行为。
【词义】气势汹汹：形容气势很凶
猛。

千锤百炼 qiān chuí bǎi liàn
× 千锤百练

【区分】炼：用火烧或加热等办法使
物质纯净、坚韧；用心琢磨使精练。
练：反复学习，多次操作；经验多。
【词义】千锤百炼：比喻经过艰苦的
斗争和长期的锻炼。比喻对诗文字
句做多次精心修改。

前车之鉴 qián chē zhī jiàn
× 前车之戒

【区分】鉴：镜子，引申为教训。
戒：防备；革除不良嗜好。
【词义】前车之鉴：前面车子翻倒的
教训。比喻先前的失败，可以作为以
后的教训。

强词夺理 qiǎng cí duó lǐ
× 强词夺礼

【区分】理：道理。礼：礼节，礼
仪；礼物。
【词义】强词夺理：本来没有理，硬
说成有理。

乔装打扮 qiáo zhuāng dǎ bàn
× 巧装打扮

【区分】乔：作假，装。巧：心思灵
敏，技术高；恰好。
【词义】乔装打扮：指进行伪装，隐

藏身份。

巧夺天工 qiǎo duó tiān gōng
× 巧夺天公

【区分】工：精巧，精致。公：正直无私的；共同的；雄性的。

【词义】巧夺天工：人工的精巧胜过天然。形容技艺十分精巧。

巧立名目 qiǎo lì míng mù
× 巧立明目

【区分】名：名字，名称。明：亮；清楚；懂得；公开；睿智。

【词义】巧立名目：为达到某种不正当的目的而编造理由定出一些名目。

沁人心脾 qìn rén xīn pí
× 浸人心脾

【区分】沁：渗入。浸：泡，使渗透。

【词义】沁人心脾：指芳香凉爽的空气或饮料使人感到舒适。现也形容诗歌和文章优美动人，给人清新爽朗的感觉。

轻歌曼舞 qīng gē màn wǔ
× 轻歌慢舞

【区分】曼：柔美。慢：速度低，走路、做事等费的时间长；从缓。

【词义】轻歌曼舞：音乐轻快，舞姿柔美。

罄竹难书 qìng zhú nán shū
× 磬竹难书

【区分】罄：本义为器皿已空，引申为尽，用尽。磬：古代的一种乐器。

【词义】罄竹难书：比喻罪恶很多，难以写完。

穷兵黩武 qióng bīng dú wǔ
× 穷兵渎武

【区分】黩：随随便便，滥用。渎：轻慢，对人不恭敬。

【词义】穷兵黩武：用尽全部兵力，任意发动战争。形容十分好战。

穷途末路 qióng tú mò lù
× 穷途没路

【区分】末：最后，终了。没：无，没有。

【词义】穷途末路：形容到了无路可走的地步。

屈打成招 qū dǎ chéng zhāo
× 曲打成招

【区分】屈：冤枉。曲：弯转；不公正，不合理。

【词义】屈打成招：清白无罪的人冤枉受刑，被迫招认。

趋之若鹜 qū zhī ruò wù
× 趋之若鹜

【区分】鹜：野鸭。骛：奔驰；乱跑。

【词义】趋之若鹜：像鸭子一样成群地跑过去。比喻争相追逐不正当的事物。

全神贯注 quán shén guàn zhù
× 全神惯注

【区分】贯：穿，贯通。惯：习以为常的；纵容。

【词义】全神贯注：全部精神集中在一点上。形容注意力高度集中。

R

惹是生非 rě shì shēng fēi
× 惹事生非

【区分】是：对，与"非"相对。事：事情；事故。

【词义】惹是生非：招引是非，引起争端，制造麻烦。

人所不齿 rén suǒ bù chǐ
× 人所不耻

【区分】齿：说到，提起。耻：羞愧，羞辱。

【词义】人所不齿：人品或行为卑劣，为人所不屑。

仁至义尽 rén zhì yì jìn
× 仁致义尽

【区分】至：极，最。致：给予，向对方表示（礼节、情意等）；达到，实现。

【词义】仁至义尽：竭尽仁义之道。指人的善意和帮助已经做到了最大限度。

任劳任怨 rèn láo rèn yuàn
× 忍劳忍怨

【区分】任：担当，承受。忍：忍耐，忍受；忍心。

【词义】任劳任怨：做事能够经受劳苦和别人的抱怨。

融会贯通 róng huì guàn tōng
× 融汇贯通

【区分】会：理解，懂得。汇：河流会合；聚集。

【词义】融会贯通：把多方面的知识和道理融合而得到全面的透彻的理解。

如雷贯耳 rú léi guàn ěr
× 如雷灌耳

【区分】贯：穿，贯通。灌：浇；注入液体。

【词义】如雷贯耳：形容一个人的名声很大。

孺子可教 rú zǐ kě jiào
× 儒子可教

【区分】孺：小孩子，幼儿。儒：旧时泛指读书人。

【词义】孺子可教：指年轻人有出息，可以把本事传授给他。

入情入理 rù qíng rù lǐ
× 入情入礼

【区分】理：道理。礼：礼节，礼仪；礼物。

【词义】入情入理：合乎常情和道理。

弱不禁风 ruò bù jīn fēng
× 弱不经风

【区分】禁：受得住。经：禁受；经过；经营管理。

【词义】弱不禁风：连点儿风都经受不住。形容身体虚弱或娇弱。

S

三令五申 sān lìng wǔ shēn
× 三令五伸

【区分】申：陈述，说明。伸：舒展开，拉长。

【词义】三令五申：再三地命令和告诫。

山清水秀 shān qīng shuǐ xiù
× 山青水秀

【区分】清：纯洁而无杂质。青：青色；比喻年轻。

【词义】山清水秀：形容风景优美。

姗姗来迟 shān shān lái chí
× 蹒蹒来迟

【区分】姗："姗姗"形容走路缓慢从容的姿态。蹒：腿脚不灵便，走路缓慢、摇摆的样子。

【词义】姗姗来迟：形容来得很晚。

伤天害理 shāng tiān hài lǐ
× 伤天害礼

【区分】理：伦理。礼：礼节，礼仪；礼物。

【词义】伤天害理：指做事残忍，灭绝人性。

赏心悦目 shǎng xīn yuè mù
× 爽心悦目

【区分】赏：因爱好某种东西而观看。爽：舒服，痛快；轻松，利落。

【词义】赏心悦目：看到美好的景物而心情舒畅、愉快。

舍生取义 shě shēng qǔ yì
× 舍身取义

【区分】生：生命。身：身体；指人的生命或一生。

【词义】舍生取义：指为正义而牺牲生命。

深明大义 shēn míng dà yì
× 深明大意

【区分】义：公正合宜的道理。意：意思；愿望。

【词义】深明大义：指识大体，顾大局。

神采奕奕 shén cǎi yì yì
× 神采弈弈

【区分】奕：盛大。"奕奕"指精神饱满的样子。弈：围棋；下棋。

【词义】神采奕奕：形容精神饱满，容光焕发。

声东击西 shēng dōng jī xī
× 升东击西

【区分】声：声张。升：向上，高起，提高。

【词义】声东击西：声张击东而实击西，用以迷惑敌人，造成敌人的错觉，给予出其不意的攻击。

生灵涂炭 shēng líng tú tàn
× 生灵涂碳

【区分】炭：一种深褐色或黑色固体燃料。碳：一种非金属元素。有金刚石、石墨等同素异形体。化学性质稳定，是构成有机物的主要成分。

【词义】生灵涂炭：人民陷在泥塘和火坑里。形容政治混乱时期人民处于极端困苦的境地。

生死攸关 shēng sǐ yōu guān
× 生死悠关

【区分】攸：所。悠：久，远；闲适，闲散。

【词义】生死攸关：关系到生和死。指生死存亡的关键。

盛况空前 shèng kuàng kōng qián
× 胜况空前

【区分】盛：热烈，规模大。胜：胜利；超过；能承担。

【词义】盛况空前：形容热闹至极。

拾人牙慧 shí rén yá huì
× 拾人牙惠

【区分】慧：聪明。"牙慧"指别人说过的话。惠：好处；聪明。

【词义】拾人牙慧：比喻抄袭或套用别人说过的话。

势不两立 shì bù liǎng lì
× 誓不两立

【区分】势：表现出来的情况。誓：表示决心依照说的话实行，发誓。

【词义】势不两立：指敌对双方矛盾尖锐，不能并存。

恃才傲物 shì cái ào wù
× 持才傲物

【区分】恃：依赖，凭仗。持：拿着；掌管；支持。

【词义】恃才傲物：仗着自己有才能而轻视别人。

适得其反 shì dé qí fǎn
× 事得其反

【区分】适：正，恰好。事：事情；事故；职业。

【词义】适得其反：恰恰得到与预期相反的结果。

势均力敌 shì jūn lì dí
× 势均力抵

【区分】敌：（力量）相等的。抵：挡，拒，用力对撑着；顶撞。

【词义】势均力敌：双方势力相当，不分高下。

拭目以待 shì mù yǐ dài
× 试目以待

【区分】拭：擦，抹。试：试验，尝试；考试。

【词义】拭目以待：擦亮眼睛等待着。形容殷切期望或等待某件事情的实现。

势如破竹 shì rú pò zhú
× 势如爆竹

【区分】破：劈开，破开。爆：猛然炸裂；出人意料地出现或发生。

【词义】势如破竹：形势就像劈竹子，头上几节破开以后，下面各节顺着刀势就分开了。比喻节节胜利，毫无阻碍。

世外桃源 shì wài táo yuán
× 世外桃园

【区分】源：水流起头的地方。"桃源"是桃花源的简称，出自陶渊明的《桃花源记》。园：供人游览娱乐的地方；种蔬菜、花果、树木的地方。

【词义】世外桃源：借指不受外界影响的地方或幻想中的美好世界。

首屈一指 shǒu qū yī zhǐ
× 手屈一指

【区分】首：第一，最先。手：人体

上肢前端能拿东西的部分。

【词义】首屈一指：屈指计数总是先屈大拇指，因以"首屈一指"表示位居第一。

水乳交融 shuǐ rǔ jiāo róng
× 水乳交溶

【区分】融：融合，调和。溶：在水中或其他液体中化开。

【词义】水乳交融：水和乳汁融合在一起。形容关系非常融洽或结合十分紧密。

水泄不通 shuǐ xiè bù tōng
× 水泻不通

【区分】泄：液体或气体排出。泻：很快地流；腹泻。

【词义】水泄不通：连水都不能泄出。形容十分拥挤或包围得严密。

司空见惯 sī kōng jiàn guàn
× 司空见怪

【区分】惯：习以为常的，积久成性的。怪：奇异，不平常；责备。

【词义】司空见惯：指某事常见，不足为奇。

死不瞑目 sǐ bù míng mù
× 死不冥目

【区分】瞑：闭眼。冥：昏暗；深

奥；愚昧。

【词义】死不瞑目：死了也不闭眼睛。多用来形容做事不达到目的，决不甘休。

死心塌地 sǐ xīn tā dì
× 死心榻地

【区分】塌：安定，镇定。榻：狭长而较矮的床，泛指床。

【词义】死心塌地：形容主意已定，决不改变。

肆无忌惮 sì wú jì dàn
× 肆无忌殚

【区分】惮：怕，畏惧。殚：竭尽。

【词义】肆无忌惮：任意妄为，毫无顾忌、畏惧。

耸人听闻 sǒng rén tīng wén
× 悚人听闻

【区分】耸：惊动。悚：害怕，恐惧。

【词义】耸人听闻：夸大事实或说离奇的话，使人听了感到震惊。

T

昙花一现 tán huā yī xiàn
× 昙花一显

【区分】现：显露。显：露在外面容

易看出来；表现；露出。

【词义】昙花一现：比喻美好的事物或景象出现了一下，很快就消失。

谈笑风生 tán xiào fēng shēng
× 谈笑风声

【区分】生：发出，起动。声：物体振动所发出的音响；声张；名声。

【词义】谈笑风生：有说有笑，兴致高。形容谈话谈得高兴而有风趣。

叹为观止 tàn wéi guān zhǐ
× 叹为观之

【区分】止：停止。之：助词，表示领有、连属关系；代词，代替人或事物。

【词义】叹为观止：赞美看到的事物好到了极点。

醍醐灌顶 tí hú guàn dǐng
× 醍醐贯顶

【区分】灌：注入液体。贯：穿，贯通；连贯。

【词义】醍醐灌顶：佛教指灌输智慧，使人彻底"醒悟"。比喻听了精辟高明的意见，受到很大启发。

提心吊胆 tí xīn diào dǎn
× 提心掉胆

【区分】吊：悬挂。掉：落下；减

损；回转；摇摆。

【词义】提心吊胆：形容十分担心或害怕。

天理难容 tiān lǐ nán róng
× 天礼难容

【区分】理：道理。礼：礼节，礼仪；礼物。

【词义】天理难容：旧指做事残忍，灭绝人性，为天理所不容。

天经地义 tiān jīng dì yì
× 天经地议

【区分】义：公正合宜的道理。议：意见；讨论；评论是非。

【词义】天经地义：指正确的、不可改变的道理。也指理所当然，不容怀疑。

天翻地覆 tiān fān dì fù
× 天翻地复

【区分】覆：翻过来。复：回去；重来；许多，不单一。

【词义】天翻地覆：形容变化巨大。也形容闹得很凶。

亭亭玉立 tíng tíng yù lì
× 婷婷玉立

【区分】亭：亭子。"亭亭"指高耸直立的样子。婷：秀美的样子。

【词义】亭亭玉立：形容美女身材修长或花木等形体挺拔。

铤而走险 tǐng ér zǒu xiǎn
× 挺而走险

【区分】铤：快步奔跑。挺：很；硬而直；伸直或凸出。

【词义】铤而走险：因无路可走或绝望而采取冒险行动。

通情达理 tōng qíng dá lǐ
× 通情答理

【区分】达：懂得。答：回复；回报别人，报答。

【词义】通情达理：懂得道理，说话、做事合情合理。

痛心疾首 tòng xīn jí shǒu
× 痛心嫉首

【区分】疾：疼痛。嫉：因别人比自己好而怨恨；憎恨。

【词义】痛心疾首：形容痛恨到了极点。

偷工减料 tōu gōng jiǎn liào
× 偷工简料

【区分】减：从总体或某个数量中去掉一部分。简：使简单，简化。

【词义】偷工减料：不按照产品或工程所规定的质量要求而暗中掺假或削

减工序和用料。

头头是道 tóu tóu shì dào
× 投投是道

【区分】头：事情的起点或终点。投：抛，掷，扔；放进去，送进去。

【词义】头头是道：形容一个人说话做事很有条理。

图谋不轨 tú móu bù guǐ
× 图谋不诡

【区分】轨：应遵循的规则。诡：欺诈，奸滑；怪异，出乎寻常。

【词义】图谋不轨：谋划越出常规、法度之事。

推心置腹 tuī xīn zhì fù
× 推心至腹

【区分】置：放，摆，搁。至：到；极，最。

【词义】推心置腹：把赤诚的心交给人家。比喻真心待人。

脱颖而出 tuō yǐng ér chū
× 脱颖而出

【区分】颖：东西末端的尖锐部分。颍：颍河，水名。

【词义】脱颖而出：锥尖透过布囊显露出来。比喻本领全部显露出来。

W

完璧归赵 wán bì guī zhào
× 完璧归赵

【区分】璧：古代的一种玉器，扁平，圆形，中间有小孔。壁：墙；壁垒。

【词义】完璧归赵：比喻原物完整无损地归还本人。

玩世不恭 wán shì bù gōng
× 玩世不公

【区分】恭：肃敬，谦逊有礼貌。公：正直无私的；共同的；雄性的。

【词义】玩世不恭：不把现实社会放在眼里，对什么事都采取不严肃的态度。

万古长青 wàn gǔ cháng qīng
× 万古常青

【区分】长：较长的时间。常：长久；不止一次；普通的。

【词义】万古长青：千秋万代，像松柏一样永远保持青翠。形容精神、友谊等永远存在下去。

万籁俱寂 wàn lài jù jì
× 万赖俱寂

【区分】籁：从孔穴中发出的声音。

赖：倚靠；不承认；不讲道理。

【词义】万籁俱寂：形容四周非常寂静，没有一点儿声音。

枉费心机 wǎng fèi xīn jī
× 妄费心机

【区分】枉：徒然，白白地。妄：荒谬不合理。

【词义】枉费心机：白白地耗费心思。

忘恩负义 wàng ēn fù yì
× 忘恩负意

【区分】义：情谊，恩谊。意：意思；愿望。

【词义】忘恩负义：忘掉了别人对自己的恩情，做出对不起别人的事。

望风披靡 wàng fēng pī mǐ
× 望风披糜

【区分】靡：倒下。糜：粥；糜烂；腐烂。

【词义】望风披靡：形容军队毫无斗志，老远看见对方的气势很盛，没有交锋便溃败了。

忘乎所以 wàng hū suǒ yǐ
× 忘夫所以

【区分】乎：动词后缀，作用跟"于"相同。夫：成年男子；从事某种体力劳动的人。

【词义】忘乎所以：由于过度兴奋或骄傲自满而忘记了一切。也说忘其所以。

望洋兴叹 wàng yáng xīng tàn
× 望洋心叹

【区分】兴：举办，发动。心：心脏；思想的器官和思想、感情等。

【词义】望洋兴叹：比喻做事力量不够或没有条件，而感到无能为力。

危言耸听 wēi yán sǒng tīng
× 威言耸听

【区分】危：不安全。威：表现出来使人敬畏的气魄；威胁。

【词义】危言耸听：故意说些吓人的话，使人听了吃惊。

尾大不掉 wěi dà bù diào
× 尾大不吊

【区分】掉：摇摆，摆动。吊：悬挂；用绳子向上提或向下放。

【词义】尾大不掉：尾巴太大，难以摆动。比喻部下势力强大，无法指挥调度；也比喻机构臃肿，不好调度。

委曲求全 wěi qū qiú quán
× 委屈求全

【区分】曲：不公正，不合理。屈：

使弯曲；低头，降服；冤枉。

【词义】委曲求全：勉强迁就，以求保全；为顾全大局而暂时忍让。

味同嚼蜡 wèi tóng jiáo là
× 味同嚼辣

【区分】蜡：动物、植物或矿物所产生的油质。辣：像姜、蒜等的刺激性味道；凶狠。

【词义】味同嚼蜡：像吃蜡一样，没有一点儿味道。形容语言或文章枯燥无味。

稳操胜券 wěn cāo shèng quàn
× 稳操胜卷

【区分】券：古代的契据，常分为两半，双方各执其一，现代指票据或作凭证的纸片。卷：可以舒展和弯转成圆筒形的书画；书籍的册本或篇章；考试用的纸。

【词义】稳操胜券：比喻有胜利的把握。也说稳操胜算、稳操左券。

无人问津 wú rén wèn jīn
× 无人问斤

【区分】津：渡口。斤：质量或重量单位。

【词义】无人问津：比喻没有人来探问、尝试或购买。

无精打采 wú jīng dǎ cǎi
× 无精打彩

【区分】采：兴致。彩：各种颜色交织；称赞、夸奖的欢呼声。

【词义】无精打采：形容精神不振，提不起劲头。

无与伦比 wú yǔ lún bǐ
× 无与论比

【区分】伦：类。论：分析和说明道理；衡量。

【词义】无与伦比：指事物非常完美，没有能跟它相比的。

销声匿迹 xiāo shēng nì jì
× 消声匿迹

【区分】销：消散，消失。消：溶化；除去；损失，耗费。

【词义】销声匿迹：不再公开讲话，不再出头露面。形容隐藏起来或不公开出现。

兴高采烈 xìng gāo cǎi liè
× 兴高采列

【区分】烈：旺盛。列：排成一行；摆出；量词。

【词义】兴高采烈：形容兴致高昂，

情绪热烈。

虚无缥缈 xū wú piāo miǎo
× 虚无缥渺

【区分】缈："缥缈"指隐隐约约，若有若无。渺：微小；水势辽远；茫茫然，看不清楚。

【词义】虚无缥缈：形容空虚渺茫，隐隐约约，若有若无。

悬梁刺股 xuán liáng cì gǔ
× 悬梁刺骨

【区分】股：大腿。骨：骨头；骨干；像骨的东西；骨气。

【词义】悬梁刺股：形容刻苦学习。

言简意赅 yán jiǎn yì gāi
× 言简意该

【区分】赅：完备。该：应当；欠账。

【词义】言简意赅：语言简练而意思完备。

眼疾手快 yǎn jí shǒu kuài
× 眼急手快

【区分】疾：快，迅速。急：急躁；着急；迫切；情况严重。

【词义】眼疾手快：形容做事机警敏捷。

一筹莫展 yī chóu mò zhǎn
× 一愁莫展

【区分】筹：计策，办法。愁：忧虑；忧伤的情绪。

【词义】一筹莫展：一点儿计策也施展不出，一点儿办法也想不出来。

一鼓作气 yī gǔ zuò qì
× 一股作气

【区分】鼓：击鼓。股：大腿；事物的分支或一部分。

【词义】一鼓作气：第一次击鼓时士气振奋。比喻趁劲头大的时候鼓起干劲，一口气把工作做完。

一诺千金 yī nuò qiān jīn
× 一诺千斤

【区分】金：黄金。斤：质量或重量单位。

【词义】一诺千金：许下的一个诺言有千金的价值。比喻说话算数，极有信用。

一如既往 yī rú jì wǎng
× 一如继往

【区分】既：表示动作已经完了。继：连续，接着。

【词义】一如既往：指没有变化，完全像从前一样。

以毒攻毒 yǐ dú gōng dú
× 以毒功毒

【区分】攻：攻打，进攻。功：成绩，成就，成效；本领。

【词义】以毒攻毒：指用含有毒性的药物治疗毒疮等恶性病。比喻用不良事物本身的矛盾来反对不良事物，或利用恶人来对付恶人。

以儆效尤 yǐ jǐng xiào yóu
× 以警效尤

【区分】儆：让人自己觉悟而不犯过错。警：戒备；危险紧急的情况或事情。

【词义】以儆效尤：严肃处理一件事，用来警醒那些仿效做坏事的人。

异曲同工 yì qǔ tóng gōng
× 一曲同工

【区分】异：不同的。一：数字。

【词义】异曲同工：不同的曲调演得同样好。比喻话的说法不一而用意相同，或一件事情的做法不同而都巧妙地达到目的。

易如反掌 yì rú fǎn zhǎng
× 易如翻掌

【区分】反：翻转。翻：上下或内外交换位置；歪倒；反转；越过。

【词义】易如反掌：比喻事情非常容易办，像翻一下手掌一样。

英雄辈出 yīng xióng bèi chū
× 英雄倍出

【区分】辈：等，类（指人）。倍：某数的几倍就是用几乘某数；更加，非常。

【词义】英雄辈出：英雄层出不穷。

忧心忡忡 yōu xīn chōng chōng
× 忧心冲冲

【区分】忡：忧虑不安。"忡忡"指忧虑不安的样子。冲：用开水等浇；很快地朝某一方向直闯，突破障碍。

【词义】忧心忡忡：形容忧愁不安的样子。

有条不紊 yǒu tiáo bù wěn
× 有条不稳

【区分】紊：乱。稳：安定，固定。

【词义】有条不紊：有条理，有次序，一点儿不乱。

运筹帷幄 yùn chóu wéi wò
× 运筹惟幄

【区分】帷：帐子。"帷幄"指古代军中帐幕。惟：单，只；想，思考。

【词义】运筹帷幄：在帷幕之中指挥、谋划。后泛指筹划机要。

赞不绝口 zàn bù jué kǒu
× 赞不决口

【区分】绝：断。决：拿定主意；堤岸被水冲开。

【词义】赞不绝口：赞美的话说个不停。形容对人或事物十分赞赏。

崭露头角 zhǎn lù tóu jiǎo
× 暂露头角

【区分】崭：高峻，高出。暂：短时间；始，初。

【词义】崭露头角：比喻突出地显露出才能和本领（多指青少年）。

针砭时弊 zhēn biān shí bì
× 针贬时弊

【区分】砭：古代治病刺穴的石针，后泛指金针治疗和砭石出血。贬：给予低的评价；降低。

【词义】针砭时弊：像医病一样，指出时代和社会问题，又针又砭，求得改正向善。

振聋发聩 zhèn lóng fā kuì
× 震聋发聩

【区分】振：摇动，挥动。震：巨大的力等使物体剧烈颤动；情绪过分激动。

【词义】振聋发聩：响声很大，使聋人都能听见。喻指言论、文章有使人醒悟、启发愚蒙的作用。

正襟危坐 zhèng jīn wēi zuò
× 正襟威坐

【区分】危：端正的，正直的。威：表现出来的能压服人的力量或使人敬畏的态度。

【词义】正襟危坐：整好衣襟，端端正正地坐着。形容严肃、恭敬或拘谨的样子。

郑重其事 zhèng zhòng qí shì
× 珍重其事

【区分】郑：郑重。珍：宝贵的东西；宝贵的，贵重的。

【词义】郑重其事：形容对待事情非常严肃认真。

知书达理 zhī shū dá lǐ
× 知书答理

【区分】达：通晓。答：回复；回报别人，报答。

【词义】知书达理：有知识，懂礼貌。指人有文化教养。也写作知书达礼。

执迷不悟 zhí mí bù wù
× 执谜不悟

【区分】迷：分辨不清，失去了辨别、判断的能力。谜：还没有弄明白的或难以理解的事物。

【词义】执迷不悟：坚持错误而不觉悟。

直言不讳 zhí yán bù huì
× 直言不慧

【区分】讳：因有所顾忌而不敢说或不愿说。慧：聪明，有才智。

【词义】直言不讳：直截了当地说出来，没有丝毫顾忌。

指手画脚 zhǐ shǒu huà jiǎo
× 指手划脚

【区分】画：用手、脚或器具做出某种动作。划：用尖锐的东西把别的东西分开或在表面上刻过去；设计，计划。

【词义】指手画脚：形容一边说话一边比画。也形容乱加批评或随意发号施令。

至理名言 zhì lǐ míng yán
× 至理明言

【区分】名：出名的，有名声的；名声，名誉。明：亮；清楚；懂得；公开；睿智。

【词义】至理名言：最正确、最有价值的话。

置若罔闻 zhì ruò wǎng wén
× 置若枉闻

【区分】罔：没有。枉：徒然，白白地；冤屈。

【词义】置若罔闻：好像没有听见似的，不加理睬。

炙手可热 zhì shǒu kě rè
× 灸手可热

【区分】炙：烤。灸：烧，中医的一种医疗方法。

【词义】炙手可热：热得烫手。比喻权势很大，气焰很盛，使人不敢接近。

秩序井然 zhì xù jǐng rán
× 轶序井然

【区分】秩：次序；俸禄，也指官的品级；十年。轶：超过一般；散失。

【词义】秩序井然：做事有条理，不杂乱。

珠联璧合 zhū lián bì hé
× 珠连璧合

【区分】联：联结，联合。连：连接，接续。

【词义】珠联璧合：珍珠联串在一起，美玉结合在一块儿。比喻杰出的人才或美好的事物结合在一起。

抓耳挠腮 zhuā ěr náo sāi
× 抓耳扰腮

【区分】挠：搔，抓。扰：搅扰；客套话，因受人款待而表示客气。

【词义】抓耳挠腮：抓抓耳朵，搔搔腮帮子。形容焦急而又没办法的样子。

专心致志 zhuān xīn zhì zhì
× 专心至志

【区分】致：招引，使达到。至：到；极，最。

【词义】专心致志：把心思全放在上面。形容一心一意，聚精会神。

自暴自弃 zì bào zì qì
× 自抱自弃

【区分】暴：糟蹋，损害。抱：用手臂围住；围绕；抱负；抱怨。

【词义】自暴自弃：自己瞧不起自己，甘于落后或堕落。

自力更生 zì lì gēng shēng
× 自立更生

【区分】力：力量，能力。立：使竖立；使物件的上端向上；建立，树立。

【词义】自力更生：依靠自己的力量改变原来的情况而发展兴旺起来。

自鸣得意 zì míng dé yì
× 自鸣得意

【区分】鸣：表示，以为。鸣：象声词。

【词义】自鸣得意：自己表示很得意，自以为了不起。

自命不凡 zì mìng bù fán
× 自名不凡

【区分】命：给予（名称等）。名：名字，名称；名声，名誉。

【词义】自命不凡：自以为不平凡。形容骄傲自满。

走投无路 zǒu tóu wú lù
× 走头无路

【区分】投：投奔。头：指脑袋；物体的顶端；事情的起点或终点。

【词义】走投无路：无路可走。比喻处境极端困难，找不到出路。

左右开弓 zuǒ yòu kāi gōng
× 左右开工

【区分】弓：射箭或发弹丸的器械。工：工人；工作；生产劳动。

【词义】左右开弓：左右手都能射

箭。比喻两只手轮流做同一动作或同时做几项工作。

坐地分赃 zuò dì fēn zāng
× 坐地分脏

【区分】赃：贪污受贿或偷盗所得的财物。脏：不干净。

【词义】坐地分赃：指盗贼就地瓜分偷盗来的赃物。也指（匪首、窝主）坐等分取同伙用不正当的方法得来的财物。

座无虚席 zuò wú xū xí
× 坐无虚席

【区分】座：座位。坐：坐下去的动作；乘，搭。

【词义】座无虚席：座位没有空着的，形容出席的人很多。

坐享其成 zuò xiǎng qí chéng
× 坐想其成

【区分】享：享受。想：思考，思索；怀念；推测。

【词义】坐享其成：自己不出力，而享受别人取得的成果。

坐以待毙 zuò yǐ dài bì
× 坐以待毖

【区分】毙：死。毖：谨慎小心。

【词义】坐以待毙：坐着等死。形容

处在极端困难的情况下，不积极想办法、找出路而等待失败。

做贼心虚 zuò zéi xīn xū

× 作贼心虚

【区分】做：从事某种工作或活动。

作：从事，做工；当成；创作。

【词义】做贼心虚：做了坏事怕人觉察出来而心里惶恐不安。

小试身手

一、根据拼音，在括号里填上合适的字。

chán（　　）涎欲滴　　　　流水（　　）（　　）

zhì　兴（　　）勃勃　　　　专心（　　）（　　）

cè（　　）隐之心　　　　旁敲（　　）击

zhì（　　）序井然　　　　因地（　　）宜

huì　直言不（　　）　　　　融（　　）贯通

wù　深（　　）痛绝　　　　（　　）人子弟

yáng（　　）长而去　　　　（　　）奉阴违

jīn　无人问（　　）　　　　（　　）碧辉煌

jiā　汗流（　　）背　　　　如数（　　）珍

hè（　　）枪实弹　　　　曲高（　　）寡

chēng（　　）目结舌　　　　（　　）兄道弟

rú　耳（　　）目染　　　　（　　）毛饮血

chè　风驰电（　　）　　　　（　　）夜未归

àn（　　）部就班　　　　举（　　）齐眉

jiān　草（　　）人命　　　　（　　）苦卓绝

xǐng　发人深（　　）　　　　如梦初（　　）

二、圈出下列成语中书写有误的字，并改正。

专心至志 _____　　　语重心常 _____

感恩带德 _____　　　百步串杨 _____

易想不到 _____　　　儒子可教 _____

一糯千金 _____　　　一古作气 _____

雪中送碳 ＿＿＿＿＿＿＿＿

草管人命 ＿＿＿＿＿＿＿＿

杞人优天 ＿＿＿＿＿＿＿＿

天经地意 ＿＿＿＿＿＿＿＿

各抒巳见 ＿＿＿＿＿＿＿＿

实事求事 ＿＿＿＿＿＿＿＿

无精打彩 ＿＿＿＿＿＿＿＿

不可思义 ＿＿＿＿＿＿＿＿

身强力状 ＿＿＿＿＿＿＿＿

首曲一指 ＿＿＿＿＿＿＿＿

死心榻地 ＿＿＿＿＿＿＿＿

勤学苦炼 ＿＿＿＿＿＿＿＿

刚复自用 ＿＿＿＿＿＿＿＿

老奸巨滑 ＿＿＿＿＿＿＿＿

完壁归赵 ＿＿＿＿＿＿＿＿

振耳欲聋 ＿＿＿＿＿＿＿＿

不学无束 ＿＿＿＿＿＿＿＿

能言善辨 ＿＿＿＿＿＿＿＿

不寒而粟 ＿＿＿＿＿＿＿＿

开源截流 ＿＿＿＿＿＿＿＿

独出心载 ＿＿＿＿＿＿＿＿

可见一般 ＿＿＿＿＿＿＿＿

歌舞生平 ＿＿＿＿＿＿＿＿

目盯口呆 ＿＿＿＿＿＿＿＿

谈笑风声 ＿＿＿＿＿＿＿＿

同心胁力 ＿＿＿＿＿＿＿＿

手舞足倒 ＿＿＿＿＿＿＿＿

引人住目 ＿＿＿＿＿＿＿＿

固步自封 ＿＿＿＿＿＿＿＿

收益匪浅 ＿＿＿＿＿＿＿＿

晃然大悟 ＿＿＿＿＿＿＿＿

坐无虚席 ＿＿＿＿＿＿＿＿

三、把下面的成语补充完整。

爱＿＿＿＿释＿＿＿＿

提心＿＿＿＿＿＿

忘乎＿＿＿＿＿

三＿＿＿五＿＿＿

生＿＿攸＿＿

拾＿＿牙＿＿

恃＿＿傲＿＿

生＿＿涂＿＿

偷＿＿减＿＿

＿＿＿如＿＿＿海

伤＿＿＿害＿＿＿

＿＿＿人＿＿＿闻

声＿＿＿击＿＿＿

盛＿＿＿空＿＿＿

＿＿＿目＿＿＿待

通＿＿达＿＿

推＿＿＿置＿＿＿

图＿＿＿不＿＿＿

_____ _____灌顶			_____肝_____胆		
众_____成_____			披_____斩_____		
同_____敌_____			惊_____失_____		
垂_____丧_____			救_____扶_____		
_____七_____八			_____心_____目		
推己_____			自_____其_____		
_____上谈_____			夜_____自_____		
_____全_____局			爱_____及_____		
宁缺_____			_____然_____下		
_____疾_____快			_____ _____究底		
_____遇_____安			枉_____心_____		

四、根据意思和提示写成语。

1. 意思：比喻爱一个人而连带地关心到与他有关的人或物。

   提示：乌　_____

2. 意思：形容箭法或枪法十分高明。

   提示：杨　_____

3. 意思：指继承前人事业，为后人开辟道路。

   提示：前、后　_____

4. 意思：从鼻子里发出冷笑的声音。表示讥笑和蔑视。

   提示：鼻　_____

5. 意思：比喻微不足道的技能。

   提示：虫　_____

6. 意思：比喻为了便于乘机行事，引诱人离开原来的地方。

   提示：虎　_____

7. 意思：比喻占首位或获得第一名。

   提示：鳌　_____

8. 意思：形容很多人乱哄哄地朝一个地方聚拢。

　　提示：蜂 _____

9. 意思：比喻基础稳固，不容易动摇。

　　提示：根、蒂 _____

10. 意思：比喻虚幻不能实现的梦想。

　　提示：梁 _____

五、选择正确的答案，把序号写在括号里。

1. 下列词语中没有错别字的一组是（　　　）。

A. 轻歌曼舞　拭目以待　　　　B. 渊远流长　箴言警句

C. 甘之如饴　蛊惑人心　　　　D. 连篇累牍　奴颜卑膝

2. 下列词语中有错别字的一组是（　　　）。

A. 百战不殆　关怀备至　　　　B. 不伐其功　不刊之论

C. 斗志昂扬　出人头地　　　　D. 未雨绸缪　谈笑风声

3. 下列词语中有两个错别字的一组是（　　　）。

A. 出言不逊　以飨读者　　　　B. 蜂拥而至　独挡一面

C. 屈意逢迎　改斜归正　　　　D. 良辰美景　大相迳庭

4. 下列词语中有错别字的一组是（　　　）。

A. 目不暇接　煞费心机　　　　B. 甘之如饴　呕心沥血

C. 沁人心脾　锲而不舍　　　　D. 鞭辟入里　色厉内任

5. 下列词语中有错别字的一组是（　　　）。

A. 截然不同　嬉笑怒骂　　　　B. 人才倍出　功亏一篑

C. 花样迭出　鱼肉乡民　　　　D. 爱不释手　小心翼翼

6. 下列词语中没有错别字的一组是（　　　）。

A. 精兵减政　中流砥柱　　　　B. 平江如炼　削足适履

C. 授之有愧　有恃无恐　　　　D. 恰如其分　风雨如晦

7. 下列词语中有两个错别字的一组是（　　　）。

A. 针砭时弊　融会贯通　　　　B. 桀骜不训　浑然不觉

C. 既往开来　记日程功　　　　D. 迄今为止　再接再励

8. 下列词语中有一个错别字的一组是（　　　）。

A. 岁月磋跎　如饮干醇　　　　B. 头晕目炫　理直气状

C. 拌手拌脚　莫不关心　　　　D. 振振有辞　富丽堂煌

9. 下面词语中没有错别字的一组是（　　　）。

A. 局促不安　兴喜若狂　　　　B. 天高地阔　扬长而去

C. 寒风呼萧　一丝不苟　　　　D. 张灯接彩　瑟瑟发抖

参考答案

一、

（馋）涎欲滴　　流水（潺潺）　　兴（致）勃勃　　专心（致志）

（恻）隐之心　　旁敲（侧）击　　（秩）序井然　　因地（制）宜

直言不（讳）　　融（会）贯通　　深（恶）痛绝　　（误）人子弟

（扬）长而去　　（阳）奉阴违　　无人问（津）　　（金）碧辉煌

汗流（浃）背　　如数（家）珍　　（荷）枪实弹　　曲高（和）寡

（瞠）目结舌　　（称）兄道弟　　耳（濡）目染　　（茹）毛饮血

风驰电（掣）　　（彻）夜未归　　（按）部就班　　举（案）齐眉

草（菅）人命　　（艰）苦卓绝　　发人深（省）　　如梦初（醒）

二、

至（致）　常（长）　带（戴）　串（穿）　易（意）

儒（孺）　糯（诺）　古（鼓）　碳（炭）　束（术）

管（菅）　辨（辩）　优（忧）　粟（栗）　意（义）

截（节）　巳（己）　载（裁）　事（是）　般（斑）

彩（采）　生（升）　义（议）　盯（瞪）　状（壮）

声（生）　曲（屈）　胁（协）　榻（塌）　倒（蹈）

炼（练）　住（注）　复（愎）　固（故）　滑（猾）

收（受）　壁（璧）　晃（恍）　振（震）　坐（座）

三、

爱（不）释（手）　　　（浩）如（烟）海　　提心（吊胆）

伤（天）害（理）　　　忘乎（所以）　　　（耸）人（听）闻

三（令）五（申）　　　声（东）击（西）　　生（死）攸（关）

盛（况）空（前）　　　拾（人）牙（慧）　　（拭）目（以）待

恃（才）傲（物）　　　通（情）达（理）　　生（灵）涂（炭）

推（心）置（腹）　　　偷（工）减（料）　　图（谋）不（轨）

（醍醐）灌顶　　　　（披）肝（沥）胆　　众（志）成（城）

披（荆）斩（棘）　　　同（仇）敌（忾）　　惊（慌）失（措）

垂（头）丧（气）　　　救（死）扶（伤）　　（横）七（竖）八

（赏）心（悦）目　　　推己（及人）　　　自（食）其（果）

（纸）上谈（兵）　　　夜（郎）自（大）　　（顾）全（大）局

爱（屋）及（乌）　　　宁缺（毋滥）　　　（潸）然（泪）下

（眼）疾（手）快　　　（追根）究底　　　（随）遇（而）安

枉（费）心（机）

四、

爱屋及乌　百步穿杨　承前启后　嗤之以鼻　雕虫小技

调虎离山　独占鳌头　蜂拥而至　根深蒂固　黄粱一梦

五、

1. A。B项，渊—源；C项，盅—盎；D项，阜　婢

2. D。D项，声—生

3. C。C项，屈—曲，斜—邪；A项，全对；B项，挡—当；D项，迳—径

4. D。任—荏

5. B。倍—辈

6. D。A项，减—简；B项，炼—练；C项，授—受

7. C。C项，既—继，记—计；A项，全对；B项，训—驯；D项，励—厉

8. A。A项，干—甘；B项，炫—眩，状—壮；C项，拌—绊，莫—漠；D项，辞—词，煌—皇

9. B。A项，兴—欣；C项，萧—啸；D项，接—结

第四章

辨析易错易混 的字词和成语

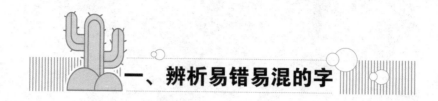

一、辨析易错易混的字

哀 āi — 衷 zhōng

【辨析】两个字字形相近，都是上中下结构，上下是一个拆开的"衣"，区别在中间部分。"哀"可以组词"哀求"，哀求需要用语言，所以中间为"口"。"衷"是形声字，读"zhōng"，故中间是一个"中"。

【组词】哀求 衷心

蔼 ǎi — 霭 ǎi

【辨析】两个字字形相近，下半部分相同，上面的偏旁不同。两个都是形声字，形旁分别为"艹"和"雨"。"蔼"本义是果实、树木繁茂的样子，现在常用于"和蔼"，有和气、和善的意思。"霭"一般与云气、烟雾等相关。

【组词】和蔼 暮霭

暧 ài — 暖 nuǎn

【辨析】两个字字形相近，都是形声字，形旁都是"日"，本义都与光有关。"暧"有日光昏暗、隐蔽的意思。"暖"有温和、不冷的意思。

【组词】暧昧 暖和

安 ān — 按 àn

【辨析】左字是右字的一部分，两个字读音相近，不同义。"安"的意思是安定、安全、安稳，组成的词语一般都与安定、平稳相关。"按"是"扌"旁，所以组词多与手部动作有关。

【组词】安逸 按压

暗 àn — 黯 àn

【辨析】两个字字形相近，右边都是"音"，左边偏旁不同。"暗"的左边是"日"，意思与太阳相关，本指太阳光线不足，引申为隐藏。"黯"的左边是"黑"，形容心神沮丧的样子，多指心情不乐观。

【组词】黑暗 黯然

拔 bá — 拨 bō

【辨析】两个字字形相近，左边都是"扌"，右边不同。"拔"右半边是一个"犮"，"拨"右半边是一个"发"。"拔"的意思是抽，拉出，连根拽出，一般用劲大些。"拨"的意思是用手指、棍棒等推动或挑动，用劲相对小些。

【组词】拔草 拨款

斑 bān — 班 bān

【辨析】两个字字形相近，都是左中右结构，左右都是"王"，区别在中间部分。"斑"的本义指斑点或花纹，所以中间有个"文"，引申为灿烂多彩。"班"的本义为分割玉，中间的一点一撇象征分割用的刀子，后引申为分出的某种组织、团体等。

【组词】斑点 班级

拌 bàn — 绊 bàn

【辨析】两个字字形相近，都是形声字，右边是声旁"半"。"拌"，形旁是"扌"，与手有关，是一种搅和的动作。"绊"，形旁是"纟"，意思是行走时被别的东西挡住或缠住，引申为束缚或牵制。

【组词】搅拌 牵绊

蔽 bì — 弊 bì

【辨析】两个字字形相近，都是形声字，声旁是"敝"。"蔽"，形旁是"艹"，本义是小草，现在是遮挡、隐藏、欺骗的意思。"弊"，形旁是"廾"，意思是害处或欺蒙人的坏事。

【组词】遮蔽 作弊

毙 bì — 毖 bì

【辨析】两个字字形相近，上面都是"比"，区别在下面。"毙"的下面是"死"，字意就是死。"毖"的下面是"必"，字意是谨慎小心。

【组词】枪毙 惩前毖后

辨 biàn — 辩 biàn

【辨析】两个字字形相近，都是左中右结构，左右都是"辛"，区别在中间部分。"辨"是根据不同事物的特点，在认识上加以区别，所以中间是一点一撇，象征一把刀。"辩"是用语言来说明见解或主张，所以中间是表示语言的"讠"。

【组词】分辨 辩论

秉 bǐng — 禀 bǐng

【辨析】两个字音同形异。作动词时，"秉"侧重指手的动作，有拿着、掌握的意思；"禀"侧重指口的动作，指下对上报告。另外，两字都有承受的意思，此时通用，如"秉承"和"禀承"。组词时，"秉性"指性格，"禀性"指本性、天性。

【组词】秉持　禀告

才 cái — 材 cái

【辨析】左字是右字的一部分，两个字同音不同义。"才"是独体字，有才能、能力的意思，主要指人记忆、观察、想象、思考、判断等能力。"材"是左右结构，"木"字旁，本义是木料，引申为可用来制造成品的东西或资料。

【组词】人才　木材

采 cǎi — 彩 cǎi

【辨析】左字是右字的一部分，两个字同音不同义。字形上，"采"上面是"爪"，下面是"木"，表示用手采摘树上的果实，后引申为选择、搜集等意思，也可指精神状态。"彩"多了三撇，表示与图画、文饰相关，最常指各种颜色交织。

【组词】采取　彩色

残 cán — 惨 cǎn

【辨析】两个字读音相近，都包含凶

狠之意，但也有明显的不同。"残"左边是"歹"旁，表示与死亡有关，有残缺、毁坏、凶恶等意思，也表示剩余的、将尽的。"惨"左边是"忄"旁，表示与情绪有关，多指悲惨或狠毒，也表示程度严重。

【组词】残酷　悲惨

苍 cāng — 沧 cāng

【辨析】两个字都是形声字，声旁都是"仓"。"苍"，形旁是"艹"，本义是指草的颜色，引申为青色（包括蓝和绿）和灰白色。"沧"，形旁是"氵"，指水的青绿色。

【组词】苍白　沧海

侧 cè — 测 cè

【辨析】两个字字形相近，都是形声字，右边是声旁"则"。"侧"，形旁是"亻"，意思是旁边。"测"，形旁是"氵"，本义是度量水的深浅，引申为利用仪器来度量。

【组词】侧面　测量

察 chá — 查 chá

【辨析】两个字音同形异，意思有所不同。"察"的本义为看，仔细地看。"查"和"察"都有"看"的意思，但"察"只重在"看"，而"查"则重在"看"的施动者和看的目的，或者从"看"中找到一点儿什么东西，或者从"看"中得出什么结论或处理意见。

【组词】视察　检查

拆 chāi — 折 zhé

【辨析】两个字字形相近，只差一笔。"拆"比"折"的右半部分多一个点，意思是把在一起的弄开，分散，毁掉。"折"意思是断，弄断。

【组词】拆分　折纸

长 cháng — 常 cháng

【辨析】两个字音同形异，意思不同。"常"用于强调频率，表示经常的。"长"用于强调时间持久性，表示不是短时间的。

【组词】经常　长寿

敞 chǎng — 畅 chàng

【辨析】两个字读音相近，都包含没有遮拦、阻碍之意。"敞"指房屋、庭院等宽绰没有遮拦。"畅"多指过程中无阻碍，不停滞，痛快。

【组词】宽敞　通畅

驰 chí — 弛 chí

【辨析】两个字字形相近，右边都是"也"，左边偏旁不同。"驰"是"马"旁，表示与马有关，常指车马快跑、向往、传播等意思。"弛"是"弓"旁，表示与弓有关，本义是放

松弓弦，还有松懈、延缓等意思。

【组词】驰骋　松弛

持 chí — 恃 shì

【辨析】两个字字形相近，都是形声字，右边是声旁"寺"。"持"是"扌"旁，本义是拿着，引申为支持、坚持等，是有具体行为的。"恃"是"忄"旁，表示与情绪有关，侧重指态度上的依赖、倚仗。

【组词】支持　有恃无恐

词 cí — 辞 cí

【辨析】两个字音同形异，意思略有不同。"词"是"讠"旁，指语言里最小的可以独立运用的单位，也指中国古代一种诗体。"辞"是"舌"旁，当优美的语言讲时，同"词"的意思相近，也是中国古代的一种文体。

【组词】词语　修辞

窜 cuàn — 蹿 cuān

【辨析】左字是右字的一部分，两个字音近不同义。"窜"的本义是躲藏，后来引申为逃跑，乱走。"蹿"的左边是"足"旁，表示与脚有关，有向上跳或跳动着奔跑的意思。

【组词】窜逃　蹿升

萃 cuì — 粹 cuì

【辨析】两个字都是形声字，声旁都是"卒"。"萃"，形旁是"艹"，本义是草丛生的样子，引申为聚集。"粹"，形旁是"米"，本义是精米，后指纯净不杂、精华等。

【组词】荟萃　纯粹

悴 cuì — 瘁 cuì

【辨析】两个字都是形声字，声旁都是"卒"。"悴"，形旁是"忄"，表示与情绪有关，指忧伤、疲萎。"瘁"，形旁是"疒"，表示与疾病有关，指疾病、劳累。

【组词】憔悴　心力交瘁

D

殚 dān — 惮 dàn

【辨析】两个字字形相近，都是形声字，声旁都是"单"。"殚"，形旁是"歹"，表示与坏、死有关，是竭尽的意思。"惮"，形旁是"忄"，表示与情绪有关，是怕、畏惧的意思。

【组词】殚精竭虑　忌惮

蹈 dǎo — 稻 dào

【辨析】两个字字形相近，都是形声字，右边是声旁"舀"。"蹈"，形旁是"足"，指踩踏或跳动。"稻"，形旁是"禾"，通常指稻子。

【组词】舞蹈　水稻

带 dài — 戴 dài

【辨析】两个字音同形异，意思有所不同。"带"有随身拿着、携带的意思。"戴"多用于把东西放在头、面、颈、胸、臂等处。

【组词】携带　佩戴

待 dài — 侍 shì

【辨析】两个字字形相近，右边都是"寺"，左边偏旁不同。"待"是"彳"旁，本义是等候，也有对待、将要的意思。"侍"是"亻"旁，与人有关，有伺候或在旁边陪着的意思。

【组词】等待　侍奉

低 dī — 底 dǐ

【辨析】两个字都是形声字，声旁都是"氐"。"低"，形旁是"亻"，本义是下，与"高"相对，引申为矮小、低贱、低头等。"底"，形旁是"广"，本义指物体的最下部，引申为基础、基层等。

【组词】低下　底部

掂 diān — 惦 diàn

【辨析】两个字字形相近，都是形声字，右边是声旁"店"。"掂"，形旁是"扌"，意思是用手托着东西上下晃动来估量轻重。"惦"，形旁是"忄"，意思是惦记、挂念。

【组词】掂量 惦念

叠 dié — 迭 dié

【辨析】两个字音同形异，都有不单一的意思，各有侧重。"叠"指重叠或折叠。"迭"指替换、轮流或屡次。

【组词】重叠 更迭

订 dìng — 定 dìng

【辨析】两个字音同形异，意思不同。"订"是"讠"旁，表示双方事先有所约定，并不管约定能否保证确定不变，强调的是过程。"定"是"宀"旁，意思是安，引申为不变的、镇定、必然等。

【组词】预订 安定

度 dù — 渡 dù

【辨析】左字是右字的一部分，两个字同音不同义。"度"的本义是计量长短的标准，引申为法度、程度等，也有度过的意思。"渡"是"氵"旁，本义是横过水面，引申为由此及

彼或移交等。

【组词】过度 渡江

厄 è — 噩 è

【辨析】两个字音同形异，意思各有不同。它们都包含"不好"的意思。"厄"的本义是困苦、灾难，引申为阻塞、险要之地等。"噩"指惊人的，不祥的。

【组词】厄运 噩梦

番 fān — 翻 fān

【辨析】左字是右字的一部分，两个字同音不同义。"番"指遍数、倍数等。"翻"指歪倒、反转、越过等，也指数量成倍增加。两字均含有与数量有关的意思，所以易混。

【组词】轮番 翻倍

烦 fán — 繁 fán

【辨析】两个字音同形异，意思各有不同。"烦"是"火"旁，本义是头痛发烧，引申为苦闷急躁、搅扰等。"繁"本义是马头上的饰物，引申为复杂、多、兴盛等。

【组词】烦恼 繁杂

反 fǎn — 返 fǎn

【辨析】左字是右字的一部分，两个字同音不同义。"反"常见意思是翻转、颠倒的，也指回过头来。"返"本义是回归、返回。两字都含有与回相关的意思，所以易混。

【组词】反复 返回

防 fáng — 妨 fáng

【辨析】两个字字形相近，都是形声字，右边是声旁"方"。"防"，形旁是"阝"，本义是堤坝，引申为戒备、守卫等。"妨"，形旁是"女"，本义是损害，引申为阻碍、伤害等。

【组词】防备 妨碍

非 fēi — 匪 fěi

【辨析】左字是右字的一部分，两个字读音相近，且都能表示否定，但具体意思不同。"非"本义表示相违背，引申为错误的，与"是"相对，又引申为反对、责难，虚化为否定性前缀。"匪"作名词时指坏人，假借为"非"，表示否定。

【组词】是非 获益匪浅

费 fèi — 废 fèi

【辨析】两个字音同形异，意思各有不同。"费"是指用掉一些有用的东西，如花费时间、浪费水资源等。"废"是指一些无用的甚至有害的失去效用的东西，如废气、废墟等。

【组词】花费 废纸

分 fèn — 份 fèn

【辨析】两字音同而形近，二者主要在都作名词时易混。"分"指名位、职责、权利的限度，如恰如其分，也指成分、情分等。"份"指整体里的一部分，如股份。

【组词】安分 股份

幅 fú — 副 fù

【辨析】两个字字形相近，有相同的部分"畐"。它们在作量词时极易混淆。"幅"一般修饰布料、丝织品，也用来表示图画、布匹等。"副"表示成套的东西，如一副对联；有时也用于表示面部表情，如一副面孔。

【组词】一幅画 一副手套

俯 fǔ — 伏 fú

【辨析】两个字读音相近，都含有身体某个部位向下的意思，所以容易用混。"俯"指向下，低头，与"仰"相对。"伏"本义是脸向下，体前屈或趴下，引申为埋伏、伏法等。

【组词】俯视 伏案

复 fù — 覆 fù

【辨析】两个字读音相同，都包含"翻转"的意思，所以易混。"复"本义是返回，回来，引申为回报、还原、重来等。"覆"意思是翻转，倾倒或遮盖。

【组词】回复　颠覆

概 gài — 慨 kǎi

【辨析】这两个字字形相近，右边都是"既"，左边偏旁不同。"概"是"木"旁，本义是量粮食时用来刮平斗斛的木板，引申为大略、一律、气度等。"慨"是"忄"旁，和心情有关，意为情绪激昂、叹息等。

【组词】大概　感慨

隔 gé — 膈 gé

【辨析】两个字字形相近，都是形声字，右边是声旁"鬲"。"隔"，形旁是"阝"，指阻隔，使不相通，也指有一段距离。"膈"，形旁是"月"，指人或哺乳动物胸腔与腹腔之间的膜状肌肉。

【组词】隔离　膈膜

各 gè — 个 gè

【辨析】两个字音同形异，意思各有不同。"各"指每个，彼此不同。"个"可以作量词，也指单独的。

【组词】各位　个体

梗 gěng — 鲠 gěng

【辨析】两个字字形相近，都是形声字，右边是声旁"更"。"梗"，形旁是"木"，本指植物的枝或茎，引申为挺立、正直等。"鲠"，形旁是"鱼"，本义是鱼骨，也指鱼骨卡在喉咙里，引申为阻塞、堵塞之意。

【组词】菜梗　如鲠在喉

钩 gōu — 勾 gōu

【辨析】左字是右字的一部分，两个字同音不同义，在作动词时易混淆。"钩"只用于具体动作，指用"钩"来钩住什么或者钩取什么。"勾"可用于具体动作，如勾画，也可以表示比较抽象的意思，如勾起回忆。

【组词】钩子　勾勒

固 gù — 故 gù

【辨析】两个字都是形声字，声旁都是"古"。"固"，形旁是"囗"，像四周围起来的样子，本义是坚固，引申为坚定、原本等。"故"，形旁是"攵"，作形容词时指旧的，作名词时多指原因。

【组词】牢固　故乡

冠 guān — 寇 kòu

【辨析】两个字字形相近，区别只在几笔。"冠"的上面是"冖"旁，下面是"元"和"寸"，好像人戴一个帽子一样，所以本义指帽子，引申为形状像帽子或在顶上的东西。"寇"的上面是"宀"旁，下面是"元"和"攴"，有强盗、侵略者、敌人等意思。

【组词】衣冠　贼寇

函 hán — 涵 hán

【辨析】左字是右字的一部分，两个字同音不同义，在作动词时易混淆。"函"最常用的意思是盒子、信件，如信函；也有包含、容纳的意思，但不常用，如函夏。"涵"的常用意就是包容、包含，如包涵，不作名词。

【组词】信函　包涵

哄 hōng — 轰 hōng

【辨析】两个字音同形异，意思里都有与声音有关的地方。"哄"指好多人同时发声，如哄笑。"轰"作拟声词时形容打雷、放炮、爆炸等巨大的声响，也可作动词，是驱赶的意思。

【组词】哄笑　轰鸣

宏 hóng — 洪 hóng

【辨析】两个字音同形异，都有与大有关的意思。"宏"本义指房屋深广，所以是"宀"旁，引申为广大、博大的意思。"洪"本义指大水，所以是"氵"旁，引申为大的意思。

【组词】宏大　洪水

侯 hóu — 候 hòu

【辨析】两个字字形相近，区别只在中间一竖，但意思完全不同，经常被记混。"侯"中间没有一竖，指我国古代的爵位，也是一个姓氏。"候"中间有一竖，有等待、问候、时节等意思。

【组词】侯爵　等候

狐 hú — 弧 hú

【辨析】两个字字形相近，右边都是"瓜"，左边偏旁不同。"狐"的左边是"犭"，一般指狐狸。"弧"的左边是"弓"，古代指木弓，后指圆周的任意一段。

【组词】狐狸　圆弧

画 huà — 划 huá

【辨析】两个字音近形异，在指具体的动作时，都有绘出图形或线条的意思，所以易混。"画"的结果是画上图形、符号，多用笔类作为工具。

"划"的结果是划开、划破或刻上痕迹，多用尖锐的东西作为工具。

【组词】画图 划破

缓 huǎn — 暖 nuǎn

【辨析】两个字字形相近，都是形声字，右边是声旁"爰"。"缓"，形旁是"纟"，本义是宽松、宽大，引申为松弛，后最常指慢，与"急"相对。"暖"，形旁是"日"，表示与太阳有关，意为温和，不冷。

【组词】缓慢 温暖

慌 huāng — 谎 huǎng

【辨析】两个字字形相近，都是形声字，右边是声旁"荒"。"慌"，形旁是"忄"，表示与内心有关，指不安、不沉着。"谎"，形旁是"讠"，表示与说话有关，指假话或说假话。

【组词】慌张 谎言

悔 huǐ — 诲 huì

【辨析】两个字字形相近，都是形声字，右边是声旁"每"。"悔"，形旁是"忄"，表示与内心有关，指懊恼过去做的不对。"诲"，形旁是"讠"，表示与说话有关，指教导，明示。

【组词】后悔 教诲

惠 huì — 慧 huì

【辨析】两个字音同形异，意思各有不同。"惠"本义是仁爱，现在作名词时指恩惠、好处；作动词时指给人财物或好处；也可作敬辞，如惠顾。"慧"是聪明、有才智的意思。

【组词】恩惠 聪慧

浑 hún — 混 hùn

【辨析】两个字读音接近，都有"氵"旁，本义都与水有关，易混淆。"浑"，右边是"军"，本义指大水涌流声，后常指水不清，污浊，比喻人不明事理。"混"，右边是"昆"，本义指水势盛大，有掺杂在一起或蒙混等意思。

【组词】浑浊 混乱

积 jī — 集 jí

【辨析】两个字音同形异，都有聚集的意思，易混淆。但它们的意思又各有侧重。"积"指聚集时，有一个积少成多的趋势，如积累。"集"指聚集时，有一个由散到聚的趋势，如集合。

【组词】积累 集合

即 jí — 既 jì

【辨析】两个字字形相近，区别在右半部分，易混淆。"即"的右边是"卩"，原指靠近，后来有假如、将要、就是、当时或当地等意思。"既"的右边是"旡"，有已经的意思，指动作完了。

【组词】即使 既然

嫉 jí — 忌 jì

【辨析】两个字读音接近，都含有妒恨的意思，易混淆。"嫉"是左右结构，指因别人比自己好而怨恨，此外还有憎恨的意思。"忌"是上下结构，指妒忌和憎恨，此外还有害怕、戒除等意思。

【组词】嫉妒 妒忌

籍 jí — 藉 jí

【辨析】两个字字形相近，下边都是"耤"，上边偏旁不同。"籍"的上边是"⺮"，古书以竹制成，本义为登记册、户口册，引申为书、簿册、隶属关系等。"藉"的上边是"艹"，有践踏、凌辱的意思。

【组词】书籍 狼藉

己 jǐ — 已 yǐ — 巳 sì

【辨析】三个字读音完全不同，字形非常相似，区别只在封口程度，极易混淆。"己"不封，是自己的意思。"已"封一半，是已经的意思。"巳"全封，是地支的第六位，旧时用于记时。区分口诀："已（yǐ）半，巳（sì）满，不出己（jǐ）。"

【组词】自己 已经 巳时

记 jì — 纪 jì

【辨析】两个字字形相近，都是形声字，右边是声旁"己"。"记"，形旁是"讠"，表示与说话有关，本义是记住说的话，现在使用范围广，如记忆、记录、标记等。"纪"，形旁是"纟"，本义是散丝的头绪，后也指记载、法度、记年代的方式等。

【组词】记录 纪念

佳 jiā — 嘉 jiā

【辨析】两个字音同形异，意思各有不同。"佳"是左右结构，本义指长相标致的人，引申为外貌标致，长相标准，美好的、好的。"嘉"有美好、欢乐、夸奖、赞许等意思。

【组词】佳节 嘉奖

坚 jiān — 艰 jiān

【辨析】两个字音同形异，但都可以和"苦"组成词语，易混淆。"坚"有坚固、坚定、坚决等意思，在"坚苦"中取坚定之意。"艰"只有困难一个意思。所以，"坚苦"一般喻指一个人在非常困难的环境或条件下，坚守岗位或坚持学习的坚强意志；而"艰苦"专指环境或条件状况不好，如环境艰苦、条件艰苦等。

【组词】坚固 艰辛

捡 jiǎn — 拣 jiǎn

【辨析】两个字读音相同，都有拾取的意思，易混淆。"捡"意为拾取，侧重没有选择性地拿起东西。"拣"意为挑选，侧重有选择性地拿起东西。

【组词】捡拾 挑肥拣瘦

剑 jiàn — 箭 jiàn

【辨析】两个字音同形异，都是指古代的一种武器，易混淆。"剑"是手持近战武器，以刺为主，也可砍、劈等。"箭"和弓一起组成弓箭，远程弹射类武器，命中后有刺的效果。

【组词】刀剑 弓箭

健 jiàn — 键 jiàn

【辨析】两个字字形相近，都是形声字，右边是声旁"建"。"健"，形旁是"亻"，表示与人有关，最常指人强壮，身体好。"键"，形旁是"钅"，表示与金属有关，指一些机关部件等，如键盘。

【组词】健壮 键盘

交 jiāo — 缴 jiǎo

【辨析】两个字读音相近，都含有交纳、交付的意思，易混淆。"交"没有被动的意思，一般指主动付给。"缴"侧重被动地交，被征收，如缴纳等。

【组词】交差 缴纳

胶 jiāo — 狡 jiǎo

【辨析】两个字字形相近，都是形声字，右边是声旁"交"。"胶"，形旁是"月"，本义指动物的皮角或树脂制成的黏性物质，引申为各种黏合剂。"狡"，形旁是"犭"，本义是小狗，后多指诡诈、狡猾。

【组词】胶泥 狡猾

节 jié — 截 jié

【辨析】两个字音同形异，作量词时易混淆。"节"作量词时，强调事物是一段一段相连的，不断的。"截"作量词时，强调事物是独立的一段一段，不相连。

【组词】竹节 半截

竟 jìng — 竞 jìng

【辨析】两个字字形非常相似，只有一笔之差。"竟"的中间是"日"，一般表示出乎意料，也有完毕、终于等意思。"竞"的中间是"口"，指比赛，互相争胜。

【组词】竟然 竞赛

径 jìng — 胫 jìng

【辨析】两个字字形相近，右边相同，左边偏旁不同。"径"的左边是"彳"，表示与路有关，本义是小路，后多指道路、方法、直径等。"胫"的左边是"月"，表示与肉有关，指小腿。

【组词】路径 胫骨

纠 jiū — 赳 jiū

【辨析】两个字字形相近，都有"丩"，区别在另外的部分。"纠"是"纟"旁，本义是三股的绳子，引申为缠绕、矫正等。"赳"是"走"旁，最常用来形容走路威武雄壮的样子。

【组词】纠正 雄赳赳

灸 jiǔ — 炙 zhì

【辨析】两个字字形相近，区别在上半部分的几个点。"灸"是形声字，上半部分是声旁"久"，意为用艾叶等制成艾炷或艾卷，烧灼或熏烤人体的穴位，是中医的一种疗法。"炙"是会意字，上半部分是"肉"字的变形，指用火烤肉。

【组词】艾灸 炙烤

具 jù — 俱 jù

【辨析】左字是右字的一部分，两个字同音不同义。"具"可作名词，如器具；可作动词，如具备；可作量词，如一具尸体。"俱"指全、都、一起等，如声色俱厉。

【组词】具体 与时俱进

卷 juàn — 券 quàn

【辨析】两个字字形相近，区别在下半部分。"卷"的下边是"㔾"，可以用于书卷、画卷、试卷等，形制比较大。"券"的下边是"刀"，古代的契据，常分为两半，双方各执其一，现代指票据或作为凭证的纸片，形制比较小。

【组词】书卷 奖券

决 jué — 绝 jué

【辨析】两个字读音相同，都含有一定的意思。"决"有一定的意思，用在否定词"不"前面，表示坚决的意思，如决不后退。"绝"有一定的、肯定的意思，如绝对。

【组词】坚决 绝对

垦 kěn — 恳 kěn

【辨析】两个字字形相近，都是形声

字，上面是声旁"艮"。"垦"，形旁是"土"，有翻土、开垦的意思，与土地有关，如垦荒。"恳"，形旁是"心"，有真诚或请求的意思，和内心有关。

【组词】开垦 诚恳

旷 kuàng — 犷 guǎng

【辨析】两个字字形相近，都是形声字，右边是声旁"广"。"旷"，形旁是"日"，本义与太阳有关，指明朗，引申为空旷、旷达等，也指荒废。"犷"，形旁是"犭"，本义指犬凶猛，后形容人粗野。

【组词】旷野 粗犷

扩 kuò — 阔 kuò

【辨析】两个字音同形异，意思都和广、大有关，易混淆。"扩"是"扌"旁，是动词，强调推广、伸张、放大、张大的动作。"阔"是"门"旁，是形容词，强调范围宽广或时间长久。

【组词】扩大 广阔

蓝 lán — 篮 lán

【辨析】两个字字形相近，下面都是"监"，上面偏旁不同。"蓝"是

"艹"头，本义是一种植物，现多指蓝色。"篮"是"竹"头，表示与竹子有关，多指用藤、竹、柳条编成的有提梁的盛物器。

【组词】蓝色 竹篮

烂 làn — 滥 làn

【辨析】这两个字都是左右结构，读音相同，字义大不相同。"烂"指差，不好。有因水分过多或过熟而松软，东西腐烂、破碎之意。"滥"则有不加选择、不加节制，浮泛不合实际等意思。

【组词】腐烂 泛滥

滥 làn — 乱 luàn

【辨析】两个字音近形异，意思各有不同。"滥"是形声字，左边是形旁"氵"，指流水漫溢，引申为过度，无节制，也指不切实际。"乱"是会意字，常指没有秩序、任意随便等。

【组词】泛滥 混乱

愣 lèng — 楞 léng

【辨析】两个字字形相近，易混淆。"愣"是"忄"旁，指发呆、鲁莽，与人的性格、情态有关。"楞"是"木"旁，与"棱"字同，指棱角或物体突出部分。

【组词】发愣 瓦楞

厉 lì — 励 lì

【辨析】左字是右字的一部分，两个字同音不同义。它们在"励精图治"和"再接再厉"中易混淆。"励精图治"指振作精神，想办法把国家治理好，其中的"励"表示激励，所以不能写成"厉"；"再接再厉"是一次又一次地继续努力，越来越勇猛的意思，其中"厉"通"砺"，表示磨砺，所以不能写成"励"。

【组词】厉害　鼓励

连 lián — 联 lián

【辨析】这两个字的读音相同，都包含相接续的意思，易混淆。"连"原指人拉的车，现多指事物相接，强调有具体接触，如连接充电器。"联"指联结、联合，强调有关系，多是抽象的，如电话联系。

【组词】连接　联系

练 liàn — 炼 liàn

【辨析】两个字字形相近，右边相同，左边偏旁不同。"练"是"纟"旁，表示和丝绸等有关，原指练漂，现在常指练习、熟练等。"炼"是"火"旁，原指提炼，也指用心琢磨使精练。

【组词】练习　锻炼

冽 liè — 洌 liè

【辨析】两个字字形相近，都是形声字，右边是声旁"列"。"冽"，形旁是"冫"，与冰有关，是寒冷的意思。"洌"，形旁是"氵"，与水有关，指水清或酒清。

【组词】凛冽　甘洌

漫 màn — 慢 màn

【辨析】两个字字形相近，都是形声字，右边是声旁"曼"。"漫"，形旁是"氵"，与水有关，指水过满向外流，也指淹没、散漫等。"慢"，形旁是"忄"，与人的态度有关，原意是对人没礼貌，也指速度不快。

【组词】漫流　缓慢

曼 màn — 蔓 màn

【辨析】左字是右字的一部分，两个字同音不同义。"曼"表示长、远的意思，还有柔美之意。"蔓"上边是"艹"，指一种草，叫蔓草，是具有攀缘茎的植物。

【组词】曼妙　蔓延

芒 máng — 茫 máng

【辨析】左字是右字的一部分，两个字同音不同义。"芒"上面是

"艹"，表示和植物有关，一般指麦芒。"茫"多了一个"氵"，表示和水有关，本义是水浩大的样子，引申为遥远，看不清边沿，也形容茫然无知。

【组词】麦芒 渺茫

冒 mào — 贸 mào

【辨析】两个字音同形异，意思各有不同。"冒"是象形字，本义是帽子，引申为冒出、冒失、冒充等。"贸"下面是"贝"，表示与财富有关，原意是贸易，也指冒失或轻率的样子。

【组词】冒险 贸易

眯 mī — 咪 mī

【辨析】两个字字形相近，都是形声字，右边是声旁"米"。"眯"，形旁是"目"，表示与眼睛有关，指眯眼或小睡。"咪"，形旁是"口"，表示与嘴有关，是象声词，特指猫叫声。

【组词】眯眼 猫咪

迷 mí — 谜 mí

【辨析】左字是右字的一部分，两个字同音不同义。"迷"本义是迷路，分辨不清，引申为使迷惑、沉迷等。"谜"多了一个"讠"旁，本义是谜语，比喻还没有弄明白的或难以理解

的事物。

【组词】迷失 谜语

秘 mì — 密 mì

【辨析】两个字音同形异，常放在一起组成"秘密"一词，意思又各有侧重。"秘"可作形容词，如神秘；也可作动词，如秘而不宣，指保守秘密，不对外宣布。"密"除了有不公开的意思外，也有紧密、亲密、精密等意思。

【组词】秘诀 细密

摩 mó — 磨 mó

【辨析】两个字字形相似，外面都是变化了的"麻"，里面不同。"摩"的里面是"手"，表示与手有关，如按摩。"磨"的里面是"石"，表示与石头有关，如磨刀。

【组词】按摩 磨刀

哪 nǎ — 那 nà

【辨析】左字是右字的一部分，两个字读音相近，意思不同。"哪"是疑问代词，后面跟名词或数量词，常用于问句中。"那"是指示代词，可用于任何语句中。

【组词】哪个 那样

奈 nài — 耐 nài

【辨析】两个字音同形异，意思各有不同。"奈"是如何、怎样或对付、处置的意思。"耐"指禁得起，受得住。

【组词】无奈　耐心

欧 ōu — 鸥 ōu

【辨析】两个字字形相近，都是形声字，左边是声旁"区（ōu）"。"欧"，形旁是"欠"，现在一般特指欧洲。"鸥"，形旁是"鸟"，现在一般指海鸥。

【组词】欧洲　海鸥

趴 pā — 扒 bā

【辨析】两个字字形相近，都是形声字，右边是声旁"八"，都表示一种动作。"趴"，形旁是"足"，是趴下、卧倒的意思。"扒"，形旁是"扌"，表示和手有关。

【组词】趴下　扒车

蓬 péng — 篷 péng

【辨析】两个字字形相近，都是形声

字，下面是声旁"逢"。"蓬"，形旁是"艹"，多与植物有关，原指蓬蒿，引申为蓬松、蓬勃等。"篷"，形旁是"⺮"，指遮蔽风雨和阳光的东西，古时多用竹篾、苇席、布等做成，现在材料不限。

【组词】蓬松　帐篷

篇 piān — 偏 piān

【辨析】两个字字形相近，都是形声字，声旁是"扁"。"篇"，形旁是"⺮"，本义是竹简，古代文章写在竹简上，为保持前后完整，用绳子或皮条将之编集在一起称为"篇"，引申为首尾完整的文章或诗词。"偏"，形旁是"亻"，指不正、倾斜或侧重某一方面等意思。

【组词】篇章　偏心

飘 piāo — 漂 piāo

【辨析】两个字字形相近，都是形声字，声旁是"票"。"飘"，形旁是"风"，指随风摇动或飞扬。"漂"，形旁是"氵"，指浮在液体表面不动或顺着风向、流向而移动。

【组词】飘扬　漂浮

频 pín — 濒 bīn

【辨析】左字是右字的一部分，两个字读音相近，意思不同。"频"本义是皱眉，现在一般指屡次、连次。

"濒"多了一个"氵"旁，本义是水边，现在一般指接近、将近。

【组词】频率 濒临

气 qì — 汽 qì

【辨析】左字是右字的一部分，两个字同音不同义。"气"是个象形字，就像云气升腾的样子。指没有一定的形状、体积，能自由流动的物体。"汽"是个形声字，形旁是"氵"，表示和水有关，指液体或固体受热变成的气体。

【组词】气球 汽车

迄 qì — 讫 qì

【辨析】两个字字形相近，都是形声字，声旁是"乞"。"迄"，形旁是"辶"，是到、至或始终的意思。"讫"，形旁是"讠"，本义是话说完，后泛指完结、截止。

【组词】迄今 收讫

欠 qiàn — 歉 qiàn

【辨析】左字是右字的一部分，两个字同音不同义。"欠"的内容是物性的，有确切的量度和额度，如欠人财物。"歉"的内容是抽象性的，一般不能用量度和额度来衡量，包含人的

心意，如道歉。

【组词】欠债 道歉

曲 qū — 屈 qū

【辨析】两个字音同形异，意思都和弯曲有关，易混淆。"曲"本义是有弯转，跟"直"相对，引申为曲解。"屈"是使弯曲，与"伸"相对，引申为屈服、冤屈等。这两个字的最大区别是"曲"大多用来指事物的外形特点，而"屈"大多用来指人的感受。

【组词】弯曲 屈服

茸 róng — 葺 qì

【辨析】两个字字形非常相似，区别只在中间的"口"。"茸"本义是草初生纤细柔软的样子，引申为细柔的毛、发。"葺"中间多了一个"口"，原指用茅草覆盖房子，后泛指修理房屋。

【组词】茸毛 修葺

溶 róng — 熔 róng — 融 róng

【辨析】三个字读音相同，都有化开的意思，但各有侧重。前两个字字形更是相近，易混淆。"溶"是"氵"旁，一般指固体物质在水或其他液体

里化开。"熔"是"火"旁，一般指固体受热达到一定温度时变成液体。"融"指固体受热变软或化为流体。

【组词】溶解 熔化 消融

洒 sǎ — 撒 sǎ

【辨析】两个字音同形异，都有散落的意思，易混淆。"洒"多用于指水或者其他液体的散落。"撒"多用于指颗粒、粉末、片状物等固体的散落。

【组词】洒水 撒盐

申 shēn — 伸 shēn

【辨析】左字是右字的一部分，两个字同音不同义。"申"的常用意是陈述、说明，它也是十二地支之一。"伸"多了一个"亻"旁，是舒展开的意思。

【组词】申明 伸展

受 shòu — 授 shòu

【辨析】左字是右字的一部分，两个字同音不同义。"受"一般指接纳别人给的东西，是被给予、被赋予，是被动接受。"授"有给予、传授的意思，是给予、赋予，是主动给出。

【组词】接受 传授

耍 shuǎ — 要 yào

【辨析】两个字字形非常相似，下面都是"女"，上面不同。"耍"上面是"而"，有玩耍、耍弄的意思。"要"上面是"西"，是日常用得很广泛的字，如重要、要强、将要等。

【组词】玩耍 重要

祟 suì — 崇 chóng

【辨析】两个字字形非常相似，但音和义都不同，易混淆。"祟"的上面是"出"，下面是"示"，迷信说法指鬼神给人带来的灾祸，借指不正当的行动。"崇"是形声字，"山"是形旁，"宗"是声旁，意思是像山一样高，引申为崇敬。

【组词】作祟 崇高

掏 tāo — 淘 táo

【辨析】两个字字形相似，都是形声字，右边是声旁"匋"。"掏"，形旁是"扌"，指用手挖或探取的动作。"淘"，形旁是"氵"，指用水洗去杂质。

【组词】掏出 淘米

徒 tú — 徙 xǐ

【辨析】两个字字形非常相似，左边

都是"彳"，表示与路有关，区别只在右半部分。"徒"作动词时，本义是步行，引申为徒手、徒劳等；作名词时，本义是步卒，引申为徒弟、匪徒等。"徙"是迁移的意思。

【组词】徒手 迁徙

贴 tiē — 帖 tiē

【辨析】两个字字形相近，右边都是"占"，左边偏旁不同。"贴"左边是"贝"，与财富有关，本义是典当，引申为补贴，另有粘贴、贴近等意思。"帖"左边是"巾"，读一声时，是妥当、顺从的意思。

【组词】补贴 妥帖

惋 wǎn — 婉 wǎn

【辨析】两个字字形相似，都是形声字，右边是声旁"宛"。"惋"，形旁是"忄"，表示与情绪有关，指叹惜、憾恨。"婉"，形旁是"女"，原意是形容女性柔美，后也指和顺、曲折含蓄。

【组词】惋惜 婉约

味 wèi — 昧 mèi

【辨析】两个字字形相似，都是形声字，右边是声旁"未"。"味"，

形旁是"口"，表示与嘴有关，指味觉、味道，引申为趣味、体味等。"昧"，形旁是"日"，表示与太阳有关，本义是昏暗不明，引申为蒙昧、冒昧等。

【组词】味道 冒昧

勿 wù — 毋 wú

【辨析】两个字读音相近，都有不要的意思，但否定语气有轻重的不同，易混淆。"勿"表示不要时，带有强制意味，口气强硬。"毋"表示不要时，带有劝勉意味，口气缓和，如宁缺毋滥。

【组词】勿忘 宁缺毋滥

戊 wù — 戌 xū — 戍 shù

【辨析】三个字读音完全不同，但字形非常相似，只有一笔之差。"戊"是天干第五位。"戌"是地支第十一位。"戍"指军队防守。区分口诀是："横戌（xū），点戍（shù），中空戊（wù）。"

【组词】戊戌变法 戍边

息 xī — 熄 xī

【辨析】左字是右字的一部分，两个字都含有停止的意思，但用法不同。

"息"表示停止、歇的意思时，主要指具体人或事物的活动停止。"熄"是"火"旁，侧重指火停止燃烧的意思。

【组词】休息 熄火

暇 xiá — 瑕 xiá

【辨析】两个字字形相似，都是形声字，右边是声旁"叚"。"暇"，形旁是"日"，表示与时间有关，指空闲没事的时候。"瑕"，形旁是"王"，表示与玉有关，本义是玉上的斑点，比喻缺点或过失。

【组词】闲暇 瑕疵

详 xiáng — 祥 xiáng

【辨析】两个字字形相似，都是形声字，右边是声旁"羊"。"详"，形旁是"讠"，常见的意思是细密、完备，如详细。"祥"，形旁是"礻"，本义是凶吉的预兆，现在多指吉利。

【组词】详细 吉祥

消 xiāo — 销 xiāo

【辨析】两个字字形相似，都是形声字，右边是声旁"肖"。它们在作动词时都有去掉的意思，但侧重不同。"消"，形旁是"氵"，表示与水有关，本义是水流变小、变细直到没有，引申为消失、消灭、消耗等。

"销"，形旁是"钅"，表示与金属有关，本义是熔化金属，引申为销毁、开销、销售等。

【组词】消失 销毁

斜 xié — 邪 xié

【辨析】两个字音同形异，都有表示偏离正常情况的意思，易混淆。"斜"指物体的方位、形状等不正，无贬义。"邪"多指人的行为、品行等比较抽象的事物的不正当，有贬义。

【组词】倾斜 邪恶

泄 xiè — 泻 xiè

【辨析】两个字音同形异，都有排出的意思，易混淆。"泄"指液体或气体排出，引申为泄密、发泄等。"泻"指液体很快地流。

【组词】泄露 倾泻

形 xíng — 型 xíng

【辨析】两个字音同形异，作名词时，都可以指事物特征。"形"是左右结构，一般指物体的形状，是具象的、能看到的特点。"型"是上下结构，一般指物体的样式，是不具象的属性。

【组词】外形 类型

吁 xū — 嘘 xū

【辨析】两个字读音相同，都有"口"旁，与嘴发出的动作或声音有关，易混淆。"吁"指叹息或喘气的声音，侧重声音，如长吁短叹。"嘘"指慢慢地吐气，侧重动作，如嘘寒问暖。

【组词】气喘吁吁 嘘气

赝 yàn — 膺 yīng

【辨析】两个字字形非常接近，读音不同。"赝"的外部是"厂"，内部有"贝"，指假的、伪造的。"膺"的外部是"广"，偏旁有"月（肉）"，作名词时与身体部位有关，指胸。

【组词】赝品 义愤填膺

义 yì — 意 yì

【组词】两个字音同形异，都有意义、意思的含义，经常一起组成词语"意义"。"义"是指概念义，是客观的，如正义、主义等。"意"是指自己要表达的意思，是主观的，如意见、心意等。

【组词】正义 意见

奕 yì — 弈 yì

【辨析】两个字字形相近，上面都是"亦"，下面一笔之差。"奕"的下面是"大"，本义就是大，常用为叠词"奕奕"，指光明的样子。"弈"的下面是"廾"，作名词时指围棋，作动词时指下棋。

【组词】神采奕奕 博弈

荧 yíng—萤 yíng

【辨析】两个字字形相近，上面都是"艹"，中间都是"冖"，区别在下面。"荧"的下面是"火"，本义是微弱的光亮。"萤"的下面是"虫"，一般指萤火虫。

【组词】荧光 萤火虫

尤 yóu — 犹 yóu

【辨析】这两个字字音相同，字形相近，但字义不同，很容易用错。"尤"的部首为"尤"，意思有"特异的，突出的""更加，格外""过失""怨恨，归咎""姓"等。"犹"的部首为"犭"，意思有"相似，如同""尚且""仍然"等。

【组词】尤其 犹如

鱼 yú — 渔 yú

【辨析】左字是右字的一部分，两个字都和鱼有关，但用法不同。"鱼"

是名词，是鱼类的总称。"渔"是动词，指捕鱼，也指夺取不应得的东西。

【组词】金鱼　渔夫

愉 yú — 娱 yú

【辨析】两个字音同形异，都含有快乐的意思，但各有侧重。"愉"有和悦、快意的意思，侧重指心情。"娱"有快乐或使人快乐的意思，侧重指沉浸在喜欢的娱乐活动中。

【组词】愉快　娱乐

在 zài — 再 zài

【辨析】两个字音同形异，意思完全不同。"在"是介词，一般不单独使用，它必须跟在名词或名词类的词后构成短语，然后充当句子的状语成分。"再"是副词，一般放在动词前表示重复或第二次。

【组词】在家　再会

燥 zào — 躁 zào

【辨析】两个字的字形相近，右边部分相同，左边偏旁不同。"燥"是"火"旁，表示与火有关，指干燥，缺少水分。"躁"是"足"旁，指性急，不冷静。可以理解为急躁时容易

乱动乱走。

【组词】干燥　急躁

沾 zhān — 粘 zhān

【辨析】两个字字形相似，都是形声字，右边是声旁"占"。"沾"，形旁是"氵"，表示与液体有关，强调因接触而附着上。"粘"，形旁是"米"，旧时粘东西都是用米做成的糨糊，作动词，指用黏的东西使物体连接起来。

【组词】沾湿　粘贴

账 zhàng — 帐 zhàng

【辨析】两个字字形相似，都是形声字，右边是声旁"长"。"账"，形旁是"贝"，表示与财富有关，指账目、账本或债。"帐"，形旁是"巾"，指用布、纱或绸做成的遮蔽用的东西。

【组词】账目　蚊帐

胀 zhàng — 涨 zhàng

【辨析】两个字音同形异，都含有体积变大的意思，易混淆。"胀"是"月"旁，通常和身体有关，侧重指物体体积增大。"涨"是"氵"旁，多与液体有关，侧重指固体吸收液体后体积增大。

【组词】膨胀　泡涨

诊 zhěn — 疹 zhěn

【辨析】两个字字形相近，都有"参"，区别在其他部分。"诊"是"讠"旁，指医生对患者诊察、诊断，而诊断需要询问。"疹"是"疒"旁，指皮炎的一种病症。

【组词】诊断　疹子

振 zhèn — 震 zhèn

【辨析】两个字字形相近，都是形声字，声旁是"辰"。两者都包含振动的意思，易混淆。"振"，形旁是"扌"，表示是一种动作，一般发出的主体是有生命的人或动物。"震"，形旁是"雨"，一般发出的主体是无生命的事物，程度比"振"更重，如地震。

【组词】振翅　地震

只 zhī — 支 zhī

【辨析】两个字读音相同，都可以用作量词，用法有区别。"只"多用于动物、某些器具，或成对东西的其中一个，如一只鸡、一只船、一只眼睛等。"支"多用于细长形状的事物，可以是具象的，也可以是抽象的，如一支笔、一支队伍等。

【组词】一只鞋　一支枪

制 zhì — 治 zhì

【辨析】这两个字读音相同，字形、意义不同。"制"本义是裁断、制作，作名词时有规章、制度的意思。如制度。"治"有整治、管理之意。如治国、治理。

【组词】制度　治理

州 zhōu — 洲 zhōu

【辨析】左字是右字的一部分，两个字都可以用于地理名称。"州"是一种行政区划，现在多用于我国的地名。"神州"则特指中国。"洲"左边有"氵"，指水中的陆地，所指范围比"州"大，现在多用于世界七大洲的名称。

【组词】神州　亚洲

妆 zhuāng — 装 zhuāng

【辨析】两个字音同形近，都含有修饰、打扮的意思，易混淆。"妆"侧重指用化妆品修饰、打扮，使容貌美丽，多用于女子。"装"侧重指在身体或物体的表面加以附属的东西，使其美观。

【组词】化妆　装扮

坠 zhuì — 堕 duò

【辨析】两个字字形相近，区别只在右上部分，且两个字都有下落的意思，易混淆。"坠"的右上是"人"，字义是具体的东西往下垂或落下。"堕"的右上是"有"，字义是道德水平等方面下滑。

【组词】下坠　堕落

坐 zuò — 座 zuò

【辨析】左字是右字的一部分，两个字同音，字义有联系。"坐"是动词，指臀部着物的动作及其引申。"座"可作名词，指座位或底座；也可作量词，多用于较大或固定的物体。

【组词】坐下　座位

一、选字填空。

1. 哀　衷

全国各族人民都（　　）心地拥护中国共产党的民族政策。

他劝人们不要一味（　　）叹生活的不幸，诅咒命运的不公。

2. 拌　绊

一个人不能被同一块石头（　　）倒两次。

厨房里，妈妈正在把牛肉馅和胡萝卜丝搅（　　）在一起。

3. 沧　苍

暮色（　　）茫之中，远处的钓鱼城更增添了一层历史凝重感。

这些建筑，历经世纪（　　）桑，依然挺立着供我们观赏。

4. 典　奠

毕业（　　）礼后，大家都向班主任张老师深深地鞠躬道别。

他扎实的基本功为以后的学习（　　）定了坚实的基础。

5. 烦　繁

虽然事务（　　）杂，但他仍抽空参加我们的聚会。

她劝我不必为区区小事而（　　）恼。

二、选字组词。

1.【带　戴　待】　爱_____　　_____领　　等_____

2.【详　祥　翔】　安_____　　慈_____　　飞_____

3.【班　搬　般】　_____家　　一_____　　上_____

4.【谗　缠　婵】　_____言　　_____娟　　纠_____

5.【恶　饿　遏】　饥_____　　_____霸　　_____制

6.【艘 搜 馊】 _____查　　　　一_____船　　　　_____主意

7.【坑 抗 航】 反_____　　　　土_____　　　　_____行

8.【赔 培 倍】 _____数　　　　_____偿　　　　_____育

9.【慎 镇 缜】 谨_____　　　　乡_____　　　　_____密

10.【茫 芒 忙】 繁_____　　　　迷_____　　　　_____果

11.【健 键 腱】 _____康　　　　肌_____　　　　关_____

12.【幕 墓 暮】 帷_____　　　　_____色　　　　_____地

13.【既 概 溉】 _____括　　　　灌_____　　　　_____然

14.【练 炼 拣】 训_____　　　　_____狱　　　　挑_____

15.【幅 辐 副】 _____射　　　　_____官　　　　条_____

16.【暗 黯 谙】 _____算　　　　熟_____　　　　_____然

17.【蔓 慢 馒】 藤_____　　　　_____头　　　　缓_____

18.【拆 折 析】 _____卸　　　　分_____　　　　_____叠

19.【驰 弛 池】 奔_____　　　　松_____　　　　_____塘

20.【返 版 皈】 _____依　　　　_____权　　　　重_____

三、读拼音，写同音字。

1. àn　　　（　）压　　　　（　）然　　　　（　）地

2. bàn　　使（　）　　　　（　）夜　　　　搅（　）

3. qì　　　（　）今　　　　收（　）　　　　（　）水

4. xiàng　大（　）　　　　照（　）　　　　好（　）

5. zhèn　　地（　）　　　　（　）奋　　　　上（　）

6. fán　　　（　）恼　　　　（　）重　　　　平（　）

7. lún　　　（　）胎　　　　（　）陷　　　　囫（　）

8. fù　　　支（　）　　　　（　）近　　　　丰（　）

9. jiàn　　（　）设　　　　琴（　）　　　　（　）康

10. yōu　　（　）雅　　　　（　）虑　　　　（　）久

11. zuò　　（　）位　　　　（　）工　　　　（　）下

12. dǔ　　　（　）塞　　　　目（　）　　　　（　）气

13. páng　（　）边　　　　（　）礴　　　　（　）蟹

14. xī　　　（　）流　　　　（　）饭　　　　（　）盖

15. lì　　　再接再（　）　　鼓（　）　　　　（　）益

16. lú　　　火（　）　　　　（　）苇　　　　头（　）

17. róng　通（　）　　　　（　）液　　　　（　）炼

18. yì　　　工（　）　　　　提（　）　　　　服（　）

19. lǚ　　　（　）行　　　　（　）次　　　　（　）历

20. jiān　　（　）决　　　　（　）巨　　　　（　）灭

四、画去括号里不正确的字。

屋（瞻 檐）	流（淌 倘）	（榜 傍）晚	甜（密 蜜）
和（谐 楷）	旗（杆 秆）	争（辩 辨）	教（悔 诲）
（抱 跑）歉	清（撤 澈）	喜（悦 说）	（绣 锈）花
（崇 祟）山	城（砖 专）	气（魄 魅）	（宣 喧）布
谨（慎 镇）	（谦 歉）虚	选（泽 择）	（恍 晃）如
（姿 资）态	描（摩 摹）	移（植 值）	（侍 待）候
（匆 勿）忙	（架 驾）驶	（峡 狭）谷	（哀 衰）求
（竞 竟）然	（洪 红）水	焦（渴 喝）	烦（恼 脑）
融（恰 洽）	（倘 淌）若	（快 块）速	（笼 茏）罩
（伐 代）木	（辛 幸）苦	（泰 秦）然	（健 键）康
（供 贡）献	蜿（蜒 挺）	苍（蝇 绳）	菜（碗 豌）
（坚 艰）毅	（蔬 疏）菜	平（暖 缓）	（透 诱）惑
勤（捡 俭）	比（赛 塞）	（建 健）设	（斩 崭）新
（洪 烘）烤	红（署 薯）	（梳 流）动	（诡 桅）杆
（均 钧）匀	气（息 吸）	（训 驯）良	（原 缘）故

观（摩 摹）　　私（塾 熟）　　（催 摧）毁　　效（益 溢）

（折 拆）叠　　（飘 漂）拂　　（该 刻）苦　　树（技 枝）

（航 船）行　　（稍 捎）微　　居（住 往）　　（场 物）理

呼（极 吸）　　柴（难 堆）　　国（旗 祺）　　感（叹 仅）

脊（锥 椎）　　风（筝 挣）　　（国 图）企　　（记 纪）律

参考答案

一、

1.衰 哀　2.绊 拌　3.苍 沧　4.典 奠　5.繁 烦

二、

1.爱（戴）　（带）领　等（待）　　2.安（详）　慈（祥）　飞（翔）

3.（搬）家　一（般）　上（班）　　4.（谗）言　（婵）娟　纠（缠）

5.饥（饿）　（恶）霸　（遏）制　　6.（搜）查　一（艘）船　（馊）主意

7.反（抗）　土（坑）　（航）行　　8.（倍）数　（赔）偿　（培）育

9.谨（慎）　乡（镇）　（缜）密　　10.繁（忙）　迷（茫）　（芒）果

11.（健）康　肌（腱）　关（键）　　12.帷（幕）　（暮）色　（墓）地

13.（概）括　灌（溉）　（既）然　　14.训（练）　（炼）狱　挑（拣）

15.（辐）射　（副）官　条（幅）　　16.（暗）算　熟（谙）　（黯）然

17.藤（蔓）　（馒）头　缓（慢）　　18.（拆）卸　分（析）　（折）叠

19.奔（驰）　松（弛）　（池）塘　　20.（皈）依　（版）权　重（返）

三、

1.（按）压　（黯）然　（暗）地　　2.使（绊）　（半）夜　搅（拌）

3.（迄）今　收（讫）　（汽）水　　4.大（象）　照（相）　好（像）

5.地（震）　（振）奋　上（阵）　　6.（烦）恼　（繁）重　平（凡）

7.轮（胎）　（沦）陷　圆（图）　　8.支（付）　（附）近　丰（富）

9.（建）设　琴（键）　（健）康　　10.（优）雅　（忧）虑　（悠）久

11. （座）位　（做）工　（坐）下　12. （堵）塞　目（睹）　（赌）气

13. （旁）边　（磅）礴　（螃）蟹　14. （溪）流　（稀）饭　（膝）盖

15. 再接再（厉）　鼓（励）　（利）益　16. 火（炉）　（芦）苇　头（颅）

17. 通（融）　（溶）液　（熔）炼　18. 工（艺）　提（议）　服（役）

19. （旅）行　（屡）次　（履）历　20. （坚）决　（艰）巨　（歼）灭

四、

画去：

瞻　倘　榜　密　楷　秆　辨　悔　跑　撤　说　锈　崇　专　魅　喧　镇

歉　泽　晃　资　摩　值　待　勿　架　狭　衰　竞　红　喝　脑　恰　淌

块　茏　代　幸　秦　键　供　挺　绳　踠　艰　疏　暖　透　捡　塞　毽

斩　洪　署　梳　诡　钧　吸　训　原　摹　熟　催　溢　拆　漂　该　技

船　捎　往　场　极　难　祺　仅　锥　挣　图　记

二、辨析易错易混的词

爱好 — 嗜好

【辨析】两个词都可作名词，表示对某事所具有的浓厚兴趣。"爱好"多用于良好的兴趣，使用范围较广。"嗜好"多含贬义，指不良的生活习惯。"爱好"还可作动词，表示喜欢、喜爱，如"爱好文学"等。

【造句】爱好：表哥的爱好是打篮球。

嗜好：爸爸年轻时有抽烟的嗜好。

爱护 — 爱戴

【辨析】两个词都有"喜爱"的意思。"爱戴"指的是晚辈对长辈或者下级对上级的敬爱与拥戴。"爱护"是指长辈对晚辈或上级对下级的关爱、关怀。

【造句】爱护：老师应该爱护学生，学生应该尊敬老师。

爱戴：我们的老校长受到了全校师生的爱戴。

爱怜 — 哀怜

【辨析】两个词都有关爱的意思。"爱怜"的意思是疼爱，强调关爱和爱护。"哀怜"是对别人的不幸遭遇表示同情，强调同情的感受。

【造句】爱怜：她聪明伶俐，很受祖母爱怜。

哀怜：他的脸上满是哀怜之色。

安顿 — 安排

【辨析】两个词都有安排、安置的意思。"安顿"指使人或事物有着落，安排妥当，侧重安排的结果。"安排"指有条理、分先后地处理（事物）。安顿强调处理事情的结果，安排侧重处理事情的过程。

【造句】安顿：我们要先找个地方安顿下来。

安排：我们要科学安排暑假的学习计划。

安定 — 稳定

【辨析】两个词都有安稳的意思。"安定"指生活、形势等平静正常，使用范围较窄，强调客观作用。"稳定"指事物的状态稳固、安定，使用范围较广，强调主观作用。

【造句】安定：只有社会秩序安定，人民才能安居乐业。

稳定：当前我国商品充足，物价稳定。

安分 — 本分

【辨析】两个词都指安于做该做的事。"安分"指守纪律，规矩老实，不胡作非为。"本分"指人的状态，安于自己所处的地位和环境，不提出过分的要求，不做过分的事。

【造句】安分：他是个很安分的人，从不胡作非为。

本分：王叔叔是个老实本分的人，他不会做出那样的事。

安静 — 宁静

【辨析】两个词都是指没有吵闹和喧哗。"安静"偏指环境中没有声音。"宁静"可用于指环境上的静，也可用于指心灵上的静，层次更深。

【造句】安静：上课铃响了，同学们立刻安静下来。

宁静：月光如水，泼洒在宁静的原野上。

安全 — 平安

【辨析】两个词都形容没有危险，没

有事故。"安全"强调的是生命、财产完好，未丧失，未损伤，适用范围较广。"平安"强调的是太平无事，适用范围较窄，多用于行、住，特别是人身安全。

【造句】安全：老师叮嘱我们过马路要注意安全。

平安：昨天，旅游团平安到达了目的地。

安慰 — 宽慰

【辨析】两个词都有安慰的意思。"安慰"侧重于用轻柔的话语安抚对方，使对方心情平复，可作动词和名词。"宽慰"侧重于对他人晓之以理、动之以情，使其心胸放宽，变得开朗，一般作动词。

【造句】安慰：小红的情绪很低落，我们不知该如何安慰她。

宽慰：她用温和的话语宽慰着妈妈。

暗淡 — 黯淡

【辨析】两个词都有昏暗、不明亮的意思。"暗淡"多指具体的暗，如光、色等昏暗，不鲜艳。"黯淡"多指抽象的暗，常用于指心情、情绪等。

【造句】暗淡：太阳落山了，天色渐渐暗淡下来。

黯淡：她的脸色忽然阴沉下来，眼神

也黯淡了。

按语 — 暗语

【辨析】两个词读音相同，意思上有很大的区别。"按语"多用于作者或编者对有关文章、词语、句段所作的说明、评论或提示的语言。"暗语"是指彼此约定的秘密话。

【造句】按语：好的编者按语能为书的内容锦上添花。

暗语：为了不让人知道，他给我打了个暗语。

按照 — 依照

【辨析】两个词都有遵循某种事理的意思，在用法上稍有区别。"按照"是先举出所根据的事理或着眼点，再由此得出结论，日常用得比较多。"依照"多用于书面语，更适用于国家法规、军政文告等，强调依原样照办，不得走样。

【造句】按照：按照计划，我们今天应该把活儿干完。

依照：依照规定，你把车停在人行道是错误的。

翱翔 — 飞翔

【辨析】两个词都指在空中飞行。"翱翔"强调在空中回旋飞行，多用来描述飞的状态，常用于书面语。"飞翔"泛指飞，强调在空中飞的动

作，通用于各种场合。

【造句】翱翔：飞行员驾驶着银鹰在天空翱翔。

飞翔：海燕在翻滚着惊涛骇浪的海面上展翅飞翔。

巴结 — 讨好

【辨析】两个词都表示取得别人的欢心和称赞。"巴结"强调奉承讨好，对象多指有权势的人。"讨好"强调迎合别人，对象可以是有权势的人，也可以是一般的人。

【造句】巴结：谁当权这个人就巴结谁。

讨好：他这样拼命讨好上司，一定是别有用心。

把守 — 防守

【辨析】两个词都表示看管守护。"把守"强调对重要地方的看守、看管，如军事基地等。"防守"是针对对方的进攻而言的，所防守的多是地点、范围等。

【造句】把守：我家的大狼狗一直把守着大门。

防守：这支足球队的弱点是后卫防守不严。

拜访 — 拜见

【辨析】两个词都表示有目的地去看望、问候。"拜访"强调为了问候、求教、联系感情等而专程去看望。"拜见"强调非常郑重地去见某人。拜访更随意一些，拜见更郑重一些。

【造句】拜访：同学们相约周末去拜访一位老红军。

拜见：刘江专程去北京拜见著名作家王蒙。

颁布 — 公布

【辨析】两个词都有发出某种消息的意思。"颁布"侧重指向下颁发。颁布者一般是高级领导机关或成员。颁布的内容常常是法令等。"公布"侧重指向公众发布。公布者和公布的内容没有那么多限制，一般都可以使用。

【造句】颁布：新颁布的《教师法》从今日起施行。

公布：高考成绩快公布了，这几天他焦虑不安。

办法 — 措施

【辨析】两个词都可以指解决问题的方法。"办法"强调处理和解决一般问题所采用的方法。"措施"多用于重大事情，语气更庄重。

【造句】办法：他想尽了办法，却仍然没能脱身。

措施：国家采取有效措施，减轻农民的经济负担。

帮助 — 协助

【辨析】两个词都有帮助的意思，所表示的帮助的角度不一样。"帮助"强调从正面以出钱、出力或出主意的方式相助别人，或予以物质上、精神上的支援。"协助"强调从旁帮助、辅助。

【造句】帮助：在解放军的帮助下，老大妈顺利地回到了岸上。

协助：今天小王第一次单独作业，你去协助一下他。

包含 — 包涵

【辨析】两个词都有包容、含有的意思。"包含"泛指（事物）里面含有什么。"包涵"除了含有的意思外，更多的还是用于表示宽容、原谅的意思。

【造句】包含：礼物虽小却包含着朋友的一份深情。

包涵：我们设想不周之处还请您多包涵。

包修 — 保修

【辨析】两个词都有负责修理的意思。"包修"是法律法规规定的无偿维修服务，是经销商应尽的义务。

"保修"是经销商同消费者之间自行约定的、需要收取维修成本的售后服务。

【造句】包修：本厂对产品提供一年内包修包换的服务。

保修：这台电视机已经过了保修期。

保持 — 维持

【辨析】两个词都表示将某种状况持续下去。"保持"强调在一般情况下，让事物较长时间地维持原状，使不消失或减弱，是一种主动的、自愿的行为。"维持"强调有一定限度地或暂时地让事物持续下去，不改变原样，主动性不强。

【造句】保持：我们要保持充沛的精力迎接下周的考试。

维持：开大会的时候，值周生负责维持秩序。

保守 — 守旧

【辨析】两个词都有因循旧制不愿改变的意思。"保守"侧重于思想上维持原状，不求改进，跟不上形势的发展。"守旧"侧重于做事态度和方法上拘泥于过时的东西而不愿改变。

【造句】保守：爷爷思想保守，不愿意接受新生事物。

守旧：他大胆创新，不因循守旧，做出了许多成绩。

保卫 — 捍卫

【辨析】两个词都指护卫着，使不受伤害。"保卫"侧重于防守、护卫，使不受侵犯，适用范围比较广。"捍卫"侧重于用强力抵御各种外来势力，确保安全，语义重，一般用于国家、民族等重要范畴。

【造句】保卫：中国人民解放军是保卫国家的钢铁长城。

捍卫：她用不屈的精神捍卫了祖国的尊严。

抱病 — 暴病

【辨析】两个词都与疾病有关，但词性和词义不同。"抱病"指有病在身，是动词。"暴病"指突然发作的来势很凶的病，是名词。

【造句】抱病：自此以后，他一直抱病在家，不再露面。

暴病：这个村子里竟然有多人接连暴病而亡。

报道 — 报到

【辨析】两个词读音相同，意思上有很大的区别。"报道"指利用某种工具对某事或物进行解释说明，使人们清楚了解。"报到"指的是参加会议的人到达会场办理的手续，或者告知自己到了。

【造句】报道：记者决定前往事发地

进行深入报道。

报到：开学第一天，我早早来到学校报到。

暴发 — 爆发

【辨析】两个词都有突然发作的意思。"暴发"强调事物发生的突然性和猛烈性。"爆发"强调因爆炸（或类似爆炸）而迅猛发生，它有一个能量的积聚过程，如火山、革命力量、情绪等。

【造句】暴发：会场上不时暴发出热烈的掌声。

爆发：两国边界上爆发了大规模的武装冲突。

抱负 — 报复

【辨析】两个词读音相同，意思上有很大的区别。"抱负"是名词，指远大的志向。"报复"是动词，是指打击批评自己或损害自己利益的人。

【造句】抱负：哥哥是一个有理想、有抱负的好青年。

报复：由于害怕别人报复，他整天都提心吊胆。

暴戾 — 暴力

【辨析】两个词都包含比较凶狠的态度。"暴戾"是形容词，一般指人粗暴乖张，残酷凶恶。"暴力"是名词，指强制的力量、武力，特指国家的强制力。

【造句】暴戾：这个老板是一个脾气暴戾的人。

暴力：国家对这次暴力行动进行了强有力的镇压。

卑鄙 — 卑劣

【辨析】两个词都表示人言行恶劣。"卑鄙"强调人的心灵或言行肮脏、下流、低贱，使用比较广泛。"卑劣"强调人的行为低下恶劣，多用于书面语。

【造句】卑鄙：他总喜欢拨弄是非，是一个卑鄙小人。

卑劣：我没想到他会用卑劣的手段赢得这次比赛。

悲惨 — 凄惨

【辨析】两个词都有不幸的意思。"悲惨"强调境遇不好，极其不幸，使人伤心同情。"凄惨"语气较重，含有凄凉的意思。

【造句】悲惨：大家十分同情他的悲惨遭遇。

凄惨：这个失去父母的小女孩哭得非常凄惨。

悲愤 — 悲壮

【辨析】两个词语都含有悲痛的意思。"悲愤"是在悲伤、悲痛之中还夹杂着愤怒的情绪。"悲壮"是在悲痛中有着一种雄壮、壮烈的感受。

【造句】悲愤：他怀着悲愤的心情看完了这部电影。

悲壮：大会结束时，会场里响起了昂扬悲壮的《国际歌》。

悲观 — 失望

【辨析】两个词都表示失去信心。"悲观"强调对未来丧失信心，因而态度消极，情绪低落，多用于国家、民族或个人的前途、命运等大事。"失望"强调因希望落空而失去信心，大事小事都可以用。

【造句】悲观：虽然高考失败了，但他并不悲观。

失望：我一定会好好学习，不让父母失望。

悲凉 — 凄凉

【辨析】两个词都包含冷清、不愉快的感受。"悲凉"形容人悲哀、凄凉的心态或情绪。"凄凉"形容环境、景物的寂寞冷落和身世的凄惨。

【造句】悲凉：我看到萧条冷落的荒村，心里感到十分悲凉。

凄凉：地震过后，到处是一片凄凉的景象。

背叛 — 叛变

【辨析】两个词都表示抛弃原来的一方，投入对方的阵营当中。"背叛"是中性词，适用范围较广，可用于对个人或组织。"叛变"是贬义词，指投敌或采取敌对行动，语气较重，多用于对阶级或集团。

【造句】背叛：他宁可牺牲生命，也决不背叛祖国和人民。

叛变：叛变革命的人绝没有好下场。

奔波 — 奔走

【辨析】两个词都表示不辞辛苦，忙忙碌碌到处活动。"奔波"强调在外辛苦劳累，历经波折，经历时间较长，一般只用于人。"奔走"强调为了一定的目的而到处活动，活动时间以办成某件事为限。

【造句】奔波：经过长途奔波，爸爸显得十分疲惫。

奔走：李明考上了博士，大家奔走相告。

本来 — 原来

【辨析】这两个词作属性词的时候，都有曾经的意思。"本来"指原有的，强调事物一贯的状态。"原来"指起初的，没有经过改变的，强调的是以前的样子，现在可能改变了或没改变。

【造句】本来：浅粉才是这件衣服本来的颜色。

原来：他还住在原来的地方。

本质 — 本色

【辨析】两个词都指人和事物本来的性质。"本质"多用于物，指事物本身所固有的品质。"本色"多用于人，指人本来的面貌、品质。

【造句】本质：我们要透过事物的表象看本质。

本色：他在这部电视剧里就是本色出演。

崩裂 — 迸裂

【辨析】两个词都有裂开的意思。"崩裂"指物体猛然分裂成若干部分，侧重开裂的动作。"迸裂"指破裂而往外飞溅，侧重开裂时飞溅的状态。

【造句】崩裂：地震时，横跨山谷的高架桥崩裂倒塌。

迸裂：水花迸裂，水面泛起一圈圈波光粼粼的涟漪。

比赛 — 竞赛

【辨析】两个词都有竞争、比较高低的意思。"比赛"强调比较或较量，多用于文化娱乐或体育活动方面。"竞赛"强调互相竞争而夺取优胜，语气较为郑重，多用于学习、生产、军事等方面。

【造句】比赛：同学们聚集在操场上观看篮球比赛。

竞赛：爸爸在劳动竞赛中刷新了一项全厂纪录。

必定 — 必然

【辨析】两个词都表示肯定。"必定"是副词，表示判断或推论的确凿，带有主观性。"必然"是形容词，强调事理上的确定无疑，带有客观性。

【造句】必定：迷恋电子游戏必定会影响学习。

必然：胜利必然属于意志坚定的人。

必须 — 必需

【辨析】两个词都包含必定的意思。"必须"一般表示事情处理上的必要，它多少带有命令的语气，即一定要的意思。"必需"则有一定需要、不可缺少的意思。

【造句】必须：学生必须要遵守学校的校规。

必需：这些软件是我们发展业务所必需的。

鞭策 — 督促

【辨析】两个词都表示促使加紧前进。"鞭策"指严格督促，偏向书面语，多用于对自己，受鞭策者的态度大多是积极的。"督促"是一般的监督、催促，运用广泛，对自己对别人都可以用，受监督者的态度可以是积极的，也可以是消极的。

【造句】鞭策：我把这件事看成是对自己的鞭策。

督促：爸爸每天都督促我练一篇毛笔字。

边疆 — 边境

【辨析】两个词都指两国交界的位置。"边疆"有靠近国界的领土的意思，强调的是领土。"边境"有靠近边界的地方的意思，强调的是国家边界附近的一片区域。

【造句】边疆：战士们警惕地守护着祖国的边疆。

边境：我们要和邻国和睦相处，确保边境的安宁。

辨别 — 辨认

【辨析】两个词都有分析比较的意思。"辨别"重点强调区别开、分别开，包括通过各种感官或头脑来分辨和区别。"辨认"则侧重于通过视觉分辨后认出、认定对象。

【造句】辨别：他让我辨别这是什么动物的声音。

辨认：我们互相端详了好半天，才辨认出对方来。

变换 — 变幻

【辨析】两个词都有发生变化而改变的意思。"变换"指事物的一定形式或内容换成另一种，多指具体的事物。"变幻"指不规则地改变，多指抽象事物。

【造句】变换：老师不断地变换教学方法，调动学生的学习积极性。

变幻：这段时间的天气总是变幻莫测。

辩论 — 争辩

【辨析】两个词都表示双方持有不同意见，极力申述理由，以证明自己正确或力争说服对方。"辩论"多用于正面的论述和正式的论战，内容常是重大的、原则的问题。"争辩"着重指对自己的言行进行辩解或反驳他人的指责，消除别人对自己的误解，一般用于具体的小事情。

【造句】辩论：针对"什么是勇敢"，同学们进行了激烈的辩论。

争辩：老王实在忍无可忍，便和他争辩起来。

标明 — 表明

【辨析】两个词都有使事物明确的意思。"标明"指特意用文字或符号等把某事物直接标出来，偏向具象化的标示。"表明"指表示清楚，偏向抽象事物的明确表现。

【造句】标明：药品都应在外包装上标明用途、用法、用量等。

表明：这件事表明了社会主义制度的优越性。

标志 — 标致

【辨析】两个词读音相同，意思上有很大的区别。"标志"作名词时，指标明特征的记号；作动词时，指表明某种特征。"标致"指相貌、姿态美丽，多用于女子，是形容词。

【造句】标志：弟弟喜欢在小区认各种汽车的标志。

标致：邻居家的小女孩长得很标致。

标准 — 规范

【辨析】两个词都表示衡量事物的准则。"标准"着重强调衡量事物的尺度和依据，适用范围广，比较常用。"规范"强调约定俗成或明文规定，还强调给出一定的限制性的模式、范围。

【造句】标准：我们不能用大人的标准去衡量孩子。

规范：我们说话、写文章都必须合乎汉语的规范。

表扬 — 表彰

【辨析】两个词都有公开表扬的意思。"表扬"适用范围较广，对象可以是一般的好人好事，也可以是伟大的人物或事迹；可以由上级组织提出，也可以由个人提出，适用于口语和书面语。"表彰"适用范围较小，对象多为英雄事迹、伟大功绩，语气较庄重，语义比表扬重，一般用于书面语。

【造句】表扬：学校表扬了十名学雷锋积极分子，其中有两名是我们班的。

表彰：老师参加了市里召开的劳模表彰大会。

病例 — 病历

【辨析】两个词都和疾病有关。"病例"指某种疾病的例子。"病历"指医疗部门记载病情、诊断和处理方法的记录，也叫病案。

【造句】病例：这种病例，我们已有成熟的治疗方案。

病历：下次来看病的时候，不要忘记带上病历。

搏斗 — 格斗

【辨析】两个词都有激烈对打的意思。"搏斗"强调激烈地对打的过程，也比喻激烈地斗争。"格斗"则指一种有技术、技巧的对打。

【造句】搏斗：警察与歹徒进行了一场殊死搏斗。

格斗：为了提升格斗技巧，他日复一日地训练。

哺育 — 抚育

【辨析】两个词都有养育的意思。"哺育"侧重的是喂养，也比喻培养。"抚育"侧重的是保护、培育、照料，指照料儿童或照管动物，使其很好地成长或生长。

【造句】哺育：祖国母亲以她博大的胸怀哺育着各族儿女。

抚育：妈妈含辛茹苦地独自把女儿抚育成人。

不力 — 不利

【辨析】两个词读音相同，意思上有很大的区别。"不力"指不尽力或不得力。"不利"指没有好处或不顺利。

【造句】不力：由于保护不力，这片珍贵的树林被破坏得面目全非。

不利：社会动荡不安，对经济发展不利。

部署 — 布置

【辨析】两个词都与安排事情有关。"部署"指安排、布置人力、任务等，一般指大规模地、全面地、原则性地安排配置。"布置"指在活动中做出具体的安排、配置等，应用范围广一些。

【造句】部署：中央对今年的扶贫工作进行了全面的部署。

布置：放学前老师就给同学们布置了今天的作业。

不止 — 不只

【辨析】两个词都与突破了某个范围有关。"不止"指超出了某个数目范围，侧重数量。"不只"有不但、不仅的意思，超出的内容一般是某件事。

【造句】不止：类似情况不止一次发生。

不只：河水不只可以用来灌溉，还可用来发电。

财物 — 财务

【辨析】两个词都与钱财有关。"财物"指钱财和物资，是指具体的物件。"财务"指机关、企业、团体等单位中，有关财产的管理或经营以及现金的出纳、保管、计算等事务，是指抽象的事物。

【造句】财物：老人死后，留下了很多财物。

财务：他在他们单位负责财务工作。

残败 — 惨败

【辨析】两个词都有失败的意思，所指对象不同。"残败"指残缺衰败，多用于形容物件的状态。"惨败"指惨重的失败，多用于形容事件的情况。

【造句】残败：这里原是一座大宅，如今已残败不堪。

惨败：由于战术错误，这次比赛我们惨败给对手。

察访 — 查访

【辨析】两个词都有查问的意思。"察访"指通过观察和访问进行调查，重点在观察。"查访"指调查打听案情等，重点在调查。

【造句】察访：镇长对今年的防洪情况进行了实地察访。

查访：为了尽快破案，他化装成一个农民到处查访线索。

查看 — 察看

【辨析】两个词都有仔细看的意思。"查看"指检查、观察事物的情况，侧重于看的过程。"察看"指为了了解情况而细看，侧重于看的目的。

【造句】查看：他每天都要查看库存的货物。

察看：灾情发生后，当地负责人立即奔赴灾区，察看灾情。

产生 — 发生

【辨析】两个词都有出现新情况的意思。"产生"指由某件事或某种原因导致了另外一件事或者另外一个结果的出现，强调由某种原因导致了结果。"发生"指原来不存在的事情出现了，不重在强调原因。

【造句】产生：父母的一言一行都会对孩子产生潜移默化的影响。

发生：这几年，我的家乡发生了巨大的变化。

场所 — 场合

【辨析】两个词都与特定场景有关。"场所"指活动的处所，侧重指某个地方。"场合"指一定的时间、地点、情况，侧重指某种环境。

【造句】场所：禁止在公共场所吸烟。

场合：他天生胆小，在公众的场合不太敢说话。

沉重 — 繁重

【辨析】两个词都有重的意思。"沉重"指分量重、程度深，侧重于"沉"，用于形容事物的重量或人的感受、心情。"繁重"指多而重，侧重于"繁"，用于形容工作、任务等。

【造句】沉重：我这次考试没考好，心情非常沉重。

繁重：繁重的工作压得他喘不过气来。

趁机 — 乘机

【辨析】两个词都有利用机会获取的意思。"趁机"也是利用机会的意思，但它相对比较主动，是在事件中抢机会。"乘机"指找空子，利用机会，这个词相对比较被动，是在事件中等着抓机会。

【造句】趁机：今天我们全家出去吃饭，我趁机买了几本书。

乘机：亮亮家没人，我正好乘机到他家玩游戏机。

诚实 — 老实

【辨析】两个词都有实在的意思。"诚实"主要是指在处理人与人、人与社会之间关系时的一种无欺诈的品质、态度，是指人的品格。"老实"主要是形容人忠厚诚实，安分守己，是指人的性格。

【造句】诚实：我们应该诚实守信，说话算数。

老实：我们提倡当老实人，说老实话，办老实事。

呈现 — 浮现

【辨析】两个词都有显现的意思。"呈现"指显出、露出，是内在情况的一种外在反映，强调的是这种反映行为。"浮现"指事物在眼前显现出来，强调一种从无到有的显现过程。

【造句】呈现：祖国到处呈现出一派欣欣向荣的景象。

浮现：三年了，奶奶慈祥的面容还常常浮现在我眼前。

迟疑 — 犹豫

【辨析】两个词都含有矛盾、挣扎的意思。"迟疑"指拿不定主意，更多了一些因疑惑而不能决断的意思，偏书面语。"犹豫"指不果断，缺少主见，遇事难以做决定，语意稍轻，比较常用。

【造句】迟疑：他迟疑片刻，终于下了决心。

犹豫：小明正犹豫着到底该不该买苹果。

充满 — 充斥

【辨析】两个词都有填满的意思。"充满"指填满、布满或充分具有，是中性词。"充斥"指充满、塞满，是贬义词。

【造句】充满：孩子们的心中充满了美丽的幻想。

充斥：假冒伪劣商品充斥市场，侵害了消费者的利益。

出生 — 出身

【辨析】两个词都与父母家庭有关。"出生"指胎儿从母体中分离出来，重点在从无到有的过程。"出身"指个人早期的经历或由家庭经济情况所决定的身份，强调身份和家庭背景有关系。

【造句】出生：托尔斯泰出生在一个贵族家庭。

出身：他出身于书香门第，写得一手好字。

除草 — 锄草

【辨析】两个词都有把草除掉的意思。"除草"指除去杂草，所用的方式不限。"锄草"指用锄头为农作物除草、松土或间苗。

【造句】除草：王大爷承包的责任田，全靠化学药品除草。

锄草：他劈柴，生火，在小菜园里松土并锄草。

处世 — 处事

【辨析】两个词读音相同，意思上有很大的区别。"处世"指待人接物，应付世情，与世人相处交往。"处事"指处理事务。

【造句】处世：他闯荡江湖多年，有着丰富的处世经验。

处事：他处事认真，态度却十分和蔼。

处治 — 处置

【辨析】两个词都有处理的意思。"处治"指处罚和惩治，对象一般是

违法犯罪的人。"处置"指处理或发落，对象一般是事物。

【造句】处治：对腐败分子要从严从快加以处治。

处置：老师正在考虑如何处置这个淘气的孩子。

创造 — 缔造

【辨析】两个词都有创造的意思。"创造"是指首先想出或做出，侧重事物从无到有的过程。"缔造"意思是创立、建立，多指建立伟大的事业，侧重制造了好的结果。

【造句】创造：劳动人民用辛勤的双手创造了这个世界。

缔造：他白手兴家，最终缔造了一个商业王国。

淳厚 — 醇厚

【辨析】两个词都包含浓厚、厚重的意思。"淳厚"多指人或风俗淳朴敦厚。"醇厚"多指气味、滋味纯正浓厚。

【造句】淳厚：他为人淳厚，从不与人争长论短。

醇厚：奶奶今年酿的桂花酒味道醇厚香甜。

篡改 — 窜改

【辨析】两个词都表示对某些既成的事物做错误的改动，也都含有贬义。

"篡改"是用作伪的手段对经典、理论、政策等进行改动或曲解，对象更重要，贬义程度深。"窜改"的对象一般是文字、词语、成语、文件、古籍、账目等，多指具体的书面材料里的字句，贬义程度轻。

【造句】篡改：这段历史绝不容许任何人篡改。

窜改：原作中的两处话语被人窜改了。

打量 — 端详

【辨析】两个词都有仔细看的意思。"打量"指看的时间较短，常常指一般的观察。"端详"是仔细观察，看得更仔细，时间更长。"打量"偏口语，"端详"偏书面语。

【造句】打量：他好奇地打量着陌生的来客。

端详：他手里拿着轮船模型正在仔细端详。

代替 — 接替

【辨析】两个词都有替换的意思。"代替"指以甲换乙，起到乙的作用，强调换掉原来的人。"接替"指从别人那里把工作接过来并继续下

去，强调接续做事。

【造句】代替：王老师今天病了，张校长代替他来给我们上课。

接替：这学期李老师接替王老师做我们的班主任。

耽误 — 耽搁

【辨析】两个词都有迟延的意思。"耽误"意为由于某种原因而未能赶上，未能做好或未能完成，强调误了事，没能完成。"耽搁"指延迟做事情，强调暂时搁置，还会继续。

【造句】耽误：我早上起晚了，耽误了吃早餐。

耽搁：他在路上耽搁了很长时间。

诞生 — 诞辰

【辨析】两个词都与出生有关。"诞生"意为出生，是动词，对任何人或事物都可以使用。"诞辰"意为出生的日子，是名词，多用于值得尊敬的人。

【造句】诞生：我诞生在一个初春的早晨。

诞辰：这是为纪念周总理诞辰而发行的邮票。

惦记 — 惦念

【辨析】两个词都有记挂、想念的意思。"惦记"指心里老想着，放不下心，惦记的对象一般是某件事。"惦

念"更倾向思念，更为深刻，多用作悼念某人，特别是亲人、爱人等。

【造句】惦记：她惦记着明天考试的事，竟一夜没睡安稳。

惦念：我已经到了北京，一路平安，请不要惦念。

动乱 — 动荡

【辨析】两个词都与社会情况的混乱有关。"动乱"多指社会骚动变乱。"动荡"比喻情况或局势不安定、不稳定。"动荡"比"动乱"的程度更深，更严重。

【造句】动乱：这次动乱很快就得以平息。

动荡：目前局势动荡，有武装士兵在街上警戒。

独立 — 独力

【辨析】两个词都有单独的意思。"独立"指关系上不依附、不隶属，或靠自己去做某事，强调不依靠他人。"独力"指单独依靠自己的力量，强调只靠自己。

【造句】独立：妈妈很注意培养我独立生活的能力。

独力：这间小杂物店都是靠他自己独力经营。

度过 — 渡过

【辨析】两个词都与经过某个过程有关，适用的场合不同。"度过"通常用于时间方面，指经过一段时间。"渡过"通常指经过水面到对岸，引申为通过或由此到彼。

【造句】度过：我在哈尔滨度过了金色的童年。

渡过：红军胜利地渡过了大渡河。

锻炼 — 磨炼

【辨析】两个词都有经受锻炼的意思。"锻炼"通常指通过体育活动增强体质，或在实际斗争中经受考验，增长才干，强调炼的行为。"磨炼"指在艰难困苦的环境中锻炼，有一个环境的限制，且程度更深。

【造句】锻炼：爷爷每天早晨到公园锻炼身体。

磨炼：哥哥大学毕业后选择了参军，在部队里磨炼自己的意志。

对比 — 对照

【辨析】两个词都有比较的意思。"对比"是指将两种事物或一种事物的两个方面相对来比较异同，侧重在比的行为。"对照"是在对比的基础上还有参照的意思，参照对比的结果再采取某种行动。

【造句】对比：你对比一下，马上就能分出两种材料的好坏。

对照：他正在对照原文修改译文。

兑换 — 对换

【辨析】两个词都有交换的意思。"兑换"指用一种货币或物品换另一种，一般用于商业。"对换"指相互交换、对调，指向性稍强一些。

【造句】兑换：爸爸在机场服务处兑换了一些美元。

对换：我跟你对换一下，你用我这支笔。

讹诈 — 敲诈

【辨析】两个词都有用不正当的手段从别人那里强取财物的意思。"讹诈"指假借某种理由向人强行索取财物，侧重于用假借理由的手法去骗。"敲诈"指依仗势力或用威胁等手段索取财物，侧重用暴力或恐吓的手法去骗。

【造句】讹诈：他这样做的理由是为了不受欺侮，不被讹诈和威逼。

敲诈：如果受到别人无缘无故的敲诈，你一定要报案。

遏止 — 遏制

【辨析】两个词都有压制、控制的意思。"遏止"的意思是阻止，着重于"止"这个效果，使停止，不再进行，强行阻止。"遏制"着重于"制"的动作，压制住、控制住，使不再发展，尽量控制事件发生。

【造句】遏止：我们要永不遏止地奋斗，实现我们的梦想。

遏制：因不可遏制的贪欲，他最终身败名裂。

发奋 — 发愤

【辨析】两个词都表示为达到某一目的而振奋精神，积极努力。"发奋"是说振作精神，鼓足干劲去做事情。"发愤"则是说痛下决心，努力进取，除了有振作精神的意思外，还含有冲破某种阻力或困境的意思。

【造句】发奋：他发奋努力去追求音乐梦想。

发愤：我发愤读书，终于考出了一个好成绩。

发现 — 发明

【辨析】两个词都有创新的意思。"发现"指在自然社会的原有基础上发现某些不为人知的事物，是一个探索的过程。"发明"指创造出一种从未出现过的东西，是在既有的基础上做进一步的改进，在功能上与前者不同。

【造句】发现：地质工作者在塔里木盆地发现了大油田。

发明：毕昇发明了活字印刷，使印刷术有了新的突破。

法制 — 法治

【辨析】两个词都与法律有关。"法制"指统治阶级按照自己的意志建立的法律制度体系，是名词。"法治"指根据法律治理国家，是动词。

【造句】法制：我们要建立健全社会主义民主和法制。

法治：我国已经逐步走上了社会主义法治的轨道。

翻覆 — 反复

【辨析】两个词都与翻转有关。"翻覆"指从直立的、水平的或正常的位置上倾覆，侧重翻转的动作。"反复"指一遍又一遍地重复，侧重多次重复的状态。

【造句】翻覆：一辆货车在公路上翻覆，堵住了出口匝道。

反复：这种情况反复出现多次了。

繁华 — 繁荣

【辨析】两个词都有兴盛的意思。"繁华"指繁荣热闹，多用于形容城镇、街市等。"繁荣"指蓬勃发展、昌盛，多用于形容经济、事业等。

【造句】繁华：王府井是北京的一条繁华的商业街。

繁荣：我们要把祖国建设得更加繁荣富强。

繁殖 — 繁衍

【辨析】两个词都有使数量增多的意思。"繁殖"是生物产生新的个体，以传代的过程，强调过程。"繁衍"指通过繁殖而逐渐增多或增广，强调结果。

【造句】繁殖：一些鱼类会洄游到这个水域来繁殖后代。

繁衍：数亿年来，地球上的生命繁衍不息。

反应 — 反映

【辨析】两个词读音相同，意思上有很大的区别。"反应"指有机体受到体内或体外的刺激而引起相应的活动，引申为某一事情所引发的意见、态度或行为。"反映"指光的反射、反照，比喻从客观事物的实质表现出来。

【造句】反应：小明脑筋灵活，反应快。

反映：老师向小明的妈妈反映他上课不听讲。

范围 — 范畴

【辨析】两个词都表示界限或限制。"范围"指上下四周的界限，常用于具体的事物。"范畴"则多针对理论、概念等抽象思维而言。

【造句】范围：老师告诉我们这次考试的范围以课本为主。

范畴：这个问题应该归入力学的范畴。

防止 — 防治

【辨析】两个词都有通过预防使之不发生、不发展下去的意思。"防止"多用于预先设法制止坏事发生，通常用于坏事发生之前。"防治"多用于疾病和病虫害等的预防与治疗，常用于问题发生之后，治理并预防再次发生。

【造句】防止：勤剪指甲可以有效防止细菌的滋生。

防治：领导很重视这次病虫害的防治工作。

诽谤 — 毁谤

【辨析】两个词都指无中生有，说别人的坏话，程度有所不同。"诽谤"指无中生有，说人坏话，毁人名誉，程度稍轻一些。"毁谤"指不怀好意地说别人坏话，程度略重一些。

【造句】诽谤：随意诽谤他人是违法的行为。

毁谤：对我的这些毁谤性攻击，我将不予以回驳，那根本不值得我浪费精

力。

废除 — 废黜

【辨析】两个词都有取消的意思，取消的对象不同。"废除"指取消、废止法令、制度、条约等，如"废除不平等条约"。"废黜"指罢免、革除官职，现多指取消王位或废除特权地位，如"废黜职务"。

【造句】废除：他一上任，就废除了以前的许多规矩。

废黜：如果国王不退位，那他就只能被废黜了。

分辨 — 分辩

【辨析】两个词读音相同，意思上有很大的区别。"分辨"指分清辨明，用的是"辨别"的"辨"。"分辩"指用语言辩白，所以用的是"辩论"的"辩"。

【造句】分辨：他在农村生活过，能轻易分辨出各种野菜。

分辩：事实摆在眼前，他也没什么可分辩的了。

分割 — 分隔

【辨析】两个词都有使中间断开的意思。"分割"指把整体或有联系的东西分开，侧重割断的动作。"分隔"指在中间隔断，使不相通，侧重隔开的状态。

【造句】分割：台湾是我国不可分割的一部分。

分隔：我和妈妈分隔两地，我很想她。

分子 — 份子

【辨析】两个词读音相同，意思上有很大的区别。"分子"指属于一定阶级、阶层、集团或具有某种特征的人。"份子"指集体送礼时各人分摊的钱。

【造句】分子：犯罪分子携款外逃的企图没有得逞。

份子：小明每年的十月份都要准备很多份子钱。

奉献 — 贡献

【辨析】两个词都有献出的意思。"奉献"指恭敬地交付、呈献，强调满怀感情地为他人服务而不计回报。"贡献"指拿出物资、力量、经验等献给国家或公众，强调做的事能造成积极的影响。

【造句】奉献：他为祖国的水利事业奉献了自己的一生。

贡献：人人都应该为家乡建设贡献自己的力量。

扶助 — 辅助

【辨析】两个词都有帮助的意思，但帮助的方式有所不同。"扶助"指扶持帮助别人，扶助的对象一般是弱者，使其脱离不好的境地。"辅助"指从旁帮助别人，辅助的对象可强可弱，就是给其一份助力。

【造句】扶助：他是闻名全国的画家，但非常乐意扶助年轻人。

辅助：我派一个助手辅助你的工作。

抚养 — 扶养

【辨析】两个词都有养育的意思。"抚养"主要是指长辈对晚辈的抚育、教养。狭义上的"扶养"则专指同辈之间在物质和生活上的相互帮助。

【造句】抚养：爸爸妈妈辛辛苦苦地抚养我们。

扶养：哥哥辛苦地把我扶养长大。

赋予 — 付与

【辨析】两个词都有交给的意思。"赋予"指交给重大任务、使命等，所交的对象大多是抽象的事物。"付与"指拿出、交给钱物等，所交的对象大多是具体的事物。

【造句】赋予：王成同志圆满完成党赋予他的光荣使命。

付与：请你于今天内将货款付与对方。

改动 — 改进

【辨析】两个词都有改变的意思。"改动"是变动的意思，侧重改变的动作。"改进"指改得更进步一些，侧重改变的效果是获得了进步。

【造句】改动：他把文章的布局稍稍改动了一下。

改进：只有认真分析出现的问题，才能确定将来要改进的方面。

改良 — 改善

【辨析】两个词都有往好的方向改变的意思。"改良"着重指改得更良好一些，对象常是较具体的东西，如品种、产品、土壤、作物等，有时也是技术、生活等。"改善"指改变原有情况使其好一些，对象常是条件、环境、生活等。

【造句】改良：合理使用肥料，可以使土壤得到改良。

改善：人们的生活条件得到了极大的改善。

改造 — 改革

【辨析】两个词都有改变的意思。"改造"常指性质上的根本改变或大部分改变，对象较广，可以是客观的事物，如国家、世界、机器等；也可以是主观的事物，如思想、世界观、立场等。"改革"一般指废除陈旧的不合理的部分，保留和发展合理的部分，对象较窄，只能是客观的一些事物，如制度、方法、文字等。

【造句】改造：这条普通的公路要改造成高速公路。

改革：王老师在教学改革上取得了显著成绩。

改正 — 纠正

【辨析】两个词都有改正错误的意思。"改正"是把错误的改为正确的，一般是自行发出的动作。"纠正"是为消除已发现的不合格所采取的措施，更侧重于是他人指出错误，自己随后改正。

【造句】改正：认识到自己的错误就要坚决改正。

纠正：体育老师耐心纠正同学们做操的姿势。

概括 — 总结

【辨析】两个词都有归纳、综合的意思。"概括"是把事物的共同特点归结在一起加以简明地叙述。"总结"是对一定阶段内的有关情况进行分析研究，得出有指导性的结论，综合各方面的情况，层次更深。

【造句】概括：老师用了三个词就概括了这篇文章的主要内容。

总结：同学们发言结束后，老师对今天的活动进行了总结。

竿子 — 杆子

【辨析】两个词都是指杆状物。"竿子"泛指截取竹子的主干做成的竹竿，重点是竹子制成。"杆子"指有一定用途的细长的木头或类似的东西（多直立在地上，上端较细），可以是木头或其他材质的东西制成。

【造句】竿子：这根竿了有卜米长。

杆子：马路边竖立着一排电线杆子。

感动 — 激动

【辨析】两个词都形容人的情绪。"感动"指感情的共鸣、同情或敬佩，引起感动的事物，一般是正面、积极的。"激动"着重指感情的强烈冲动，或指冲动的状态，侧重表现情感从平淡到高昂的变化。

【造句】感动：面对此情此景，即使铁石心肠也会为之感动。

激动：他激动地打开门跑了出去。

高潮 — 热潮

【辨析】两个词都与高涨的状态有关。"高潮"比喻事物在一定阶段内发展的顶点，可用于自然现象，也可用于社会现象。"热潮"指蓬勃发展、热火朝天的形势，多用于表现一种氛围。

【造句】高潮：第三场是这部话剧情节的高潮。

热潮：同学们都积极投身到爱科学的热潮中。

工夫 — 功夫

【辨析】两个词读音相同，意思上有很大的区别。"工夫"指占用的时间。"功夫"一般指武术技能，也可指（做事）所耗费的时间和精力。

【造句】工夫：火箭飞得真快，一眨眼工夫就不见了。

功夫：老校长的书法很有功夫，笔势自然流利。

公物 — 公务

【辨析】两个词读音相同，意思上有很大的区别。"公物"指具体事物，即属于公家的东西。"公务"指抽象事物，即关于国家或集体的事务。

【造句】公物：我们都要爱护公物。

公务：老王这段时间公务繁忙。

功效 — 工效

【辨析】两个词都与效用、成效有关。"功效"指一个行动所获得的预期结果或者成效。"工效"指人的工作效率。

【造句】功效：药液注射后，很快就

产生了功效。

工效：我们应该改进方法从而提高工效。

贡品 — 供品

【辨析】两个词都与敬献物品有关。"贡品"指古代臣民或属国献给帝王的物品，侧重于是给活人的物品。"供品"指供奉神佛祖宗用的瓜果酒食等，侧重于给传说中的人物或过世的人的物品。

【造句】贡品：历史上，发菜曾是进奉皇帝的贡品。

供品：老家祠堂的桌上总是放着水果作为供品。

共通 — 共同

【辨析】两个词都与大家、大众有关。"共通"指通用于或适用于各方面的，侧重于通用。"共同"指属于大家的，彼此都具有的或大家一起做的，侧重于共同拥有。

【造句】共通：音乐是全人类共通的语言。

共同：全国人民都有着共同的奋斗目标。

故居 — 旧居

【辨析】两个词都与住所有关。"故居"主要指出生、童年时期或更长时间与父母等长辈一起生活的地方，即

故乡所在地的住所，通常只有一处。"旧居"指曾经居住过的地方，可以是临时居所，也可以是长时间居住过的地方；可以是一处，也可以是多处。

【造句】故居：我们怀着敬慕的心情来到了伟人的故居。

旧居：孙中山旧居位于今天的广东中山市翠亨村。

雇主 — 顾主

【辨析】两个词读音相同，意思上有很大的区别。"雇主"指的是雇用雇工或车船等的人。"顾主"是对被服务者的一种称呼，即顾客。

【造句】雇主：她的雇主是一位和蔼可亲的老人。

顾主：老板站在角落观察着顾主们的神色。

贯注 — 灌注

【辨析】两个词读音相同，意思上有很大的区别。"贯注"指精神、精力集中。"灌注"指浇进，注入，灌注的可以是具体事物，也可以是抽象事物。

【造句】贯注：你应当把精力贯注在工作上。

灌注：她把心血全都灌注在孩子的身上。

光临 — 莅临

【辨析】两个词都表示他人来访。"光临"多用于口语，指宾客来到，是日常用词。"莅临"多用于书面语，指贵宾来到，尊敬的程度更重。

【造句】光临：美丽的新疆欢迎您的光临。

莅临：欢迎各位领导前来莅临指导。

广大 — 光大

【辨析】两个词都与范围大有关。"广大"指面积、空间、规模很大，是形容词。"光大"是使显赫盛大的意思，是动词。

【造句】广大：雷锋精神已经在广大青少年中结出硕果。

光大：我们一定要把好的传统发扬光大。

过度 — 过渡

【辨析】两个词读音相同，意思上有很大的区别。"过度"指超过适当的限度。"过渡"指事物由一个阶段逐渐发展而转入另一个阶段。

【造句】过度：他过度疲劳，终于一病不起。

过渡：作者用了一个过渡句，使这两段连接得更自然。

合宜 — 合意

【辨析】这两个词都有合适的意思。"合宜"指合适、适宜，强调客观情况相配。"合意"指合乎心意，中意，强调符合主观的喜好。

【造句】合宜：你穿这条短裙去参加正式晚会不合宜。

合意：他越看越觉得这件工艺品合意。

和议 — 合议

【辨析】这两个词都包含商议的意思。"和议"，动词，指交战双方就恢复和平进行谈判；"合议"指由审判员或审判员和陪审员组成审判庭审理案件。

【造句】和议：战争持续了一段时间后，交战双方要求和议。

合议：人民法院审理再审案件，应当另行组成合议庭。

宏大 — 洪大

【辨析】两个词读音相同，意思上有很大的区别。"宏大"指事物的规模、场面、气势等很大。"洪大"指大而有力，响亮，主要用于形容声音。

【造句】宏大：看到这宏大的建筑，我感到心潮澎湃。

洪大：这个孩子啼声洪大，街坊邻居都能听到。

后悔 — 悔恨

【辨析】两个词都有懊恼做的不对的意思。"后悔"指事后懊悔，侧重在时间上。"悔恨"指懊恼、恼恨，侧重在恨的情绪上。

【造句】后悔：事前要三思，免得将来后悔。

悔恨：他对自己所做的错事悔恨不已。

花序 — 花絮

【辨析】两个词读音相同，意思上有很大的区别。"花序"指花在花轴上排列的方式。"花絮"比喻各种有趣的零碎新闻，多用作新闻报道的标题。

【造句】花序：欧洲山柳菊是橘红色边花头状花序。

花絮：他经常会报道一些球场花絮来吸引读者。

化妆 — 化装

【辨析】两个词都与打扮、装扮有关。"化妆"是指用脂粉等使容貌美丽。"化装"是指为了适应演出的需要，用油彩、脂粉、毛发制品等把演员装扮成特定的角色或给演员做容貌的修饰。

【造句】化妆：爱美的姐姐每天都要化妆后再出门。

化装：舞台后面，演员们正在化装准备上场。

怀念 — 悼念

【辨析】两个词都有怀念、想念的意思。"怀念"是对过去经历的一些场景、声音、事件在脑海里的回味，主要是对过去美好记忆的一种内心体验。"悼念"是对死者哀痛地怀念。

【造句】怀念：过去的时光，总是让人怀念。

悼念：今天，我们在这里沉痛悼念这位英雄。

回报 — 汇报

【辨析】两个词都有报告的意思。"回报"指报告任务、使命等的执行情况，也指报答。"汇报"指综合材料向上级或群众报告，但不一定是接受使命以后的报告。

【造句】回报：他用自己的实际行动回报了母校。

汇报：我向大家汇报一下前段时间的工作状况。

回复 — 恢复

【辨析】两个词读音相近，意思不

同。"回复"指回答、答复，也有复原的含义，但不常用。"恢复"指变回原来的样子。

【造句】回复：我收到了小伙伴的来信，正准备回复。

恢复：经过治疗，他的身体已恢复了健康。

回顾 — 回忆

【辨析】两个词都有回想的意思。"回顾"本义指回过头来看，比喻回想过去，内容可以是自己经历的事情，也可以是国家、社会等的历史，是有意识、有目的地回忆，带有总结或小结的意味，常用于书面语。"回忆"指回想，适用范围广。

【造句】回顾：回顾过去，展望未来，我们对前途充满信心。

回忆：我回忆起儿时跟小伙伴一起玩耍的情景。

会合 — 汇合

【辨析】两个词都有集合的意思。"会合"指其他事物聚集到一起，着重于人相会聚拢。"汇合"指水流、气流等聚集到一起，常比喻抽象事物（意志、力量等）汇聚在一起。

【造句】会合：他们决定叫两支球队在俱乐部会合。

汇合：大运河在天津与海河汇合。

基本 — 基础

【辨析】两个词都有根本的意思。"基本"可以是属性词，指根本的、主要的；可以是副词，指大体上。"基础"是名词，指建筑物的地基或事物发展的根本或起点。

【造句】基本：我们班同学基本都报了课外兴趣班。

基础：我们现在做的是一些基础性的工作。

机会 — 机遇

【辨析】两个词都指恰当的时候。"机会"指恰好的时候，侧重时机的恰当。"机遇"指有利的机会、境遇，侧重能带来好的发展。

【造句】机会：有机会做奥运志愿者，我很高兴。

机遇：抓住机遇，我们才能改变现状。

激励 — 鼓励

【辨析】两个词都有使人振作、奋进的意思。"激励"的施动者是精神而不是具体的人。"鼓励"的施动者只是人。

【造句】激励：这句话一直激励着我不断进步。

鼓励：老师鼓励我勇敢面对自己的缺点。

激烈 — 剧烈

【辨析】两个词都有猛烈的意思。"激烈"一般指（动作、言论等）剧烈。"剧烈"一般用于形容运动、疼痛等的强烈变化。

【造句】激烈：百米赛跑是一项很激烈的运动。

剧烈：饭前饭后不能进行剧烈运动。

计划 — 规划

【辨析】两个词都有预先设计的意思。"计划"指工作或行动之前预先拟订的具体内容和步骤。"规划"则指做比较全面的长远的发展计划，程度更深。

【造句】计划：每个同学都应该拟订一份学习计划。

规划：国家正在制订未来十年的发展规划。

技能 — 机能

【辨析】两个词都与能力有关。"技能"指掌握和运用专门技术的能力，通常情况下用于人。"机能"指细胞组织或器官等作用和活动的能力，一般用于人或动物，有时也用于某种组织。

【造句】技能：教育能提高人的劳动技能。

机能：青蛙有一双机能优异的大眼睛。

继续 — 陆续

【辨析】两个词都与过程的节奏有关。"继续"指连续下去不中断进程。"陆续"指有先有后，有时中断有时不中断的节奏。

【造句】继续：校会上，老师勉励获奖的同学继续努力。

陆续：早上七点半，同学们陆续走进学校。

监督 — 督促

【辨析】两个词都有监管并催促的意思。"监督"指查看并催促，侧重于动作的执行。"督促"指监督并催促，使结果能达到预定的目标，侧重在动作的效果。

【造句】监督：工程师严密监督着项目的进度和质量。

督促：他在妈妈的督促下才把作业做完。

坚强 — 顽强

【辨析】两个词都有强韧的意思。"坚强"指强固有力，不可动摇或摧毁。"顽强"指非常坚强、强硬，比"坚强"的程度更深。

【造句】坚强：靠着坚强的意志力，

他终于战胜了病魔。

顽强：我们要学习他顽强拼搏的精神。

接受 — 接收

【辨析】两个词都有接纳的意思。"接受"指对事物容纳而不拒绝，在意识上有主动接纳的意思。"接收"指收受、接纳，根据法令把机构、财产等拿过来的意思，相对比较客观。

【造句】接受：小明接受了他的道歉。

接收：这里电视信号的接收情况不佳。

结果 — 后果

【辨析】两个词都有最终效果的意思。"结果"是指事物发展所达到的最后状态，或某种情况下产生的结局。"后果"含贬义，指坏的结果。

【造句】结果：全国"十佳青年"评选结果已经揭晓。

后果：工作上的麻痹大意，容易造成严重的后果。

截止 — 截至

【辨析】两个词都与时间点有关。"截止"指到某个时间停止，强调"停止"，不能带时间词语作宾语。"截至"指停止于某个时间，强调"时间"，后面须带时间词语作宾语。

【造句】截止：申请人呈递简历于下星期五截止。

截至：截至昨天，共有五百余人看了画展。

界线 — 界限

【辨析】两个词都指不同事物的分界、边界。"界线"是具象的、实实在在存在的，适用对象往往是具体事物。"界限"是抽象的、虚拟的，适用的对象一般不是具体事物。

【造句】界线：他们用白漆标出了网球场的界线。

界限：我们要分清义正词严的揭露与恶语中伤的界限。

精密 — 周密

【辨析】两个词都有细密的意思。"精密"形容精确细密，更侧重于研究或制作的精确程度。"周密"形容做事周到、全面、细密，更侧重于处处照顾到，没有遗漏，不疏忽大意。

【造句】精密：爸爸的工厂专门生产实验器材等精密仪器。

周密：司令员制订了周密的作战计划。

考察 — 考查

【辨析】两个词都有查看的意思，目的和对象都不相同。"考察"指观察、调查、研究，目的是取得材料，研究事物，是实地观察、了解的意思。"考查"指用一定的标准来查看、评定，带有考核、检查的意思，常用于上级对下级、老师对学生。

【造句】考察：科考人员再次对南极进行了考察。

考查：老师要经常考查学生的学业情况。

苛刻 — 苛求

【辨析】两个词都有过于严厉的意思。"苛刻"是形容词，指过于严厉、刻薄或故意习难，侧重于态度。"苛求"是动词，指过严地要求，侧重于要求的行为。

【造句】苛刻：你给出的条件太苛刻了。

苛求：你不能苛求所有人都和你一样。

可贵 — 珍贵

【辨析】这两个词都有宝贵的意思。"可贵"形容值得珍视或重视的，重点在值得，表现人对事物的主观看法。"珍贵"形容价值大或意义深刻，表现事物的客观价值。

【造句】可贵：他无论做什么事都善始善终，这种精神很可贵。

珍贵：博物馆里陈列着许多珍贵的文物。

渴望 — 盼望

【辨析】两个词语都有希望的意思。"渴望"指迫切地希望，是一种内心急切的感受，程度比较深，可以作名词和动词；"盼望"指殷切地期望，只能作动词，程度不如"渴望"深。

【造句】渴望：我们对未来的美好生活充满了渴望。

盼望：小女孩在雨中盼望着妈妈的到来。

肯定 — 必定

【辨析】两个词都有确定的意思，表达的角度不同。"肯定"表示承认事物的存在或真实性。"必定"表示判断或推论的确凿或必然，是肯定描述发生的合理性。

【造句】肯定：这么大的雨，他肯定不会来了。

必定：坚持到底，胜利必定是属于我们的。

空泛 — 空洞

【辨析】两个词都有空虚的意思。

"空泛"指没有具体内容的泛泛之论，常用于语言、思维、文章等方面。"空洞"指空虚而无内涵，缺乏实质内容，使用范围更广一些。

【造句】空泛：这篇文章写得有点空泛。

空洞：这人相貌堂堂，肚子里却空洞无物。

恐怖 — 恐惧

【辨析】两个词都与害怕有关。"恐怖"形容因生命受到威胁而恐惧。"恐惧"指惊慌害怕，惶惶不安，是一种心理感受。

【造句】恐怖：黑暗里突然传来一阵恐怖的叫声。

恐惧：燕燕因为恐惧而发出了尖厉的喊叫。

宽恕 — 饶恕

【辨析】两个词都有原谅的意思。"宽恕"指宽容、饶恕，意思更侧重于宽容，态度更大度。"饶恕"指原谅过错、冒犯或失礼之处，意思更侧重于饶过这个结果。

【造句】宽恕：对于屡教不改的坏人，我们决不宽恕。

饶恕：这个人犯下了不可饶恕的罪行。

狂热 — 疯狂

【辨析】两个词都包含气势猛烈的意思。"狂热"指一时所激起的极度热情，多用于形容对某人或事物过分的喜爱。"疯狂"指发疯，多用于形容做事不理智。

【造句】狂热：她对某个歌星极为狂热。

疯狂：国庆期间人们疯狂采购。

扩展 — 扩散

【辨析】两个词都有扩大范围的意思。"扩展"指向外伸展、扩大，侧重于一个平面范围上的展开。"扩散"指扩大散布，侧重于立体范围上的散布。

【造句】扩展：城市边界扩展到把全县都包括在内。

扩散：他肺部的癌细胞已经扩散到全身了。

懒惰 — 懒散

【辨析】两个词都有懒的意思。"懒惰"只强调不勤快，不肯去做。"懒散"除了不勤快的意思外，还有漫无纪律、不受规矩约束的意思。

【造句】懒惰：他很懒惰，不爱学

习。

懒散：他很懒散，不但不爱学习，还常常违反纪律。

牢固 — 坚固

【辨析】两个词都有结实、稳固的意思。"牢固"的意思是结实、坚固，更侧重于稳定程度高。"坚固"是结合紧密，不容易破坏的意思，更侧重于结实程度高。

【造句】牢固：只有基础牢固，才能建起高楼大厦。

坚固：这座楼不但坚固实用，式样也很美观。

理想 — 愿望

【辨析】两个词都表示对美好事物的期待。"理想"是对未来事物的美好想象和希望，是要自己努力实现的，主观性强。"愿望"是指心中期望实现的想法，具有客观性，可以自己实现，也可以等着别人来帮助实现。

【造句】理想：我的理想是当一名飞行员。

愿望：我一边吹蜡烛一边许下了愿望。

连播 — 联播

【辨析】两个词都与播放节目有关。"连播"指广播电台或电视台把一个内容较长的节目分若干次连续播出，

强调连续性。"联播"指若干广播电台或电视台同时转播（某电台或电视台播送的节目），强调同时播。

【造句】连播：明天继续收听这个台的故事连播节目。

联播：每天的新闻联播都非常准时。

了解 — 理解

【辨析】两个词都有知道、明白的意思。"了解"侧重于知道人或事的具体状况，是外在的、直观的情况。"理解"侧重于知道人的追求、想法，是内在的感受，用自己的体会来感受对方为"理解"，程度更深。

【造句】了解：我不了解他家里的情况。

理解：没有人能理解我此刻的心情。

流畅 — 酣畅

【辨析】两个词都有顺畅的意思。"流畅"指流利、通畅，侧重于形容事物的客观状态。"酣畅"指十分畅快，侧重于形容人的主观感受。

【造句】流畅：这篇文章条理清楚，语言流畅。

酣畅：我们班和七班举行了一场酣畅淋漓的篮球比赛。

流连 — 留恋

【辨析】两个词都有难舍难离的意思。"流连"指受吸引而不愿意返

回，对象仅限于自然景色、名胜佳境等可供游乐观赏的处所、环境。"留恋"指不忍舍弃或离开，词义的应用范围比较广泛，可以表示对人、对事、对物的依依不舍的情感。

【造句】流连：这美丽的景色让师生们流连忘返。

留恋：临毕业时，同学们对学校都十分留恋。

流露 — 透露

【辨析】两个词都有露出来的意思。"流露"是不自觉透露出来的，对象是表情、心理等。"透露"指泄露消息，是主动的、有意识的，对象是信息、消息、意思等。

【造句】流露：他的脸上流露出痛苦的表情。

透露：他将这个消息透露给了自己的朋友。

流失 — 流逝

【辨析】两个词都含有流走的意思。"流失"泛指有用的东西流散失去，如水土流失、人才流失等，多用于有形的事物。"流逝"指像流水一样迅速消逝，多用于无形的事物，如岁月流逝。

【造句】流失：我们要大力植树造林，以免水土流失。

流逝：随着岁月的流逝，很多往事都淡忘了。

旅途 — 旅程

【辨析】两个词都与旅行的路程有关。"旅途"指旅行的路途，强调在旅行中的状态。"旅程"指从一地到另一地的旅行路程，强调旅行的全程。

【造句】旅途：在人生的旅途中，我遇到了很多良师益友。

旅程：我们这次旅程的终点是黄山。

履行 — 执行

【辨析】两个词都表示用行动来实现的意思。"履行"侧重于按照约定的或应该做的去做，所涉及的事情常是双方或多方约定的、自己向别人承诺的，或者自身应该做的。对象常是合同、职责、诺言、义务等。"执行"带有强制性，涉及的事情范围较广，常是上级规定必须做的，或者法律、法规规定要做的。对象常是命令、指示、政策、路线、方针等。

【造句】履行：你答应了人家，就应该履行自己的诺言。

执行：我们要努力贯彻执行这次大会的决议。

埋伏 — 潜伏

【辨析】两个词都有隐藏、不让发现的意思。"埋伏"指隐藏起来伺机行动,多用于军事、狩猎方面,隐藏时间较短。"潜伏"指打入敌人内部,是有特定使命的行动,隐藏时间较长。

【造句】埋伏:这个树林正好可以用来埋伏部队。

潜伏:他潜伏在敌人内部多年,获取了很多有用的情报。

满足 — 满意

【辨析】两个词都是对某事物或行为的肯定。"满足"指感到已经足够了,肯定程度不算特别高。"满意"指符合自己的心意或愿望,比起"满足"来就显得更加严格,要求更高。

【造句】满足:如果你能考70分,我就觉得很满足了。

满意:小张这次数学考试又得了100分,老师很满意。

美丽 — 标致

【辨析】两个词都有好看的意思。"美丽"指漂亮、好看,即在形式、比例、布局、风度、颜色或声音上接近完美或理想境界,使各种感官极为愉悦。"标致"形容人相貌、姿态出色,一般用于长辈对晚辈的形容。

【造句】美丽:三峡风光就像一幅幅美丽的图画。

标致:奶奶总是夸邻居家的小妹妹长得很标致。

明智 — 理智

【辨析】两个词都与人的思想有关。"明智"指通达事理,有远见,侧重看得清、看得远。"理智"是指辨别是非、利害关系,以及控制自己行为的能力,侧重用理性控制精神。

【造句】明智:迁怒于人是最不明智的做法。

理智:面对对方的攻击,他突然失去了理智。

摸索 — 探索

【辨析】两个词都有寻求的意思。"摸索"着重指在方向不明、经验不多的情况下,一点一点地寻找,对象常是经验、方向、门径、技术等。"探索"着重指为解决疑难问题而多方面寻求答案,试图发现、求得隐藏的事物,比"摸索"更进一步,对象常是奥秘、原因、根源、知识、实质、本质等。

【造句】摸索:他们在黑暗中摸索着

前进。

探索：宇宙间充满了奥秘，有待于人类去探索。

谋取 — 牟取

【辨析】"谋取"指通过谋划得到，感情色彩比较中性。"牟取"指赚取非法的利益，有犯罪行为，是贬义词。

【造句】谋取：干部要为人民服务，不能谋取私利。

牟取：这个人为了牟取暴利，在卖货物时以次充好。

恼怒 — 恼恨

【辨析】两个词都有生气的意思。"恼怒"指生气、发怒，重在生气的状态。"恼恨"指生气和怨恨，侧重恨的感受，生气的程度更深。

【造句】恼怒：我做的错事让爸爸异常恼怒。

恼恨：事情虽小，但在当时却令人恼恨。

年龄 — 年纪

【辨析】两个词都指岁数，使用范围不同。"年龄"指人或动植物已经生存的年数。"年纪"专指人的年龄。

【造句】年龄：根据年轮可以知道树木的年龄。

年纪：别看弟弟年纪小，可象棋下得很棒。

年轻 — 年青

【辨析】两个词都有年轻的意思。"年轻"有比较的含义在其中，侧重在年龄相对小一些。"年青"指处在青少年时期，侧重在年龄本身就小。

【造句】年轻：妈妈今年四十多岁了，但看上去很年轻。

年青：他虽然年青，但很有经验。

捏造 — 伪造

【辨析】两个词都有造假的意思。"捏造"指造假事实，侧重指无中生有。"伪造"指照着真的东西做一个假的来冒充，侧重指以假乱真。

【造句】捏造：他说的都不是事实，是凭空捏造出来的。

伪造：这个人伪造身份证件骗取别人的财物。

凝视 — 注视

【辨析】两个词都有用心看的意思。"凝视"多指较长时间精神集中地看着，侧重于目不转睛地盯着的动作。"注视"指注意力集中地看着具体人或物的某一点，侧重于关注事物的动作或情况。

【造句】凝视：他凝视着战友的照片，怅然若失。

注视：值班警察警惕地注视着窗外发生的一切。

浓厚 — 浓密

【辨析】两个词都形容不淡薄、不稀疏，但形容的对象不同。"浓厚"指烟雾、云层等很浓，或色彩、意识、气氛等很重，或兴趣很大。"浓密"多指枝叶、烟雾、须发等很稠密。

【造句】浓厚：今天的雾特别浓厚，轮渡都停航了。

浓密：爸爸的头发乌黑浓密。

偶尔 — 偶然

【辨析】两个词都与事件发生的频率有关。"偶尔"的意思是间或、有的时候，事件发生的概率相对更大。"偶然"指事件发生是不经常的，不是必然的，有出乎意料的意思，事件发生的概率小。

【造句】偶尔：小明星期天一般都在家看书，偶尔也出去玩。

偶然：他偶然在街上遇见了多年未见的老友。

徘徊 — 彷徨

【辨析】两个词都有走来走去、犹豫不定的意思。"徘徊"是在一个地方来回地走，侧重于在一个地方来回走的动作。"彷徨"指走来走去，犹疑不决，不知往哪个方向去，多用来形容心神不定。

【造句】徘徊：他在门口徘徊了很久，最终还是走了。

彷徨：当我犹豫彷徨时，父母会帮我寻找方向。

抛弃 — 放弃

【辨析】两个词都有丢弃的意思。"抛弃"指扔掉不要，丢弃，对象一般是具体的物件。"放弃"指丢掉，不坚持，对象一般是抽象的，如原有的权利、主张、意见、机会等。

【造句】抛弃：这只可怜的小狗被主人抛弃了。

放弃：我不会放弃这次难得的机会。

培养 — 培育

【辨析】两个词都养育的意思。"培养"一般指按照一定目的长期地教育和训练使成长，最常用的对象是人或人的能力等。"培育"意思是给予适宜条件，使动物、植物繁殖、生长，最常用的对象是动植物等。

【造句】培养：语文教学要侧重培养学生的读写能力。

培育：科学家们又培育出了一个新的大豆品种。

评定 — 平定

【辨析】两个词在结果上都有定下来而不变化的意思。"评定"指经过评判或审核来决定，可以作名词和动词。"平定"指平稳安定，可以作动词和形容词。

【造句】评定：他通过了高级教师职称的评定。

平定：将军率领大军平定了这场叛乱。

普及 — 普遍

【辨析】两个词都有大众化的意思。"普遍"是形容词，指存在的面很广泛，具有共同性的。"普及"是动词，指普遍地传到（地区、范围等），使大众化。

【造句】普遍：智能手机已经在农村普遍使用了。

普及：这方面的知识，还需要进一步普及。

朴实 — 朴素

【辨析】两个词都包含不加修饰的意思。"朴实"多用于形容人的性格质朴、诚实。"朴素"多用于形容讲究自然，保持原样，用于衣着、陈设等不讲装饰、不浓艳、不华丽。

【造句】朴实：这个年轻人为人朴实，没有什么个人野心。

朴素：她只穿了一件朴素的白色长袍。

期间 — 其间

【辨析】两个词都与特定的段落有关。"期间"指某个时期里面，侧重在某个时间段。"其间"是那中间、其中的意思，侧重在某个事物的中间。

【造句】期间：春节期间，亲戚朋友欢聚在一起互相拜年。

其间：湖水清澈见底，一群群小鱼来往其间。

祈求 — 乞求

【辨析】两个词都有请求的意思。"祈求"指恳切地希望得到，重在表现态度诚恳，其内容不具体，只是表达这种强烈的愿望。"乞求"侧重表现请求给予的行为。"乞求"的内容或大或小，但较具体。

【造句】祈求：古代的帝王会在天坛祭天，祈求风调雨顺。

乞求：他很后悔，乞求受害者的宽恕。

启示 — 启事

【辨析】两个词读音相同，意思上有很大的区别。"启示"是启发提示，作用于人的内心世界，启迪思想或激活思维，其形态是隐性的。"启事"是一种公告性的应用文体，是为了说明某事而在公众中传播信息，一般采用登报或张贴的方式，其形态是显性的。

【造句】启示：滴水能够穿石，那是在启示我们坚持就能够成功。

启事：报纸上每天都有很多寻狗启事。

清脆 — 清澈

【辨析】两个词都有清亮的意思。"清脆"指声音清楚悦耳，形容听觉上的感受。"清澈"指清净而透明，多用于形容水的清。

【造句】清脆：清晨，窗外传来一阵阵清脆的鸟鸣。

清澈：我家乡的小河流水淙淙，清澈见底。

清凉 — 清新

【辨析】两个词都有清爽的意思。"清凉"指凉而使人感觉爽快，重点在凉快。"清新"指清爽而新鲜，重点在新鲜。

【造句】清凉：夏天，空调为大家送来一片清凉。

清新：早上，公园里的空气非常清新。

轻视 — 轻蔑

【辨析】两个词都有看不起的意思。"轻视"就是不重视，不认真对待，一般用于形容态度。"轻蔑"是指看不起，不放在眼里，程度比"轻视"更深。

【造句】轻视：学校不能只重视智育而轻视德育和体育。

轻蔑：她的眼睛里闪着冰冷的火焰，显示出无限轻蔑。

驱除 — 祛除

【辨析】两个词都有除去的意思。"驱除"指赶走或除掉，驱除的对象范围比较广泛。"祛除"指除去，祛除的对象一般是疾病、疑惧、邪祟等，范围较小。

【造句】驱除：听音乐可以驱除我心中的烦恼。

祛除：这个配方可以有效祛除口腔异味。

曲解 — 误解

【辨析】两个词都与理解有关。"曲解"指错误地解释客观事实或别人的原意，多指故意地理解错，带有主动性。"误解"指理解得不正确，没有主动性。

【造句】曲解：不要刻意曲解别人的善意。

误解：他对我的误解很深，一时还解释不清。

权利 — 权力

【辨析】两个词都与政治和法律相关。"权利"指公民或法人依法在政治、经济、文化各方面所享有的权力和利益，与义务相对，一般体现私人利益。"权力"指政治上的强制力量或职责范围内的支配力量，一般体现公共利益。

【造句】权利：每个儿童都有享受公平教育的权利。

权力：国家干部要正确行使人民赋予的权力。

劝告 — 劝导

【辨析】两个词都有相劝的意思。"劝告"指劝说告诫，使人改正错误或接受意见。"劝导"指规劝开导，在劝的基础上，还有开导的作用。

【造句】劝告：他再三劝告我不要沉迷于游戏。

劝导：几个人耐心地劝导他，使他渐渐醒悟过来。

热忱 — 热情

【辨析】两个词都包含热爱的意思。"热忱"是支持某人或一项目标的激动迫切之情，达到狂热程度的积极热情。"热情"是指强度较高但持续时间较短的情感，它是一种强有力、稳定而深厚的情感。

【造句】热忱：新来的老师是个满怀热忱的大学毕业生。

热情：这次去上海，一位老朋友热情地接待了我们。

融化 — 溶化

【辨析】两个词都与事物形态变化有关。"融化"指冰或雪由于温度或者是太阳光的照射而化成水。"溶化"指固体在液体中溶解的过程，这个过程一般不需要加热，但必须有液体，所以是"氵"旁。

【造句】融化：春天来了，冰雪融化，燕子归来。

溶化：白糖在水里慢慢地溶化了。

容忍 — 容许

【辨析】两个词都有宽容的意思。"容忍"是宽容、忍耐，指自己接受别人的行为。"容许"是允许、许可，指自己允许别人干什么事情。

【造句】容忍：对她的行为，我们坚决不能容忍。

容许：这样的错误，坚决不容许再出现。

柔弱 — 软弱

【辨析】两个词都有衰弱的意思。"柔弱"多指身体方面的弱，力气小或易感疲劳、易得病。"软弱"多指不坚强，是性格方面的一种特征。

【造句】柔弱：她的身体看上去非常柔弱。

软弱：如果你一味软弱退让，别人就会得寸进尺。

入侵 — 侵入

【辨析】两个词都有侵犯的意思。"入侵"指敌军或有害事物进入内部，强调侵犯的过程。"侵入"指用武力强行进入，强调侵犯的结果。

【造句】入侵：边防军时刻警惕着敌人的入侵。

侵入：军队把侵入领土的敌人赶了出去。

深沉 — 深重

【辨析】两个词都有程度深的意思。

"深沉"多形容程度深或思想感情不外露，常用于暮色、态度等。"深重"形容程度高，常用于罪孽、灾难、危机、苦闷等。

【造句】深沉：他为人深沉，叫人难以捉摸。

深重：他知道自己罪孽深重，于是俯首认罪。

深刻 — 深入

【辨析】两个词都有进入事物内部的意思。"深刻"是形容词，指透彻、深入。"深入"作动词时，指进入事物内部或中心；作形容词时，指研究、思考深刻、透彻。

【造句】深刻：专家说的话给我留下了深刻的印象。

深入：校长经常深入各班了解情况，征求意见。

神奇 — 神圣

【辨析】两个词都与不平凡有关。"神奇"形容非常奇妙、神妙、奇特，比较常用。"神圣"形容极其崇高而庄严，不可亵渎，语义更庄重，更正式。

【造句】神奇：魔术师给我们表演了许多神奇的魔术。

神圣：母爱是世界上最神圣、最伟大的情感。

神态 — 神情

【辨析】两个词都和人的表情有关。"神态"是面部表露出来的内心活动和精神状态，强调的是通过表情所反映出来的内在状态。"神情"是指内心活动从面部显露出来的表情，强调的是外在的表情。

【造句】神态：爷爷坐在靠椅上，神态安详。

神情：他第一次登台演讲，神情有点紧张。

声明 — 申明

【辨析】"声明"指公开表态或说明，侧重表态这个行为。"申明"指郑重地说明，有强调的意思，语气更重，程度更深。

【造句】声明：我国政府发表声明，对某国政府干涉我国内政表示强烈抗议。

申明：你不参加植树劳动，要向老师申明理由。

失陷 — 沦陷

【辨析】两个词都有丧失和陷落的意思。"失陷"指领土、城市等被敌人侵占，强调丢失，程度略低。"沦陷"指领土或国土被敌人占领或陷落在敌人手里，常指被敌人占领一段较长的时间，强调落入不幸境地，程度

更深。

【造句】失陷：这个阵地固若金汤，从来没有失陷过。

沦陷：卢沟桥事变后，华北等地很快沦陷了。

实验 — 试验

【辨析】两个词都有操作验证的意思。"实验"是为了检验某种科学理论或假设，而进行某种操作或从事某种活动，侧重实际操作。"试验"是为了察看某事的结果或某物的性能而从事某种活动，侧重尝试。

【造句】实验：同学们目不转睛地看老师做实验。

试验：经过试验，这个办法还是不行。

收获 — 收效

【辨析】两个词都有接收、收到的意思。"收获"比喻获得成果、心得或得到战果，强调获得这个动作。"收效"指取得效果，强调效果。

【造句】收获：这次学乐器的经历使我收获很多。

收效：锻炼身体必须持之以恒，不然收效甚微。

收集 — 搜集

【辨析】两个词都有聚集到一起的意思。"收集"是把分散的事物聚拢的意思，需要收集的事物是不用费多大

工夫的。"搜集"是到处寻找（事物）并聚集在一起，包含了一个比较辛苦的搜索过程。

【造句】收集：我收集了不少名言警句，都写在了本子上。

搜集：警察花了一年的时间搜集证据。

竖立 — 树立

【辨析】两个词都有立起来的意思。"竖立"指物体垂直立着，是物体的整体形态或状态。"树立"指建立，多用于抽象的好的事情，如目标、榜样等。

【造句】竖立：教学楼的门前竖立着一根高耸的旗杆。

树立：雷锋为广大青少年树立了光辉的榜样。

坦荡 — 坦率

【辨析】两个词都含有坦露、不隐瞒的意思。"坦荡"比喻人心地正直，心胸开阔，侧重在人的心胸。"坦率"指直率，侧重在人的性格。

【造句】坦荡：他胸怀坦荡，从不隐瞒自己的过失。

坦率：他很坦率地承认了自己的错误。

特别 — 特殊

【辨析】两个词都有与众不同的意思。"特别"指与众不同，不普通，只是凸显平等的事物之间的区别。"特殊"指不同于同类事物或平常情况的，侧重凸显与其他不同，地位待遇高。

【造句】特别：这本书对我来说具有特别的意义。

特殊：这个手帕对他来说有着特殊的意义。

特点 — 特征

【辨析】两个词都与与众不同之处有关。"特点"指人或事物所具有的独特的地方，侧重事物内在或外在的独特之处。"特征"指事物外表或形式上独特的象征或标志，侧重事物外在的独特的象征或标志。

【造句】特点：他设计的这个方案很有特点。

特征：长颈鹿最明显的特征是脖子特别长。

题材 — 体裁

【辨析】两个词都与文艺作品有关。"题材"指文艺作品中具体描写的生活事件和生活现象，即作者表现主题、塑造形象所运用的材料。"体裁"指文学作品的表现形式。可以用各种标准来分类，如小说、诗歌、散文等。

【造句】题材：这是一部以改革开放为题材的影片。

体裁：这部作品的体裁是报告文学。

题词 — 提词

【辨析】两个词读音相同，意思上有很大的区别。"题词"作动词时，指写一段话表示纪念或勉励；作名词时，指为表示纪念或勉励而写下来的话。"提词"指戏剧演出时给演员提示台词。

【造句】题词：毕业时，同学们互相题词留作纪念。

提词：他的工作是在演出时给演员提词。

停止 — 停滞

【辨析】两个词都有停下来的意思。"停止"指不再进行，侧重停下的动作。"停滞"指因为受到阻碍，不能顺利地运动或发展，侧重行动中因故而停下来的状态。

【造句】停止：这个方法很管用，弟弟马上停止了哭泣。

停滞：我们不能因为一点儿困难阻碍就停滞不前。

调节 — 调解

【辨析】两个词虽然都含有"调"

字，但它们用了"调"字的两个意思，所以词义完全不同。"调节"是指在数量、程度、规模等方面进行调整，使符合标准。"调解"指周旋于双方之间以便使双方和解。

【造句】调节：人体有自我调节的功能。

调解：在法院的调解下，这桩纠纷终于平息了。

退化 — 蜕化

【辨析】两个词都与生物的变化有关。"退化"本义是生物体在进化过程中某一部分器官变小，构造简化，功能减退甚至完全消失的变化过程，后泛指事物由优变劣，由好变坏。"蜕化"指昆虫的幼虫脱皮后，增大体形或变为另一种形态，后比喻人的品质变坏，腐化堕落。

【造句】退化：你再不多动脑子，脑子就要退化了。

蜕化：我们要坚决清除干部队伍中的蜕化变质分子。

挖苦 — 奚落

【辨析】两个词都有嘲讽的意思。"挖苦"指用尖酸刻薄的话讥笑，语意较轻。"奚落"指用尖刻的话数说别人的短处，使人难堪，讥笑程度更深。

【造句】挖苦：面对别人的讽刺挖苦，他毫不计较。

奚落：小张被同事狠狠地奚落了一番。

弯曲 — 曲折

【辨析】两个词都是不直的意思。"弯曲"是用来形容具体事物的，强调形状上有一个弯度。"曲折"既可以指形状上的弯曲，也可以指事情发展或故事情节的复杂、变化多，适用范围更广。

【造句】弯曲：一条弯曲的小河从村外流过。

曲折：道路是曲折的，前途是光明的。

完全 — 完整

【辨析】两个词都有全的意思。"完全"指全部、全然，侧重数量和范围上的全。"完整"指完备，没有残缺或损坏，侧重整体上的无残缺。

【造句】完全：老师面色憔悴，身体还没有完全恢复。

完整：这就是事情的完整经过。

温柔 — 温顺

【辨析】两个词都有态度温和的意思。"温柔"指温和柔顺，多形容人

的性格。"温顺"指温和顺从，多形容个性，可以用于人和动物。

【造句】温柔：妈妈性格温柔，从来不和我发脾气。

温顺：他的脾气很温顺。

无辜 — 无故

【辨析】两个词读音相近，意思上有很大的区别。"无辜"作形容词时，指没有罪；作名词时，指没有罪的人。"无故"指没有原因。

【造句】无辜：魔鬼不费吹灰之力就能让罪恶看似无辜。

无故：他突然无缘无故地大哭起来。

详细 — 详尽

【辨析】两个词都有细密、完备的意思。"详细"指内容周密、细致，强调丰富而细致。"详尽"指详细全面，没有遗漏，强调丰富而全面。

【造句】详细：医生详细地询问了病人的病情。

详尽：这篇说明文对泰山的介绍十分详尽。

向往 — 憧憬

【辨析】两个词都表示因热爱、美慕某种事物或境界而希望得到或达到。

"向往"适用的范围更广泛，各种美好的事物都可以成为向往的对象。"憧憬"则多用于境界较广大、时间较长远的对象，比"向往"的对象更广大和长远。

【造句】向往：青岛美丽的景色真令人向往。

憧憬：我满怀信心并憧憬着美好的未来。

雄伟 — 宏伟

【辨析】两个词都与气势有关。"雄伟"指雄壮而伟大，可用于形容山峰、富有历史意义的大型建筑等。"宏伟"指宏大雄伟，可用于形容大型建筑或计划，一般不用来形容音乐。

【造句】雄伟：我登上雄伟的长城，一种自豪感油然而生。

宏伟：宏伟的人民大会堂矗立在天安门广场的西侧。

兴建 — 修建

【辨析】两个词都与建设有关。"兴建"指开始建筑，多用于建设规模较大的建筑物。"修建"指一般的施工，多用于土木工程，规模大小不限，也可以指扩建或翻新旧的建筑物。

【造句】兴建：他在市中心投资兴建了一座商厦。

修建：学校准备在暑假的时候修建图书馆。

修养 — 休养

【辨析】两个词读音相同，意思上有很大的区别。"修养"是名词，指理论、知识、艺术、思想等方面达到一定水平，或养成正确的待人处世的态度，指人的品格。"休养"是动词，指休息调养。

【造句】修养：读书能使人的修养、素质得到提升。

休养：这一带依山傍水，是休养的好去处。

虚假 — 虚伪

【辨析】两个词都有不真实的意思。"虚假"指跟实际不符合，强调不是真的。"虚伪"指不真实、不实在，做假，强调不真诚，程度更深，只用于形容人缺乏诚意。

【造句】虚假：新闻报道必须真实，不允许有半点儿虚假。

虚伪：他终于暴露出了虚伪的本质。

淹没 — 湮没

【辨析】两个词都有漫过、高过的意思，发出动作的主体范围不同。"淹没"多指大水漫过，也可以指被声音盖过。"湮没"多指名声和成就被埋没。

【造句】淹没：山洪倾泻而下，淹没了整个村庄。

湮没：这位作家近十年来已经湮没无闻了。

邀请 — 恭请

【辨析】两个词都有约请对方的意思。"邀请"指请人到自己的地方来或到约定的地方去，情感比较平淡。"恭请"是一个敬辞，情感相比"邀请"更浓，态度更恭敬、诚恳。

【造句】邀请：他写信邀请朋友暑假来玩。

恭请：恭请您出席在驻地大使馆举行的宴会。

以至 — 以致

【辨析】两个词都是连词，用法不同。"以至"有一直到的意思，表示范围、数量、程度、时间等延伸和发展，一般指从小到大、从小到多、从浅到深。"以致"用在下半句的开头，表示下文是上述原因所造成的结果，多指不好的结果。

【造句】以至：从沿海城市以至广大农村，到处欣欣向荣。

以致：他事先没有调研，以致得出了错误结论。

义气 — 意气

【辨析】两个词读音相同，意思上有很大的区别。"义气"指由于私人关系而甘于承担风险或牺牲自己利益的气概。"意气"指意志和气概或志趣和性格。也指由于主观和偏激而产生的情绪。

【造句】义气：宋江和武松是义气兄弟，二人肝胆相照。

意气：做事情不要意气用事，而应考虑全局得失。

硬朗 — 结实

【辨析】两个词都有健壮的意思。"硬朗"指强硬有力，最常用于形容人的身体状况。"结实"的运用范围更广，不仅可以形容身体强健，也可以形容其他事物坚固、牢固。

【造句】硬朗：爷爷七十多岁了，身子骨还很硬朗。

结实：妈妈把准备捐赠的衣物和书籍捆绑得很结实。

应用 — 利用

【辨析】两个词都包含使用的意思。"应用"指适应需要，以供使用，意思比较单纯。"利用"多指设法为己所用，着重指更有效地、更充分地使用，并使事物或人对使用者有益处。

【造句】应用：我们要努力培养学生应用知识的能力。

利用：他利用工作之便，结识了许多同行的朋友。

原形 — 原型

【辨析】两个词都与原来的样子有关。"原形"指事物原本的形态、状态，侧重指外在表现出来的样子。"原型"指原来的类型或模型，特指文学艺术作品中塑造人物形象所依据的现实生活中的人。

【造句】原形：那只狡猾的狐狸终于原形毕露了。

原型：实验室的企业赞助者受邀到实验室认识这些产品原型，并讨究是否有销售市场及量产能力。

正规 — 正轨

【辨析】两个词都有合于法则的意思。"正规"是形容词，指符合正式规定的或一般公认的标准的。"正轨"是名词，指正常的发展道路。

【造句】正规：生病了一定要去正规的医院治疗。

正轨：刚开学，有些工作还没有步入正轨。

制订 — 制定

【辨析】两个词都与规定有关。"制订"是创制拟订的意思，属于拟订内容的阶段，未必形成最终结果，多强调行为的过程，可用于方案、计划等。"制定"是定出的意思，属于把内容确定下来的阶段，多强调行为的结果，可用于法律、章程等。

【造句】制订：他们正在制订相关的措施。

制定：学校制定的各项制度越来越完善。

终生 — 终身

【辨析】两个词都有一生的意思。"终生"多用于一生从事某种事业或工作，强调时间延续到生命结束。"终身"多用于与自己有关的事情，常用于指婚姻大事。

【造句】终生：我们要为共产主义事业奋斗终生。

终身：婚姻是一个人的终身大事，一定要慎重。

重要 — 重大

【辨析】两个词都有主要、要紧的意思。"重要"指具有重大意义、作用和影响的。"重大"指大而重要，带有一定后果的影响，程度更深，语意更严肃。

【造句】重要：这次摸底考试非常重要，你要认真准备。

重大：由于自然灾害，国家财产遭受了重大损失。

周全 — 周密

【辨析】两个词都有周到的意思。"周全"指周到而完备，侧重在完备，通常用于想法、做法等。"周密"指周到而细密，侧重在细密，通常用于计划、安排等。

【造句】周全：这个问题你比我考虑得周全。

周密：对于这次的行动，我们进行了周密的安排。

逐步 — 逐渐

【辨析】两个词都表示事物形成和发展的过程。"逐步"指一步一步地、一点一点地，过程有一定的步骤，就像走一个个台阶。"逐渐"就是渐渐，是一个缓慢的发展过程，好像走一段平路，没有台阶。

【造句】逐步：一年来，小强逐步实现了自己的目标。

逐渐：天色逐渐暗了下来。

主意 — 主张

【辨析】两个词都有意见、想法的意思。"主意"指心中已有确定的意见或办法，只能作名词。"主张"指对事物应当如何处理有自己的见解，可作名词，也可作动词。

【造句】主意：她越想越拿不定主意，心里乱七八糟的。

主张：他从来没有自己的主张，只会随声附和。

祝贺 — 祝愿

【辨析】两个词都与祝福有关。"祝贺"指庆祝、贺喜，一般用于发生了好事的某人或某件好事。"祝愿"指表示良好的愿望，是在好事发生之前或过程中表达美好愿景。

【造句】祝贺：同学们纷纷对小亮在运动会上夺冠表示祝贺。

祝愿：我祝愿伟大的祖国繁荣昌盛。

做客 — 作客

【辨析】这两个词的词义非常相似，很容易混淆。"做客"指访问别人，自己当客人，是相对主人而言的，一般时间较短。"作客"是指寄居在别处，如作客他乡，是相对当地人而言的，一般时间较长。

【造句】做客：我请了几位同学来家里做客。

作客：作客这个小镇的几年时光，让我很难忘。

一、写出下列词语的近义词。

协助—（ ）	宽慰—（ ）	按照—（ ）
巴结—（ ）	防守—（ ）	周详—（ ）
迟疑—（ ）	充斥—（ ）	硬朗—（ ）
牢固—（ ）	可贵—（ ）	深沉—（ ）
普遍—（ ）	期待—（ ）	围绕—（ ）
向往—（ ）	苛求—（ ）	机会—（ ）
悔恨—（ ）	改良—（ ）	回顾—（ ）
拜访—（ ）	保持—（ ）	颁布—（ ）
凝视—（ ）	珍贵—（ ）	吩咐—（ ）
热忱—（ ）	美妙—（ ）	担忧—（ ）
允许—（ ）	分外—（ ）	顽强—（ ）
嘲笑—（ ）	勉励—（ ）	爱好—（ ）
轻蔑—（ ）	埋伏—（ ）	商议—（ ）
滋味—（ ）	能耐—（ ）	推辞—（ ）
熟练—（ ）	清楚—（ ）	陌生—（ ）
呈现—（ ）	安静—（ ）	安定—（ ）

二、根据语境选择合适的词语。

1. 他很_____（后悔　悔恨）没有听街坊的_____（劝告　劝导）。

2. 下完雨后，空气十分_____（清凉　清新）。

3. 只要用心观察，你会_____（发现　发明）很多有趣的事情。

4. 沙漠中的水是多么_____（可贵　珍贵）呀！

5. 母亲总是能够＿＿＿＿＿＿＿＿（容忍 容许）孩子年少无知所犯下的错误。

6. 远处，奇山＿＿＿＿＿＿＿＿（兀立 仡立），群山连亘，苍翠峭拔，云遮雾绕。

7. 杜鹃花，她＿＿＿＿＿＿＿＿（老实 朴实）没有牡丹的富贵，她清新没有荷花的娇贵，她平常没有菊花的金贵，她普通没有梅花的稀贵。

8. 李奶奶热心于慈善事业，＿＿＿＿＿＿＿＿（收养 抚养）了好几个孤儿。

9. 事情要考虑＿＿＿＿＿＿＿＿（周密 周详）以后再动手，才能够事半功倍。

10. 在秋高气爽、景色宜人、风轻云淡的季节里，大雁们成群结队，开始了＿＿＿＿＿＿＿＿（繁殖 繁衍）后代的种族大迁徙。

三、根据提示，在横线上填写恰当的词语。

1. 印刷术是中国首先（fā）＿＿＿＿＿＿＿＿的。

居里夫人（fā）＿＿＿＿＿＿＿＿了镭，为人类做出了巨大的贡献。

2. 爸爸表面很（yán）＿＿＿＿＿＿＿，不苟言笑，可内心很疼爱我。

他对自己一直（yán）＿＿＿＿＿＿＿要求，所以他能不断进步。

除了亲切她还是一个（yán）＿＿＿＿＿＿＿的老师呢！

3. 我们学校新建的教学楼既＿＿＿＿＿＿＿（gù）又美观。

我们只有勤奋学习，才能＿＿＿＿＿＿＿（gù）地掌握知识。

4. 我的奶奶满脸皱纹，但身体很＿＿＿＿＿＿＿（shí）。

整车的货物绑扎得很＿＿＿＿＿＿＿（shí），路上不会出问题。

5. 老师积极（gǎi）＿＿＿＿＿＿＿教学方法，减轻学生的课业负担。

村里通了公路后，农民的生活得到了（gǎi）＿＿＿＿＿＿＿。

6. 小河非常（qīng）＿＿＿＿＿＿＿，清得能看见河底青褐色的石头。

我的琴声很美很美，正好为你（qīng）＿＿＿＿＿＿＿的歌声伴奏。

7. 同学们相约周末去（bài）＿＿＿＿＿＿＿一位老红军。

贾宝玉忙接了出去，领着秦钟（bài）＿＿＿＿＿＿＿了贾母。

8. 宋太祖＿＿＿＿＿＿＿（bù）了《窃盗律》。

老师把问题的答案_____（bù）了出来。

9. 制订计划既不能思想_____（shǒu），也不能脱离实际。

要开创新局面，绝不能因循（shǒu）_____。

四、按要求填空，注意所填的词不能重复。

1. 用"贵"字组词填空。

（1）知识是（　　　　　　）宝石的结晶，文化是宝石放出来的光泽。

（2）空气对我们来说也是（　　　　　　）的，因为一切生命都需要它。

（3）妈妈穿着雍容华丽的晚礼服，显得非常（　　　　　　）。

（4）绣球花不像牡丹、月季那么（　　　　　　），也不娇气。

2. 用"重"字组词填空。

（1）老人指着前面一块小土坡，神情（　　　　　　）地说："这里就是当年小阿牛牺牲的地方。"

（2）他在这一带很受人（　　　　　　），有很高的威望。

（3）听到这一不幸的消息，大家心情十分（　　　　　　）。

（4）这件事的后果十分（　　　　　　）。

3. 用"望"字组词填空。

（1）我真（　　　　　　）地球不再缺水，让长年干旱地区的儿童能喝上清水。

（2）成绩单出来了，第一名他是没（　　　　　　）了。

（3）哥哥的视力不好，当空军的（　　　　　　）落空了。

（4）我不能辜负老师对我的（　　　　　　）。

4. 用"然"字组词填空。

（1）他们虽然出身于相似的家庭，但是性格却（　　　　　　）不同。

（2）虽然感冒很严重，他（　　　　　　）坚持上班。

（3）他一向准时，这次迟到是（　　　　　　）的。

（4）侵略者最终（　　　　　　）落得失败的下场。

5.用"发"字组词填空。

（1）我们出发后不久就（　　　　　　　）车子没油了。

（2）经过努力，他终于（　　　　　　　）了大象的踪迹。

（3）小明（　　　　　　　）同学在毕业前为学校做一件好事。

（4）毕昇（　　　　　　　）了活字印刷术。

6.用"爱"字组词填空。

（1）老校长平易近人，深受同学们的（　　　　　　　）。

（2）人应该（　　　　　　　）动物，因为它们是我们的朋友。

（3）我们应该（　　　　　　　）农民的劳动果实。

（4）微风柔和地吹，柔和地（　　　　　　　）我的脸庞。

7.用"弱"字组词填空。

（1）孩子们在（　　　　　　　）的灯光下读书。

（2）他喝酒过多，身体逐渐（　　　　　　　）了。

（3）由于病后初愈，所以他看上去还有点（　　　　　　　）。

（4）小妹的感情很（　　　　　　　），一点儿小小的不幸就会使她掉眼泪。

8.用"笑"字组词填空。

（1）爷爷的脸上总是带着（　　　　　　　），好像有说不尽的快乐。

（2）先生一生俭朴，尽管有人（　　　　　　　）他寒酸，他也丝毫不理会。

（3）语文老师很幽默，他讲的（　　　　　　　）真逗人，每一节课同学们都乐得前仰后合。

（4）他的裤子开裂使他成为众人的（　　　　　　　）。

9.用"励"字组词填空。

（1）听了许多名人小时候的（　　　　　　　）故事，小刚学习更加努力了。

（2）老师经常（　　　　　　　）我们说："学无止境，努力吧！"

（3）妈妈的（　　　　　　　）增强了我克服困难的信心。

（4）奥运精神（　　　　　　　）着一代又一代运动员为之拼搏。

10. 用"求"字组词填空。

（1）小姑娘抱着爸爸的腿，用会说话的眼睛（　　　　　）着。

（2）老师对学生的学习提出了新的（　　　　　）。

（3）指导员答应了董存瑞的（　　　　　）。

（4）由于（　　　　　）心切，他废寝忘食地发奋学习。

参考答案

一、

帮助　安慰　依照　讨好　把守　周密　犹豫　充满　结实　坚固　珍贵
深重　普通　期盼　环绕　憧憬　要求　机遇　后悔　改进　回忆　拜见
维持　公布　注视　可贵　叮嘱　热情　美好　担心　答应　非常　坚强
讥笑　鼓励　喜好　轻视　隐藏　商量　味道　本领　推脱　娴熟　明白
生疏　显现　宁静　稳定

（答案不唯一）

二、

1.后悔　劝告　2.清新　3.发现　4.珍贵　5.容忍　6.兀立　7.朴实　8.收养

9.周详　10.繁衍

三、

1.发明　发现　2.严肃　严格　严厉　3.坚固　牢固　4.硬实　结实

5.改进　改善　6.清澈　清脆　7.拜访　拜见　8.颁布　公布　9.保守　守旧

四、

1.（1）珍贵　（2）宝贵　（3）高贵　（4）名贵

2.（1）凝重　（2）敬重（尊重）　（3）沉重　（4）严重

3.（1）希望　（2）指望　（3）愿望　（4）期望

4.（1）迥然　（2）依然　（3）偶然　（4）必然

5.（1）发觉　（2）发现　（3）发动　（4）发明

6.（1）爱戴　（2）爱护　（3）爱惜　（4）爱抚

7.（1）微弱　（2）衰弱　（3）虚弱　（4）脆弱

8.（1）微笑　（2）讥笑　（3）笑话　（4）笑柄

9.（1）励志　（2）勉励　（3）鼓励　（4）激励

10.（1）乞求　（2）要求　（3）请求　（4）求知

三、辨析易错易混的成语

爱憎分明 — 泾渭分明

【辨析】两个成语都有界限清楚的意思。前者指爱和恨的立场及态度鲜明。后者比喻事物的界限清楚或是非分明。

安分守己 — 循规蹈矩

【辨析】两个成语都有规矩老实的意思。前者形容性格规矩老实，守本分。后者形容行为拘守旧准则，不敢稍作变动。

安之若素 — 随遇而安

【辨析】两个成语都有对环境遭遇不在意的意思。前者强调面对不顺利的境况，仍能像平常一样。后者强调在任何环境中都安然自得，感到满足。

按部就班 — 循序渐进

【辨析】两个成语都有按一定的顺序、步骤进行的意思。前者侧重按一定的条理或程序。后者指学习、工作按照一定的步骤逐渐深入或提高，突

出效果。

暗箭伤人 — 含沙射影

【辨析】两个成语都比喻暗中诽谤、攻击或陷害别人，使用的方式有差别。前者指暗地里用某种手段伤害别人，程度比后者重。后者的手段多是语言，有影射某人或某事的意思。

半途而废 — 浅尝辄止

【辨析】两个成语都有没完成的意思。前者侧重在中途停止，有惋惜之意。后者侧重浅、没有深入。

本末倒置 — 舍本逐末

【辨析】两个成语都指主次关系处理不当。前者强调把主次关系颠倒了。后者侧重丢掉主要的，追求次要的。

鞭长莫及 — 望尘莫及

【辨析】两个成语都有赶不上的意思。前者比喻力量达不到。后者比喻远远落在后面，侧重距离。

别具一格 — 别开生面

【辨析】两个成语都有与众不同，给人一种新的印象、新的感觉的意思。前者重在"格"，表示风格、样子与众不同，一般用于文艺创作和某些事物。后者偏重在"生面"上，表示新的局面或形式，适用范围较广。

彬彬有礼 — 温文尔雅

【辨析】两个成语都可形容人态度温和，举止斯文。前者侧重对人有礼貌。后者可以形容人的举止、气质等。

病入膏肓 — 不可救药

【辨析】两个成语都指病情严重，无法医治。前者重在"病"，比喻病情严重到了不可挽救的地步。后者偏重于"救药"，强调无法挽救。

捕风捉影 — 无中生有

【辨析】两个成语都有凭空捏造的意思。前者侧重没有事实根据。后者侧重把没有的说成有，凭空捏造。

不堪设想 — 不可思议

【辨析】两个成语都有不能想象之意。前者适用于严重的、不良的后果。后者一般适用于奇妙的、深奥的、不可理解的事情或道理。

不求甚解 — 囫囵吞枣

【辨析】两个成语都有掌握知识不透彻，或对情况不够了解的意思。前者表示只想懂个大概，不求彻底了解，重在态度上，是中性词。后者多指在学术上食而不化，不加分析、不加思考地笼统接受，重在方法上，是贬义词。

不识好歹 — 不识抬举

【辨析】两个成语都指不理解别人对自己的好意。前者指愚蠢而不知好坏，缺乏识别能力。后者有不珍视别人对自己的器重、称赞、提拔的意思。

不闻不问 — 漠不关心

【辨析】两个成语都有冷漠、不关心的意思。前者重在行动。后者重在态度。

惨绝人寰 — 惨无人道

【辨析】两个成语都有狠毒残暴的意思。前者语义重，强调人世间从没有见过的惨痛，不能用来形容人。后者强调无人性，不讲理，常用来形容人。

参差不齐 — 良莠不齐

【辨析】两个成语都有不整齐的意思。指人时，前者侧重指水平，后者指好人、坏人本质有区别；指物时，前者指高低长短大小不一，后者指好事坏事混在一起。

畅所欲言 — 各抒己见

【辨析】两个成语都指说出自己心里想说的话。前者重在说话人的心情。后者重在发表自己的看法。

陈词滥调 — 老生常谈

【辨析】两个成语都指听惯了、听厌了的话。前者谈的内容既陈旧又空泛。后者重在指很平常的老话。

乘人之危 — 落井下石

【辨析】两个成语都指趁人危难之时去侵害人家。前者重在别人遭遇苦难时用要挟、引诱等手段去害别人。后者重在要置遇难者于死地。

出尔反尔 — 反复无常

【辨析】两个成语都指经常变卦。前者偏重语言上的前后矛盾。后者侧重表现上的变化无常。

出神入化 — 炉火纯青

【辨析】两个成语都指达到的境界很高。前者只能形容技艺高超、神妙。

后者还可以用于学术、修养等方面。

穿凿附会 — 牵强附会

【辨析】两个成语都指生拉硬扯。前者指硬把讲不通的道理牵强解释。后者是把不相关的事硬拉在一起。

唇齿相依 — 唇亡齿寒

【辨析】两个成语都比喻关系密切，互相依存。前者强调互相依存。后者强调利害与共，一方遭难，另一方也跟着遭难。

大发雷霆 — 怒不可遏

【辨析】两个成语都表示十分愤怒。前者侧重发怒时高声斥责。后者强调愤怒难以抑制。

大公无私 — 铁面无私

【辨析】两个成语都表示没有私心。前者指一心为公。后者指不畏权势，不讲情面。

大庭广众 — 众目睽睽

【辨析】两个成语都指有许多人的场合。前者指聚集了很多人的公共场合。后者指很多人注目的场合。

得寸进尺 — 得陇望蜀

【辨析】两个成语都比喻贪得无厌，

不知满足。前者强调逐步紧逼，越要越多。后者强调得到了这个，还想要那个。

低三下四 — 低声下气

【辨析】两个成语都形容卑恭、无骨气。前者重在卑躬下贱。后者重在恭顺小心。

掉以轻心 — 漠不关心

【辨析】两个成语都与对人或事的态度有关。前者指用轻率的态度对待某事。后者形容对人或事冷淡、不关心。

独断专行 — 一意孤行

【辨析】两个成语都有不考虑别人的意见，办事主观蛮干的意思。前者有蛮横、霸道之意，语义较重，一般只用于掌权者。后者多形容缺乏民主作风，语义较轻，而且不限于当权者，一般人也可用，范围较宽。

咄咄逼人 — 盛气凌人

【辨析】两个成语都形容气势汹汹，使人难堪。前者的应用范围广，不只用于人，还可用于气势、形势、命令等。后者只用于人，并含有傲慢自大的意思。

阿谀逢迎 — 趋炎附势

【辨析】两个成语都有巴结奉承的意思。前者多指用好听的话讨好人。后者比喻奉承依附有权势的人。

耳濡目染 — 潜移默化

【辨析】两个成语都有受到影响不知不觉发生变化的意思。前者指经常耳听目视而受到影响。后者指人的思想、性格受环境或他人的感染、影响，在不知不觉中起了变化。

风言风语 — 流言蜚语

【辨析】两个成语都表示没有根据的话。前者多指无意传说，传说者多出于无知、怀疑和猜测。后者多指有意传说，传说者往往出于险恶用心。

改邪归正 — 弃暗投明

【辨析】两个成语都指从坏的方面转到好的方面来。前者侧重不再做坏事。后者侧重在政治上脱离反动势力，投向进步势力。

故步自封 — 墨守成规

【辨析】两个成语都有因循守旧、不求进步或革新的意思。前者偏重不求进取。后者偏重因循守旧，不肯改进。

光明磊落 — 光明正大

【辨析】两个成语都含有心地光明的意思，都能用于人及其言行。前者侧重在人的精神品质，指襟怀坦白，没有私心。后者偏重指行为正当、正派，襟怀坦白。

含糊其词 — 闪烁其词

【辨析】两个成语都有说话不清楚、不明确的意思。前者重在说得含混不清。后者重在说话遮遮掩掩、躲躲闪闪。

厚颜无耻 — 恬不知耻

【辨析】两个成语都形容不知羞耻。前者重在脸皮厚。后者重在做了坏事仍满不在乎。

画饼充饥 — 望梅止渴

【辨析】两个成语都比喻用空想来安慰自己，常可通用。前者有"画饼"的行动。后者只表示空等、空望。

荒诞不经 — 荒谬绝伦

【辨析】两个成语都表示荒唐、不可信的意思。不经，指不正常，不近情理。绝伦，指超出同类，没有可以相比的。后者语义更重。

挥金如土 — 一掷千金

【辨析】两个成语都形容极度挥霍。前者重在对钱财的轻视。后者重在一次花钱之多。

回味无穷 — 耐人寻味

【辨析】两个成语都形容意味深长。前者只限于事后回忆，从追忆中体会到意趣很深。后者不仅指事后，也可以指当时。

悔过自新 — 痛改前非

【辨析】两个成语都有改正错误的意思。前者重在未来，强调重新做人。后者重在过去，强调错误改正得彻底。

魂不守舍 — 失魂落魄

【辨析】两个成语都可形容精神恍惚的样子。前者可形容精神不集中。后者重在形容惊慌异常或因受强烈刺激而行动失常，语义较重。

厉兵秣马 — 严阵以待

【辨析】两个成语都有做好战斗准备的意思。前者重在人员的行动。后者重在整个军队列好阵势，等待敌人的来临。

另眼相看 — 刮目相看

【辨析】两个成语都有特别看待的意思。前者作横向比较，表示看待某个人不同于一般。后者作纵向比较，表示抹去老印象，用新眼光看待。

六神无主 — 心惊肉跳

【辨析】两个成语都形容惊惧不安。前者偏重在心情慌乱，不知怎么办才好。后者偏重在心神不宁、不安，害怕不好的事临头。

络绎不绝 — 川流不息

【辨析】两个成语都可以形容热闹。前者形容行人、车马往来不绝。后者指像河水那样流个不停，多用来形容车、船、行人来往不断。

美轮美奂 — 美不胜收

【辨析】两个成语都与美丽有关。前

者形容房屋高大华丽而众多。后者指美好的东西太多，一时看不过来。

目不暇接 — 应接不暇

【辨析】两个成语都形容顾不过来。前者形容可看的东西太多，看不过来。后者形容景物繁多，来不及观赏，后用以形容来人或事情太多，忙不过来。

目光如豆 — 鼠目寸光

【辨析】两个成语都可形容目光短浅，看不到远处、大处。前者偏重在视野狭窄，强调看不到全局。后者强调目光短浅，看不到将来。

起死回生 — 死里逃生

【辨析】两个成语都与生死有关。前者指医生的医术高明，能把垂死的病人救活。后者形容经历了极其危险的事情。

情不自禁 — 不由自主

【辨析】两个成语都与不能控制自己的情况有关。前者专指感情不能控制。后者指动作或情感由不得自己，自己控制不住自己。

如虎添翼 — 为虎作伥

【辨析】两个成语都有给别人助力的意思。前者指使强的更强，一般用于人或组织，是褒义。后者指给恶人当帮凶，干坏事，是贬义。

深入人心 — 耳熟能详

【辨析】两个成语都有熟悉的意思。前者指政策等已被人们认可。后者指听的次数多了，熟悉得能详尽地说出来。

身先士卒 — 以身作则

【辨析】两个成语都有亲自做出榜样的意思。前者侧重在关键时刻自己带头去做，走在群众的前头。后者仅指自己做出榜样。

势如破竹 — 一泻千里

【辨析】两个成语都有通顺、通畅的意思。前者指作战或工作节节胜利，毫无阻碍。后者形容江河水奔流直下，比喻文笔奔放畅达。

死得其所 — 死有余辜

【辨析】两个成语都与死亡有关。前者指死得有价值，有意义，是褒义词。后者指虽然处以死刑，也抵偿不了所犯的罪过。

耸人听闻 — 骇人听闻

【辨析】两个成语都有使人听后感到震惊的意思。前者指歪曲、捏造事实或故意夸大事态，所指的事不一定是坏的。后者指卑劣、残暴的事实坏到了使人吃惊的程度，所指之事是坏人、坏事。

天花乱坠 — 娓娓动听

【辨析】两个成语都有说话好听的意思。前者形容说话十分动听，但夸张而不切实际，含贬义。后者形容说话生动，使人爱听，含褒义。

瑕不掩瑜 — 瑕瑜互见

【辨析】两个成语都指同时具有优点和缺点。前者是缺点遮不住优点。后者比喻有优点也有缺点，无主次之分。

心照不宣 — 心领神会

【辨析】两个成语都有心里已领会，

不用说出来的意思。前者多指双方，有时指较多的人。后者重领会，一般指一方。

徇私舞弊 — 营私舞弊

【辨析】两个成语都指为私利而玩弄手段干违法乱纪的事。前者指屈从私情，照顾私人关系而舞弊。后者指为自己谋求私利而舞弊。

一笔勾销 — 一笔抹杀

【辨析】两个成语都含有全部销去的意思。前者指账目、嫌隙、隔阂等。后者指对成绩、优点等全盘否定。

一箭双雕 — 一举两得

【辨析】两个成语都有一个动作获得双份效果的意思。前者指发一箭而同时射中两只雕，原指射技高超，也比喻做一件事同时达到两个目的。后者指做一件事而得到两方面的好处。

义不容辞 — 责无旁贷

【辨析】两个成语都有应该承担、不能推辞的意思。前者侧重道义上不允许推辞。后者侧重责任上不可推卸。

夜以继日 — 通宵达旦

【辨析】两个成语都与时间有关。前者形容日夜不停。后者指从天黑到天亮。

鱼龙混杂 — 鱼目混珠

【辨析】两个成语都有好的坏的混在一起的意思。前者比喻好人和坏人混杂在一起。后者比喻拿次的、假的东西冒充好的、真的东西。

自鸣得意 — 自得其乐

【辨析】两个成语都有很得意之意。前者侧重自以为了不起。后者侧重感到很有乐趣。

小试身手

一、在对应意思后的横线上填上相应的成语。

1. 爱什么、恨什么的态度和立场非常鲜明。_____

2. 略微尝试一下就停下来，指对知识、问题等不作深入研究。_____

3. 风和影子都是抓不着的。比喻说话做事丝毫没有事实根据。_____

4. 把枣整个咽下去，不加咀嚼，不辨滋味。比喻对事物不加分析思考。

_____

5. 老鼠的眼睛只能看到一米远。形容目光短浅，没有远见。_____

6. 形势就像劈竹子，头上几节破开以后，下面各节顺着刀势就分开了。比喻节节胜利，毫无阻碍。_____

7. 拿鱼眼睛冒充珍珠。比喻用假的冒充真的。_____

8. 泾河的水流入渭河时，清浊不混。比喻界限清楚或是非分明。_____

9. 传说一种叫蜮的动物，在水中含沙喷射人的影子，使人生病。比喻暗中攻击或陷害人。_____

10. 抛弃根本的、主要的，而去追求枝节的、次要的。比喻不抓根本环节，而只在枝节问题上下功夫。_____

二、判断句子中加点的成语用得是否正确。

1. 生产必须根据操作规程，按部就班地进行。 （ ）

2. 他没钱买这套房子，只能每天看着广告望梅止渴。 （ ）

3. 你还了钱，我们的账就一笔抹杀了。 （ ）

4. 这里的商品琳琅满目，让人看得应接不暇。 （ ）

5. 为了赚钱而牺牲身体健康，真是本末倒置。 （ ）

6. 你可以找他讲理，但千万不能暗箭伤人。 （ ）

7. 爸爸参加援疆建设整整一年，全家人都浮想联翩。　　（　　　）

8. 你是班长，应以身作则，给同学做个榜样。　　　　　（　　　）

9. 妈妈做的菜余音绕梁，让我百吃不厌。　　　　　　　（　　　）

10. 这套衣服的设计真是别出心裁，非常好看。　　　　　（　　　）

11. 下课了，同学们小心翼翼地走出教室。　　　　　　　（　　　）

12. 知名作家的书总是曲高和寡，备受追捧。　　　　　　（　　　）

13. 那些鼠目寸光的人，怎么能理解我的鸿鹄之志？　　　（　　　）

14. 山上的水正源源不断地流进小溪里。　　　　　　　　（　　　）

15. 这件错事，她一直津津乐道。　　　　　　　　　　　（　　　）

16. 在这次会议上，王叔叔各抒己见，提了不少建议。　　（　　　）

17. 他找老师请教问题，这种不耻下问的精神值得学习。　（　　　）

18. 我们能请到老王来加入阵容，简直如虎添翼。　　　　（　　　）

19. 他花了很长时间筹备这次活动，真是别具匠心。　　　（　　　）

20. 要想练得一手笔走龙蛇的好字，必须要刻苦练习。　　（　　　）

三、根据意思选择对应的成语。（填序号）

1. A. 炙手可热　　B. 秩序井然　　C. 专心致志

　D. 志大才疏　　E. 足智多谋　　F. 崭露头角

（1）智谋很多，形容善于料事和用计。　　　　　　　（　　　）

（2）志向很大而能力很低。　　　　　　　　　　　　（　　　）

（3）形容一心一意，聚精会神。　　　　　　　　　　（　　　）

（4）做事有条理，不杂乱。　　　　　　　　　　　　（　　　）

（5）热得烫手，比喻权势很大，气焰很盛，使人不敢接近。（　　　）

（6）比喻突出地显露出才能和本领（多指青少年）。　（　　　）

2. A. 自力更生　　B. 座无虚席　　C. 做贼心虚

　D. 正襟危坐　　E. 置若罔闻　　F. 尾大不掉

（1）整好衣襟，端正地坐着。形容严肃、恭敬的样子。　（　　　）

（2）好像没有听见似的，不加理睬。 （　　）

（3）依靠自己的力量改变原来的情况而发展兴旺起来。 （　　）

（4）座位没有空着的，形容出席的人很多。 （　　）

（5）做了坏事怕人觉察出来因而心里惶恐不安。 （　　）

（6）尾巴太大，难以摆动。比喻部下势力强大，无法指挥调度；也比喻机构臃肿，不好调度。 （　　）

四、根据语境选择恰当的成语填空。（填序号）

1. A.理屈词穷　B.半途而废　C.持之以恒　D.古道热肠

（1）我们不管做什么事都要朝着一个目标，_____地去做，不能_____。

（2）老王_____，是个热心人。

（3）铁证面前，刚才还在百般狡辩的他一下子_____了。

2. A.天昏地暗　B.不甘示弱　C.变幻无常　D.自暴自弃

（1）学习上有困难的同学千万不要_____，而要树立信心，勤学好问，这样才能不断进步。

（2）看到姐姐每年都被评为"三好学生"，我_____，学习勤奋刻苦，今年终于也被评为"三好学生"。

（3）俗话说"六月的天——小孩子的脸"，刚才还是晴空万里，转眼间却飞沙走石，_____，不一会儿就下起了瓢泼大雨。这天气真是_____啊！

3. A.人山人海　B.日月如梭　C.光阴似箭　D.人头攒动

（1）礼堂的人真多！我的脑海中立刻便想起_____、_____等成语。

（2）时间过得真快！一眨眼六年的小学生活快要结束了，真是_____、_____。

4. A.不劳而获　B.当务之急　C.喜出望外

　 D.自食其力　E.失之交臂　F.不期而遇

（1）自从分别后，这对好朋友一直没有再见面，没想到今天会在火车站_____，真是_____啊！

（2）我们要善于抓住每一次机会，否则，一旦与良机_____，你后悔也来不及了。

（3）指望天上掉馅饼_____的人最终必将一无所获，而凭借自己辛勤的劳动_____的人才有可能收获幸福！

（4）人都伤成这样了，你们还有心情在这儿扯皮！_____是把他送往医院救治啊！

一、

1. 爱憎分明   2. 浅尝辄止   3. 捕风捉影   4. 囫囵吞枣   5. 鼠目寸光

6. 势如破竹   7. 鱼目混珠   8. 泾渭分明   9. 含沙射影   10. 舍本逐末

二、

1. √   2. √   3. ×   4. ×   5. √   6. √   7. ×   8. √   9. ×   10. √

11. ×   12. ×   13. √   14. √   15. ×   16. ×   17. ×   18. √   19. ×   20. √

三、

1.（1）E   （2）D   （3）C   （4）B   （5）A   （6）F

2.（1）D   （2）E   （3）A   （4）B   （5）C   （6）F

四、

1.（1）C   B   （2）D   （3）A

2.（1）D   （2）B   （3）A   C

3.（1）A   D   （2）B   C

4.（1）F   C   （2）E   （3）A   D   （4）B

第五章

错别字综合训练

综合训练（基础）

一、换偏旁变新字。

吓—（　　　）　　海—（　　　）　　什—（　　　）　　跳—（　　　）

活—（　　　）　　伙—（　　　）　　对—（　　　）　　捡—（　　　）

吹—（　　　）　　洗—（　　　）　　吧—（　　　）　　请—（　　　）

傍—（　　　）　　村—（　　　）　　灾—（　　　）　　店—（　　　）

递—（　　　）　　扎—（　　　）　　祝—（　　　）　　珠—（　　　）

伟—（　　　）　　滴—（　　　）　　地—（　　　）　　迪—（　　　）

底—（　　　）　　洒—（　　　）　　澈—（　　　）　　碎—（　　　）

杖—（　　　）　　庞—（　　　）　　纪—（　　　）　　级—（　　　）

抬—（　　　）　　暖—（　　　）　　远—（　　　）　　队—（　　　）

岁—（　　　）　　爷—（　　　）　　红—（　　　）　　竿—（　　　）

房—（　　　）　　话—（　　　）　　妈—（　　　）　　完—（　　　）

扫—（　　　）　　秀—（　　　）　　连—（　　　）　　空—（　　　）

叶—（　　　）　　往—（　　　）　　跟—（　　　）　　忘—（　　　）

情—（　　　）　　秋—（　　　）　　桃—（　　　）　　把—（　　　）

园—（　　　）　　围—（　　　）　　描—（　　　）　　沙—（　　　）

相—（　　　）　　这—（　　　）　　明—（　　　）　　选—（　　　）

拉—（　　　）　　凉—（　　　）　　点—（　　　）　　决—（　　　）

钱—（　　　）　　狗—（　　　）　　抹—（　　　）　　破—（　　　）

扮—（　　　）　　领—（　　　）　　胜—（　　　）　　建—（　　　）

二、加偏旁变新字，并组词。

月—（　　）—（　　　　）　　　工—（　　）—（　　　　）

口—（　　）—（　　　　）　　　人—（　　）—（　　　　）

元—（　　）—（　　　　）　　　己—（　　）—（　　　　）

干—（　　）—（　　　　）　　　先—（　　）—（　　　　）

车—（　　）—（　　　　）　　　早—（　　）—（　　　　）

音—（　　）—（　　　　）　　　斤—（　　）—（　　　　）

子—（　　）—（　　　　）　　　日—（　　）—（　　　　）

巴—（　　）—（　　　　）　　　方—（　　）—（　　　　）

马—（　　）—（　　　　）　　　云—（　　）—（　　　　）

门—（　　）—（　　　　）　　　王—（　　）—（　　　　）

十—（　　）—（　　　　）　　　禾—（　　）—（　　　　）

干—（　　）—（　　　　）　　　去—（　　）—（　　　　）

青—（　　）—（　　　　）　　　立—（　　）—（　　　　）

井—（　　）—（　　　　）　　　象—（　　）—（　　　　）

午—（　　）—（　　　　）　　　才—（　　）—（　　　　）

关—（　　）—（　　　　）　　　主—（　　）—（　　　　）

包—（　　）—（　　　　）　　　文—（　　）—（　　　　）

几—（　　）—（　　　　）　　　可—（　　）—（　　　　）

亲—（　　）—（　　　　）　　　欠—（　　）—（　　　　）

合—（　　）—（　　　　）　　　寸—（　　）—（　　　　）

三、用下面的同音字组词。

1.壁（　　）璧（　　）　　2.刻（　　）克（　　）

3.恳（　　）垦（　　）　　4.蜜（　　）密（　　）

5.坪（　　）评（　　）　　6.艰（　　）坚（　　）

7.祥（　　）详（　　）　　8.诵（　　）颂（　　）

9. 带（　　　）戴（　　　）　　10. 辩（　　　）辨（　　　）

11. 已（　　　）以（　　　）　　12. 练（　　　）炼（　　　）

13. 谜（　　　）迷（　　　）　　14. 芒（　　　）茫（　　　）

15. 尊（　　　）遵（　　　）　　16. 做（　　　）作（　　　）

17. 形（　　　）型（　　　）　　18. 坐（　　　）座（　　　）

19. 剑（　　　）箭（　　　）　　20. 蓬（　　　）篷（　　　）

21. 拔（　　　）跋（　　　）　　22. 倡（　　　）唱（　　　）

23. 苍（　　　）沧（　　　）　　24. 侧（　　　）测（　　　）

25. 词（　　　）辞（　　　）　　26. 含（　　　）涵（　　　）

27. 伏（　　　）俘（　　　）　　28. 豪（　　　）毫（　　　）

29. 固（　　　）故（　　　）　　30. 油（　　　）邮（　　　）

31. 讥（　　　）饥（　　　）　　32. 逝（　　　）誓（　　　）

33. 竣（　　　）俊（　　　）　　34. 涌（　　　）踊（　　　）

35. 辉（　　　）晖（　　　）　　36. 梳（　　　）疏（　　　）

37. 绩（　　　）迹（　　　）　　38. 销（　　　）消（　　　）

39. 唤（　　　）涣（　　　）　　40. 罐（　　　）灌（　　　）

四、用下面的形近字组词。

1. 徐（　　　）除（　　　）　　2. 隐（　　　）稳（　　　）

3. 恕（　　　）怒（　　　）　　4. 酸（　　　）峻（　　　）

5. 侮（　　　）悔（　　　）　　6. 锐（　　　）蜕（　　　）

7. 卷（　　　）巷（　　　）　　8. 辣（　　　）棘（　　　）

9. 拆（　　　）折（　　　）　　10. 陡（　　　）徒（　　　）

11. 篇（　　　）遍（　　　）　　12. 已（　　　）己（　　　）

13. 垠（　　　）限（　　　）　　14. 挠（　　　）绕（　　　）

15. 调（　　　）雕（　　　）　　16. 虎（　　　）虚（　　　）

17. 牌（　　　）碑（　　　）　　18. 烁（　　　）砾（　　　）

19. 继（　　） 断（　　）　　20. 恐（　　） 怒（　　）

21. 蜗（　　） 锅（　　）　　22. 坚（　　） 竖（　　）

23. 慎（　　） 镇（　　）　　24. 雾（　　） 霎（　　）

25. 厚（　　） 原（　　）　　26. 丈（　　） 文（　　）

27. 魂（　　） 瑰（　　）　　28. 菜（　　） 莱（　　）

29. 载（　　） 裁（　　）　　30. 颂（　　） 顽（　　）

31. 抗（　　） 杭（　　）　　32. 皈（　　） 版（　　）

33. 庙（　　） 届（　　）　　34. 绸（　　） 调（　　）

35. 缓（　　） 暖（　　）　　36. 频（　　） 濒（　　）

37. 构（　　） 购（　　）　　38. 诵（　　） 涌（　　）

39. 孤（　　） 弧（　　）　　40. 湍（　　） 瑞（　　）

五、将下列成语补充完整。

雷厉（　） （　）　　礼尚（　） （　）　　立竿（　） （　）

穷兵（　） （　）　　励精（　） （　）　　趋之（　） （　）

历历（　） （　）　　滥竽（　） （　）　　罄竹（　） （　）

屈打（　） （　）　　门庭（　） （　）　　懵懂（　） （　）

穷途（　） （　）　　弥天（　） （　）　　慢条（　） （　）

漫不（　） （　）　　毛骨（　） （　）　　名列（　） （　）

貌合（　） （　）　　贸然（　） （　）　　麻木（　） （　）

孺子（　） （　）　　冥思（　） （　）　　明察（　） （　）

明哲（　） （　）　　莫名（　） （　）　　没齿（　） （　）

如雷（　） （　）　　任劳（　） （　）　　名门（　） （　）

弄巧（　） （　）　　宁缺（　） （　）　　能言（　） （　）

宁死（　） （　）　　恼羞（　） （　）　　能屈（　） （　）

藕断（　） （　）　　盘根（　） （　）　　旁征（　） （　）

蓬头（　） （　）　　披星（　） （　）　　披肝（　） （　）

弱不（   ）（   ）　　劈头（   ）（   ）　　亡羊（   ）（   ）

破釜（   ）（   ）　　迫不（   ）（   ）　　扑朔（   ）（   ）

气喘（   ）（   ）　　气急（   ）（   ）　　气势（   ）（   ）

守株（   ）（   ）　　千锤（   ）（   ）　　前车（   ）（   ）

强词（   ）（   ）　　乔装（   ）（   ）　　巧夺（   ）（   ）

巧立（   ）（   ）　　沁人（   ）（   ）　　轻歌（   ）（   ）

六、选字填空。

1. 承　诚

　　（   ）实地做事是做人之本。

　　如果你确实做了错事，就要勇于（   ）认。

2. 记　纪

　　哥哥喜欢旅游，他的房间里挂满了琳琅满目的（   ）念品。

　　人民代表要时刻牢（   ）人民的重托。

3. 赔　陪

　　小刚摔伤后，小明立即（   ）他去卫生室包扎。

　　小华主动地向小刚（   ）礼道歉。

4. 竟　竞

　　在"百词无差错"（   ）赛活动中，我班得了第一名。

　　平时错别字很多的小明，这次（   ）全写对了。

5. 待　代

　　小刚的脚受伤后，同学们天天（   ）他去食堂买饭。

　　大家（   ）他真像亲兄弟一样。

6. 符　付

　　老师为我们的成长（   ）出了艰辛的劳动。

　　这些产品完全（   ）合质量标椎。

7. 优　犹

　　他做事总是（　　　）豫不决。

　　成绩（　　　）良，不是天资聪颖，而是勤奋好学。

8. 搏　博

　　窗外的风正与树（　　　）斗着，天越来越暗，似乎要把地面吞噬。

　　只有恒心可以使你达到目的，只有（　　　）学可以使你明辨世事。

七、选词填空。

1. 建造　创造　制造

　　阅兵式上展示的新武器，都是我国自己（　　　　　）的。

　　人类的老祖宗盘古，用他的整个身体（　　　　　）了美丽的宇宙。

　　赵州桥是隋朝的石匠李春设计和参加（　　　　　）的，到现在已经有

一千三百多年了。

2. 依然　果然　居然

　　寒假到了，我（　　　　　）和以前一样，把作业做完再去玩。

　　商人按照老人的指点找，（　　　　　）找到了走失的骆驼。

　　小明平时学习很差，这次期中考试他（　　　　　）考了90分。

3. 安静　平静　寂静

　　老师来了，教室里立刻（　　　　　）下来。

　　海上有一轮明月，照着（　　　　　）的海面。

　　在无数个（　　　　　）的夜里，他都在思念着慈祥的母亲。

4. 保护　维持　保持

　　渔夫起早贪黑地干，还（　　　　　）不了一家人的生活。

　　他始终（　　　　　）着艰苦朴素的优良作风。

　　大气层像一把伞一样（　　　　　）着我们不被辐射伤害。

5. 视察　考察　觉察

　　叙利奥在夜里帮父亲抄写了很多签条，父亲却一点儿也没有（　　　　　）。

最近，国家领导人来我市进行了（　　　　）。

科技人员昼夜在隧洞里实地（　　　　），发现了冰岩温度变化的规律。

八、按要求填空，注意所填的词不能重复。

1.用"精"字组词填空。

这次学校艺术节活动真是丰富多彩啊！李辰制作的泥塑作品（　　　）极了；赵永捏的面塑小娃娃特别有（　　　　）；王明对数码摄像比较（　　　），每次活动都能把其中（　　　）的镜头拍摄下来；陈红还（　　　）设计了新年邮票，那（　　　）的图案让人越看越喜欢……

2.用"静"字组词填空。

听说要到森林里去体验生活，同学们激动的心情都无法（　　　）下来，过了十多分钟，教室里才勉强（　　　）下来。回家后，爷爷对我说："到那么偏远（　　　）的地方去，而且要在（　　　）的林中过夜，那是非常可怕的。你们要有心理准备啊！"

3.用"视"字组词填空。

我站在阳台上，（　　　）着四周的景物：绿树、鲜花、房屋。忽然，我发现一只可爱的小鸟正站在树枝上梳理羽毛呢！我托着腮（　　　）着那只小鸟。大约过了五六分钟，那只小鸟鸣叫了一声，向蓝天飞去。我（　　　）着它远去的身影，低声说："一路顺风，小鸟！"

4.用"续"字组词填空。

观众们（　　　）走进体育馆观看乒乓球比赛。首先进行的是男子单打比赛，在决定胜负的最后时刻，两个运动员（　　　）抽打了十几个来回才见分晓。接着，进行女子双打比赛。运动员们高超精湛的球艺，博得观众一片喝彩，掌声（　　　）了整整一分钟。

参考答案

一、

虾　梅　计　挑　话　狄　讨　检　炊　洗　把　晴　磅　忖　秋　站　梯
轧　况　株　炜　摘　驰　抽　低　晒　撒　粹　仗　拢　记　极　殆　媛
阮　认　多　节　江　杆　防　括　码　玩　雪　扔　阵　扛　汁　住　根
妄　清　伙　眺　耙　远　违　瞄　纱　钳　纹　阴　洗　泣　景　粘　抉
贱　驹　沫　披　盼　龄　笙　津

（答案不唯一）

二、

明　明亮　扛　扛枪　知　知识　队　队员　玩　玩耍　纪　纪念　竿　竹竿
洗　洗衣　阵　方阵　章　章节　暗　黑暗　芹　芹菜　仔　仔细　旧　新旧
靶　打靶　芳　芳香　笃　笃定　运　运输　们　我们　旺　旺盛　什　什么
秀　秀丽　汗　流汗　法　方法　情　感情　位　位置　讲　讲课　像　好像
许　许多　财　财富　联　联络　注　注目　抱　怀抱　蚊　蚊子　机　机器
苛　苛刻　新　新华　欢　欢乐　恰　恰好　村　村庄

（答案不唯一）

三、

1.墙壁　完璧归赵　2.刻苦　克服　3.诚恳　垦荒　4.蜜蜂　密林
5.草坪　评论　6.艰难　坚决　7.祥瑞　详细　8.朗诵　歌颂
9.领带　爱戴　10.辩论　辨析　11.已经　以后　12.练习　锻炼
13.谜底　迷路　14.锋芒　迷茫　15.尊敬　遵守　16.做工　作业
17.形象　造型　18.坐落　座位　19.刀剑　射箭　20.蓬勃　车篷
21.拔毛　跋涉　22.倡议　唱歌　23.苍老　沧桑　24.侧目　检测
25.词语　辞职　26.含义　涵养　27.伏法　俘获　28.自豪　毫米
29.固体　故友　30.汽油　邮寄　31.讥笑　饥饿　32.逝世　誓言
33.竣工　英俊　34.汹涌　踊跃　35.光辉　春晖　36.梳子　疏忽

37. 成绩　痕迹　38. 销售　消失　39. 呼唤　涣散　40. 罐子　灌水
（答案不唯一）

四、

1. 徐徐　除非　2. 隐身　平稳　3. 饶恕　怒火　4. 酸味　险峻
5. 侮辱　悔恨　6. 敏锐　蝉蜕　7. 卷宗　巷子　8. 火辣　荆棘
9. 拆线　折断　10. 陡峭　徒手　11. 篇幅　遍地　12. 已经　自己
13. 无垠　限制　14. 阻挠　围绕　15. 声调　雕刻　16. 老虎　虚弱
17. 洗牌　墓碑　18. 闪烁　瓦砾　19. 继续　断绝　20. 恐怕　怒火
21. 蜗牛　锅铲　22. 坚强　竖直　23. 慎重　镇定　24. 雾气　霎时
25. 憨厚　原野　26. 丈量　文明　27. 魂魄　玫瑰　28. 素菜　蓬莱
29. 车载　裁缝　30. 歌颂　顽皮　31. 抗战　杭州　32. 皈依　版图
33. 庙宇　届时　34. 绸缎　调节　35. 平缓　温暖　36. 频率　濒临
37. 结构　购买　38. 朗诵　汹涌　39. 孤单　弧形　40. 湍急　瑞雪
（答案不唯一）

五、

雷厉（风行）　礼尚（往来）　立竿（见影）　穷兵（黩武）
励精（图治）　趋之（若鹜）　历历（在目）　滥竽（充数）
罄竹（难书）　屈打（成招）　门庭（若市）　懵懂（无知）
穷途（末路）　弥天（大谎）　慢条（斯理）　漫不（经心）
毛骨（悚然）　名列（前茅）　貌合（神离）　贸然（行事）
麻木（不仁）　孺子（可教）　冥思（苦想）　明察（暗访）
明哲（保身）　莫名（其妙）　没齿（难忘）　如雷（灌耳）
任劳（任怨）　名门（望族）　弄巧（成拙）　宁缺（毋滥）
能言（善辩）　宁死（不屈）　恼羞（成怒）　能屈（能伸）
藕断（丝连）　盘根（错节）　旁征（博引）　蓬头（垢面）
披星（戴月）　披肝（沥胆）　弱不（禁风）　劈头（盖脸）
亡羊（补牢）　破釜（沉舟）　迫不（及待）　扑朔（迷离）
气喘（吁吁）　气急（败坏）　气势（汹汹）　守株（待兔）
千锤（百炼）　前车（之鉴）　强词（夺理）　乔装（打扮）

巧夺（天工）　巧立（名目）　沁人（心脾）　轻歌（曼舞）

六、

1.诚　承　2.纪　记　3.陪　赔　4.竞　竟　5.代　待　6.付　符

7.犹　优　8.搏　博

七、

1.制造　创造　建造　　2.依然　果然　居然　　3.安静　平静　寂静

4.维持　保持　保护　　5.觉察　视察　考察

八、

1.精致　精神　精通　精彩　精心　精美

2.平静　安静　僻静　寂静

3.环视　凝视　注视

4.陆续　连续　持续

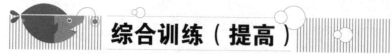

综合训练（提高）

一、画去括号里错误的字。

更____（叠迭）　　（恰洽）____谈　　起____（迄讫）

（玷沾）____污　　（中仲）____裁　　（缈貌）____视

（幕蓦）____然　　陷____（阱井）　　（辟譬）____谣

（募幕）____捐　　通____（缉辑）　　杂____（踏沓）

疏____（峻浚）　　吉____（祥详）　　肖____（象像）

（爆暴）____躁　　开____（消销）　　（撕厮）____杀

（膺赝）____品　　（贮伫）____立　　（绉皱）____纹

（躁燥）____热　　肿____（涨胀）　　描____（模摹）

（遨翱）____翔　　（振震）____撼　　（呕怄）____气

褒____（赎渎）　　（恢诙）____谐　　（渲宣）____泄

（宣渲）____染　　延____（申伸）　　奢____（糜靡）

毗____（临邻）　　（骠剽）____悍　　（蛰蜇）____居

（欧殴）____打　　（座坐）____落　　（幅辐）____射

拥____（带戴）　　煤____（碳炭）　　编____（篡纂）

坍____（踏塌）　　残____（酷皓）　　演____（译绎）

下____（功工）夫　　显____（象像）管　　（爆暴）____发户

（造肇）____事者　　（座坐）____标系　　照____（像相）机

（坐座）____右铭　　天然____（汽气）　　冷不____（妨防）

二、选择正确的答案，把序号写在后面的括号里。

1. 下列词语中没有错别字的一组是（　　　　）。

A. 嘹亮　抖擞　浑为一谈　个得其所

B. 发髻　镶嵌　人声鼎沸　花枝招展

C. 静谧　宽敞　稀稀沥沥　咄咄逼人

D. 郎润　粗犷　截然不同　喜出忘外

2. 下列词语中有错别字的一组是（　　　　）。

A. 勉励　再接再厉　提名　金榜题名

B. 骨干　股肱之臣　企业　寻物启示

C. 诡辩　阴谋诡计　籍贯　声名狼藉

D. 频繁　濒危物种　退化　蜕化变质

3. 下列词语中没有错别字的一组是（　　　　）。

A. 脉博　松驰　精萃　重迭　　　　B. 防碍　辐射　秘决　绝裂

C. 粗犷　震撼　凑合　赃款　　　　D. 雄浑　峻工　打腊　了望

4. 下列各组词语中，有两个错别字的一组是（　　　　）。

A. 涵怀　酿造　左支右绌　断章取义

B. 倦怠　涣散　婉转嘹亮　不记其数

C. 博览　揣度　倍受欢迎　直言不讳

D. 起迄　惦量　怨天尤人　筚路蓝缕

5. 下列词语书写完全正确的一组是（　　　　）。

A. 罗唆　青睐　追朔　迁徒　　　　B. 峭壁　坐阵　寒喧　弦律

C. 蜡梅　擂台　苍凉　栖身　　　　D. 善长　略夺　烦躁　练习

6. 下列各组词语中，有三个错别字的一组是（　　　　）。

A. 痉挛　罄竹难书　吊销　枉费心计

B. 凋蔽　陈词烂调　发楞　百感交积

C. 淳朴　爱屋及乌　抵毁　前仆后继

D. 眩目　谈笑风声　磋商　仓皇失措

7. 下列各组词语中，没有错别字的一组是（　　　）。

A. 逞能　沾污　历尽沧桑　气喘吁吁

B. 笼络　窠臼　手屈一指　噤若寒蝉

C. 潦倒　磊落　委曲求全　出奇不意

D. 脉络　绵亘　礼尚往来　厉兵秣马

8. 下列词语书写完全正确的一组是（　　　）。

A. 想入飞飞　一本正经　涓涓细流　亡羊补牢

B. 不可遏止　肃然起敬　怡然自得　缘木求鱼

C. 留连忘返　生性孤僻　跃跃欲试　空中楼阁

D. 雄心勃勃　不结之缘　爱不释手　扑朔迷离

9. 下列词语书写完全正确的一组是（　　　）。

A. 津津有味　欣喜若狂　家愉户晓　养尊处优

B. 高瞻远瞩　恼羞成怒　孤苦令仃　走头无路

C. 异口同声　乐不可支　不知所措　垂头丧气

D. 一泄千里　学而不厌　花团锦簇　豁然开朗

三、画掉下列成语中书写错误的字并改正。

爱嗒不理（　　　）　　爱不失手（　　　）　　安份守己（　　　）

按居乐业（　　　）　　轮功行赏（　　　）　　哀声叹气（　　　）

不详之兆（　　　）　　不共带天（　　　）　　不寒而立（　　　）

不卑不吭（　　　）　　不径而走（　　　）　　不求深解（　　　）

摒气凝神（　　　）　　拨乱返正（　　　）　　变本加利（　　　）

变换莫测（　　　）　　兵慌马乱（　　　）　　口株笔伐（　　　）

百练成钢（　　　）　　白壁微瑕（　　　）　　百步串杨（　　　）

百尺杆头（　　　）　　罢绌百家（　　　）　　百战不贻（　　　）

表本兼治（　　　）　　草木雕零（　　　）　　材华横溢（　　　）

材疏学浅（　　）	惨绝人圜（　　）	测隐之心（　　）
成出不穷（　　）	层峦叠障（　　）	出奇不意（　　）
插科打浑（　　）	陈词烂调（　　）	斥之以鼻（　　）
冲耳不闻（　　）	出类拔粹（　　）	出奇致胜（　　）
传颂一时（　　）	吹毛求刺（　　）	从常计议（　　）
粗制烂造（　　）	错手不及（　　）	独具惠眼（　　）
独劈蹊径（　　）	独占鳌头（　　）	对针下药（　　）
凋虫小技（　　）	调以轻心（　　）	吊虎离山（　　）
大才小用（　　）	大放獗词（　　）	大声急呼（　　）
大廷广众（　　）	划地为牢（　　）	当人不让（　　）
倒打一把（　　）	得不尝失（　　）	得垄望蜀（　　）
顶礼模拜（　　）	大杀风景（　　）	大现身手（　　）
老态龙肿（　　）	恶灌满盈（　　）	耳儒目染（　　）
防患未燃（　　）	繁文溽节（　　）	飞扬拔扈（　　）
缠绵悱测（　　）	非夷所思（　　）	费寝忘食（　　）
废尽心思（　　）	分道扬标（　　）	分庭抗理（　　）
纷至踏来（　　）	蜂涌而至（　　）	夸夸奇谈（　　）
斧底抽薪（　　）	炉火成青（　　）	鬼斧神功（　　）
过尤不及（　　）	甘败下风（　　）	改斜归正（　　）
感恩带德（　　）	根深底固（　　）	功亏一溃（　　）
歌舞生平（　　）	各施其职（　　）	寡不抵众（　　）
关怀倍至（　　）	欢呼鹊跃（　　）	忘羊补牢（　　）
忽然开朗（　　）	祸国秧民（　　）	圆木求鱼（　　）
始作勇者（　　）	焕然一新（　　）	合盘托出（　　）
后发治人（　　）	回光反照（　　）	鸠占雀巢（　　）
举一返三（　　）	精神矍烁（　　）	金榜提名（　　）

金壁辉煌（　　　）　　　决无仅有（　　　）　　　精兵减政（　　　）

精诚所致（　　　）　　　居心不测（　　　）　　　既往开来（　　　）

艰不可摧（　　　）　　　矫糅造作（　　　）　　　绝不罢休（　　　）

开诚不公（　　　）　　　老奸巨滑（　　　）　　　开天劈地（　　　）

开源截流（　　　）　　　刻己奉公（　　　）　　　刻勤克俭（　　　）

四、圈出下列句子中的错别字，把正确的字写在括号里。

1. 既使今天下雨，我也要安时去少年宫参加活动。（　　　）

2. 今天我班同学决大多数都来了。（　　　）

3. 我们的老师以经年过花甲，两鬓班白了。（　　　）

4. 他手搭凉蓬，放眼象远处望去。（　　　）

5. 我两在三年前见过一面之后，就在也没有重逢过。（　　　）

6. 我联续几天到车站去等后，都没接到他。（　　　）

7. 他常期生活在农村，浑身黑幼幼的。（　　　）

8. 我们必需珍惜今天的幸福生活，好好学习。（　　　）

9. 我弟弟可真是玩皮透了。（　　　）

10. 少先队员要继承和发杨艰苦愤斗的优良传统。（　　　）

11. 我知道她并非学者，说了也无意。（　　　）

12. 从此对她有了特别的敬意，似乎实在深不可则。（　　　）

13. 他是一个胖胖的、和蔼的老人，爱钟一点儿花木。（　　　）

14. 是首长让我请乡亲们来展米。（　　　）

15. 小女孩扒在船边，用两只小手掏着水玩。（　　　）

16. 在那里，鲜嫩的卢花，一片展开的紫色的丝绒，正在迎风漂撒。（　　　）

17. 她每次写作文都要列好题纲才动笔。（　　　）

18. 爷爷的目光中流露出无线的眷念。（　　　）

19. 读了《圆明园的毁灭》这篇课文，我感到无比的愤怒和无限的宛惜。

（　　　）

20. 狼牙山上想起了他们壮列豪迈的口号声。（　　）

21. 这些年来，我时时纪起那激动人心的一幕。（　　）

22. 那座昔日充满孩子们欢声笑语的飘亮的三层教学楼，已变成一片废虚。

（　　）

23. 我用手抚一抚它柔软的绒毛，它也不怕，反而友好地着两下我的手指。

（　　）

24. 受伤的人这时才痛苦地亨亨起来，旁边的小女孩赶快安慰她。（　　）

25. 山尖全白了，给篮天壤上一道银边。（　　）

26. 三天的时间里，把栏目标志、片头改过来又改过去，这在央视的历史上是决无仅有的。（　　）

27. 音乐界、教育界一些知名人士大声急呼：让好儿歌尽快走向我们的少年儿童。（　　）

28. 这里盛产优质木材，可以就地取才办一个加工厂。（　　）

29. 当需要他拿主意时，他翻倒迟疑不绝了。（　　）

30. 北京办奥运，即展示传统文化又展现精神风貌，可谓两全齐美。（　　）

31. 早上下过一阵小雨，空气里有一股清新湿闻的味道。（　　）

32. 解放军在抗洪救灾中显示了不屈不饶的英雄气慨。（　　）

33. 山拗里到处长满了野花。（　　）

34. 良好的卫生习惯都是从锁碎小事中培养出来的。（　　）

35. 你先写完作业，在出去玩。（　　）

五、请将下列广告用语改为正确的成语，还成语的本来面目。

1. 补品广告：鳖来无恙　　＿＿＿＿＿＿＿＿＿

2. 眼镜广告：一明惊人　　＿＿＿＿＿＿＿＿＿

3. 驱蚊器广告：默默无蚊　　＿＿＿＿＿＿＿＿＿

4. 透明胶带广告：无可替带　　＿＿＿＿＿＿＿＿＿

5. 网吧广告：一网情深　　＿＿＿＿＿＿＿＿＿

6. 钢琴广告：一见钟琴　_____

7. 空调广告：终生无汗　_____

8. 海鲜广告：领鲜一步　_____

9. 跳舞机广告：闻机起舞　_____

10. 某房产公司广告：万室俱备　_____

11. 某蛋糕广告：步步糕升　_____

12. 礼品店广告：礼所当然　_____

13. 帽子公司广告：以帽取人　_____

14. 电熨斗广告：百衣百顺　_____

15. 洗衣机广告：闲妻良母　_____

16. 某鞋子广告：无鞋可及　_____

17. 摩托车广告：骑乐无穷　_____

18. 某酒类广告：天尝地久　_____

19. 止咳药广告：咳不容缓　_____

20. 服装广告：衣衣不舍　_____

21. 感冒药广告：手当其冲　_____

22. 饮品广告：饮以为荣　_____

23. 空调广告：智者见质　_____

24. 某花露水广告：六神有主　_____

25. 磁化杯广告：有杯无患　_____

26. 游戏广告：步步为赢　_____

27. 洗衣机广告：爱不湿手　_____

28. 衬衫广告：开门见衫　_____

29. 某饭店广告：鸡不可失　_____

30. 某热水器广告：随心所浴　_____

31. 某皮革广告：别具一革　_____

32.某消炎药广告：快治人口 _____

33.胃药广告：无所胃惧 _____

34.某牙膏广告：牙口无炎 _____

35.某动画片广告：触幕惊新 _____

六、阅读下面给出的几段话，请把其中的错别字圈出来，并加以改正。

1.有一天放学回家，我照尝给小白鸽洒了一把麦子，然后般了把椅子坐在一边看它们吃。忽然，一只小鸡跑过来吃小白鸽的麦子，还砾了小母鸽一下。小公鸽立刻被激怒了，它"咕咕"地叫着，用翅膀愤力地拍打着小鸡，似乎在说："你抢我们的食吃，还期负我的小伙伴，真是个坏家伙！"那只小鸡吓得逃走了。小公鸽跑回到那只小母鸽身边叫着，像是在安尉它。啊，这小鸽子还会互相照雇呢！

又过了些日子，小白鸽已经能飞出一结了。一天，两只小白鸽突然一前一后地飞上了屋顶，我高兴地喊着："小白鸽会飞了，小白鸽会飞了！"只见那两只小白鸽站在屋顶上，盖着头，挺着胸，自豪地疑视着远方，可神气啦！

_____

_____

_____

_____

2.当你流连祖国的名川大山，徜徉在故乡的小桥流水旁；当你放眼纷繁的社会，关注多彩的人生时；当你顷心人际的交往，置身在丰富的活动中；当你走近灿烂的文学名著，陶醉在精采的影视作品里……你观察，你思考，你欣赏。语文就像那"润物细无声"的春雨，滋润着我们的心田。生活中处处有语文，时时可以学语文，生活就是一本大写的"语文书"！

_____

3. 曾经，我拥有高山流水般的友情，可如今，我失去了。我不得不承认自己的过错。当我拿自己的幸福做堵注时，赢回的却是雪雨冰霜，一颗火热的心从此被冷藏起来。也许正如别人所说，寂寞使两个人走到一起，当其中一个不再寂寞时，另一个便成了累赘……上天慷概地赐予我们很多，包括友情。随着时间的飞失，友情会像陈酒一般越阵越香。回忆起与朋友在一起的点点滴滴，给寂漠的心灵带来无比的振撼。

朋友在一起相处久了，当然会有一些矛盾，但如何解决它们却不是人人都能把握好的。即然是朋友，那就应当相互理解、相互宽容，它们如同潺潺的流水，流入对方的心田，滋润干固的心灵，呵护友谊的花朵。

友情绊随人生，人生将充满朗朗笑声；友情拥抱人生，人生将洋益勃勃生机。在友情春风的吹佛下，忌妒、憎恨、侮辱、欺骗、敌视、吹嘘……如落花，无可耐何零落成泥，陪育来春新枝芽。

 参考答案

一、

画去：

叠 恰 迄 沾 中 绱 幕 井 譬 幕 辑 踏 峻 详 象 爆 消
撕 膺 贮 绉 躁 涨 模 遨 振 呕 赎 恢 渲 宣 申 糜 临
骠 蜇 欧 座 幅 带 碳 篡 踏 皓 译 工 象 爆 造 座 像
坐 汽 妨

二、

1.B。A项，浑—混，个—各；C项，稀稀—渐渐；D项，郎—朗，忘—望

2.B。示—事

3.C。A项，博—搏，驰—弛，萃—粹，选—叠；B项，防—妨，决—诀，绝—决；D项，峻—竣，腊—蜡，了—瞭

4.D。A项，湎—缅；B项，记—计；C项，倍—备；D项，迄—讫，惦—掂

5.C。A项，罗—啰，朔—溯，徒—徙；B项，阵—镇，弦—旋；D项，善—擅，略—掠

6.A。A项，孪—挛，磐—鳌，计—机；B项，蔽—敝，烂—滥，楞—愣，积—集；C项，抵—诋；D项，声—生

7.D。A项，沾—沾；B项，手—首；C项，奇—其

8.B。A项，飞—非；C项，留—流；D项，结—解

9.C。A项，愉—喻；B项，令—伶，头—投；D项，泄—泻

三、

嗒（搭） 失（释） 份（分） 按（安） 轮（论） 哀（唉）

详（祥） 带（戴） 立（栗） 吃（亡） 径（胫） 深（甚）

摭（屏） 返（反） 利（厉） 换（幻） 慌（荒） 株（诛）

练（炼） 壁（璧） 串（穿） 杆（竿） 绌（黜） 贻（殆）

表（标） 雕（凋） 材（才） 材（才） 圆（寰） 测（恻）

成（层） 障（嶂） 奇（其） 浑（诨） 烂（滥） 斥（嗤）

冲（充）　粹（萃）　致（制）　颂（诵）　刺（疵）　常（长）
烂（滥）　错（措）　惠（慧）　劈（辟）　螯（鳌）　针（症）
凋（雕）　调（掉）　吊（调）　才（材）　獗（厥）　急（疾）
廷（庭）　划（画）　人（仁）　把（耙）　尝（偿）　垄（陇）
模（膜）　杀（煞）　现（显）　肿（钟）　灌（贯）　儒（濡）
燃（然）　漙（缛）　拔（跋）　测（恻）　非（匪）　费（废）
废（费）　标（镳）　理（礼）　踏（沓）　涌（拥）　奇（其）
斧（釜）　成（纯）　功（工）　尤（犹）　败（拜）　斜（邪）
带（戴）　底（蒂）　溃（篑）　生（升）　施（司）　抵（敌）
倍（备）　鹊（雀）　忘（亡）　忽（豁）　秧（殃）　圆（缘）
勇（俑）　涣（焕）　合（和）　治（制）　反（返）　雀（鹊）
返（反）　烁（铄）　提（题）　壁（碧）　决（绝）　减（简）
致（至）　不（叵）　既（继）　艰（坚）　糅（揉）　绝（决）
不（布）　滑（猾）　劈（辟）　截（节）　刻（克）　刻（克）

四、

1. 既（即）　安（按）　　　　2. 决（绝）

3. 以（已）　班（斑）　　　　4. 蓬（篷）　象（向）

5. 两（俩）　在（再）　　　　6. 联（连）　后（候）

7. 常（长）　幼（黝）　　　　8. 需（须）

9. 玩（顽）　　　　　　　　　10. 杨（扬）　愤（奋）

11. 意（益）　　　　　　　　　12. 则（测）

13. 钟（种）　　　　　　　　　14. 展（碾）

15. 扒（趴）　掏（淘）　　　　16. 卢（芦）　漂（飘）　撒（洒）

17. 题（提）　　　　　　　　　18. 线（限）　念（恋）

19. 宛（惋）　　　　　　　　　20. 想（响）　列（烈）

21. 纪（记）　　　　　　　　　22. 飘（漂）　虚（墟）

23. 着（啄）　　　　　　　　　24. 亨亨（哼哼）

25. 篮（蓝）　壤（镶）　　　　26. 决（绝）

27. 急（疾）　　　　　　　　　28. 才（材）

29. 翻（反）　绝（决）　　　30. 即（既）　齐（其）

31. 闰（润）　　　　　　　　32. 饶（挠）　慨（概）

33. 拗（坳）　　　　　　　　34. 锁（琐）

35. 在（再）

五、

1. 别来无恙　2. 一鸣惊人　3. 默默无闻　4. 无可替代　5. 一往情深

6. 一见钟情　7. 终生无憾　8. 领先一步　9. 闻鸡起舞　10. 万事俱备

11. 步步高升　12. 理所当然　13. 以貌取人　14. 百依百顺　15. 贤妻良母

16. 无懈可击　17. 其乐无穷　18. 天长地久　19. 刻不容缓　20. 依依不舍

21. 首当其冲　22. 引以为荣　23. 智者见智　24. 六神无主　25. 有备无患

26. 步步为营　27. 爱不释手　28. 开门见山　29. 机不可失　30. 随心所欲

31. 别具一格　32. 脍炙人口　33. 无所畏惧　34. 哑口无言　35. 触目惊心

六、

1. 有一天放学回家，我照尝（常）给小白鸽洒（撒）了一把麦子，然后般（搬）了把椅子坐在一边看它们吃。忽然，一只小鸡跑过来吃小白鸽的麦子，还砾（啄）了小母鸽一下。小公鸽立刻被激怒了，它"咕咕"地叫着，用翅膀愤（奋）力地拍打着小鸡，似乎在说："你抢我们的食吃，还期（欺）负我的小伙伴，真是个坏家伙！"那只小鸡吓得逃走了。小公鸽跑回到那只小母鸽身边叫着，像是在安尉（慰）它。啊，这小鸽子还会互相照雇（顾）呢！

又过了些日子，小白鸽已经能飞出一结（截）了。一天，两只小白鸽突然一前一后地飞上了屋顶，我高兴地喊着："小白鸽会飞了，小白鸽会飞了！"只见那两只小白鸽站在屋顶上，盎（昂）着头，挺着胸，自豪地疑（凝）视着远方，可神气啦！

2. 当你流连祖国的名川大山，徜伴（徉）在故乡的小桥流水旁；当你放眼纷繁的社会，关注多彩的人生时；当你项（倾）心人际的交往，置身在丰富的活动中；当你走近灿烂的文学名著，陶醉在精采（彩）的影视作品里……你观察，你思考，你欣赏。语文就像那"润物细无声"的春雨，滋润着我们的心田。生活中处处有语文，时时可以学语文，生活就是一本大写的"语文书"！

3. 曾经，我拥有高山流水般的友情，可如今，我失去了。我不得不承认自己的过错。当我拿自己的幸福做堵（赌）注时，赢（赢）回的却是雪雨冰霜，一颗火热的心从此被冷蔵（藏）起来。也许正如别人所说，寂寞使两个人走到一起，当其中一个不再寂寞时，另一个便成了累赘……上天慷概（慨）地赐予我们很多，包括友情。随着时间的飞失（逝），友情会像陈酒一般越阵（陈）越香。回忆起与朋友在一起的点点滴滴，给寂漠（寞）的心灵带来无比的振（震）撼。

朋友在一起相处久了，当然会有一些矛盾，但如何解决它们却不是人人都能把握好的。即（既）然是朋友，那就应当相互理解、相互宽容，它们如同潺潺的流水，流入对方的心田，滋润干固（涸）的心灵，呵护友谊的花朵。

友情绊（伴）随人生，人生将充满朗朗笑声；友情拥抱人生，人生将洋益（溢）勃勃生机。在友情春风的吹佛（拂）下，忌妒、憎恨、侮辱、欺骗、敌视、吹嘘……如落花，无可耐（奈）何零落成泥，陪（培）育来春新枝芽。

附　录

一、易读错的姓氏

【常见字作姓氏】

卞，读"biàn"，如和氏璧的发现者卞和。

卜，读"bǔ"，如清代医学家卜祖学。

谌，读"chén"（也读shèn），如羽毛球运动员谌龙。

种，读"chóng"，如宋代诗人种道人。

都，读"dū"，如宋代名臣都光远。

阿，读"ē"，如清代将军阿桂。

逄，读"páng"，如东汉大司马逄安。

句，读"gōu"，如演员句兆杰，艺名句号。

过，读"guō"，如明代围棋国手过百龄。

哈，读"hǎ"，如央视导演哈文。

华，读"huà"，如数学家华罗庚。

桓，读"huán"，如东汉哲学家桓谭。

纪，读"jǐ"（近年也有读jì的），如清代名臣纪晓岚。

靳，读"jìn"，如演员靳东。

缪，读"miào"，如清代女画家缪嘉惠。

能，读"nài"，如唐代将领能元皓。

区，读"ōu"，如春秋时的铸剑师区冶子。

朴，读"piáo"，如韩国前总统朴槿惠。

繁，读"pó"，如汉代文学家繁钦。

仇，读"qiú"，如明代画家仇英。

曲，读"qū"，如当代小说家曲波。

瞿，读"qú"，如无产阶级革命家瞿秋白。

任，读"rén"，如歌手任贤齐。

撒，读"sǎ"，如主持人撒贝宁。

单，读"shàn"，如评书表演艺术家单田芳。

解，读"xiè"，如梁山好汉解珍、解宝。

荀，读"xún"，如曹操的谋士荀彧。

燕，读"yān"，如梁山好汉燕青。

要，读"yāo"，如春秋时的刺客要离。

应，读"yīng"，如汉代文学家应场。

臧，读"zāng"，如现代诗人臧克家。

查，读"zhā"，如金庸的原名查良镛。

曾，读"zēng"，如晚清名臣曾国藩。

【生僻字作姓氏】

贲，读"bēn"，如汉代将军贲赫。

笪，读"dá"，如清代画家笪重光。

呙，读"guō"，如宋代名臣呙辅。

媯，读"guī"，如西晋名臣媯昆。

虢，读"guó"，如周文王的弟弟虢仲。

郏，读"jiá"，如清代画家郏伦逵。

蹇，读"jiǎn"，如春秋时秦国大夫蹇叔。

阚，读"kàn"，如三国名士阚泽。

夔，读"kuí"，如明代著名学者夔信。

雒，读"luò"，如明代名臣雒昂。

芈，读"mǐ"，如《芈月传》的主人公芈月。

乜，读"niè"，如明代名士乜仁义。

亓，读"qí"，如孔子夫人亓官氏。

覃，读"qín"，如北宋名臣覃光佃。

麴，读"qū"，如高昌国国王麴嘉。

璩，读"qú"，如三国时蜀汉太守璩正。

阮，读"ruǎn"，如《水浒传》中梁山好汉阮小五。

佘，读"shé"，如杨家将里的佘太君。

殳，读"shū"，如明代画家殳胤执。

仝，读"tóng"，如明代数术家仝寅。

庹，读"tuǒ"，如击剑运动员庹通。

郤，读"xì"，如春秋时晋国大夫郤克。

贠，读"yùn"，如唐代名臣贠半千。

昝，读"zǎn"，如东晋将领昝坚。

迮，读"zé"，清代大臣迮云龙。

訾，读"zī"，如京剧演员訾睿。

【易读错的复姓】

皇甫，读"huáng fǔ"，如东汉将领皇甫规。

令狐，读"líng hú"，如《笑傲江湖》的主人公令狐冲。

万俟，读"mò qí"，如北宋名臣万俟卨。

鲜于，读"xiān yú"，如元代书法家鲜于枢。

尉迟，读"yù chí"，如唐代开国功臣尉迟敬德。

宰父，读"zǎi fǔ"，如孔子弟子宰父黑。

长孙，读"zhǎng sūn"，如唐代名相长孙无忌。

二、易读错的地名

【安徽】

蚌埠　bèng bù

亳州　bó zhōu

砀山　dàng shān

阜阳　fù yáng

涡阳　guō yáng

六安　lù ān

歙县　shè xiàn

濉溪　suī xī

黟县　yī xiàn

枞阳　zōng yáng

【北京】

大栅栏　dà shí lànr

【重庆】

北碚　běi bèi

涪陵　fú líng

綦江　qí jiāng

【福建】

长汀　cháng tīng

闽侯　mǐn hòu

【甘肃】

宕昌　tàn chāng

【广东】

东莞　dōng guǎn

番禺　pān yú

【广西】

岑溪　cén xī

扶绥　fú suí

邕宁　yōng níng

【海南】

儋州　dān zhōu

【河北】

大城　dài chéng

藁城　gǎo chéng

邯郸　hán dān

井陉　jǐng xíng

乐亭　lào tíng

蠡县　lǐ xiàn

任丘　rén qiū

蔚县　yù xiàn

涿州　zhuō zhōu

【河南】

长垣　cháng yuán

漯河　luò hé

渑池　miǎn chí

武陟　wǔ zhì

荥阳　xíng yáng

浚县　xùn xiàn

柘城　zhè chéng

中牟　zhōng mù

【黑龙江】

穆棱　mù líng

【湖北】

筸口　gàng kǒu

黄陂　huáng pí

监利　jiàn lì

蕲春　qí chūn

猇亭　xiāo tíng

郧阳　yún yáng

秭归　zǐ guī

【湖南】

郴州　chēn zhōu

栟冲　chéng chōng

耒阳　lěi yáng

汨罗　mì luó

芷江　zhǐ jiāng

【吉林】

珲春　hún chūn

洮南　táo nán

【江苏】

栟茶　bēn chá

邗江　hán jiāng

甪直　lù zhí

邳州　pī zhōu

睢宁　suī níng

新沂　xīn yí

盱眙　xū yí

浒墅关　xǔ shù guān

【江西】

婺源　wù yuán

铅山　yán shān

弋阳　yì yáng

【辽宁】

桓仁　huán rén

阜新　fù xīn

岫岩　xiù yán

【内蒙古】

巴彦淖尔　bā yàn nào ěr

磴口　dèng kǒu

【山东】

茌平　chí píng

桓台　huán tái

鄄城　juàn chéng

莒南　jǔ nán

乐陵　lào líng

临朐　lín qú

临沂　lín yí

单县　shàn xiàn

栖霞　qī xiá

曲阜　qū fù

莘县　shēn xiàn

郯城　tán chéng

无棣　wú dì

兖州　yǎn zhōu

芝罘　zhī fú

淄博　zī bó

【山西】

洪洞　hóng tóng

临汾　lín fén

临猗　lín yī

隰县　xí xiàn

解池　xiè chí

忻州　xīn zhōu

垣曲　yuán qū

【陕西】

栎阳　yuè yáng

柞水　zhà shuǐ

吴堡　wú bǔ

【上海】

莘庄　xīn zhuāng

【四川】

东阿　dōng ē

珙县　gǒng xiàn

筠连　jūn lián

阆中　làng zhōng

郫县　pí xiàn

犍为　qián wéi

邛崃　qióng lái

荥经　yíng jīng

【天津】

蓟县　jì xiàn

【新疆】

巴音郭楞　bā yīn guō léng

喀什　kā shí

【云南】

勐海　měng hǎi

漾濞　yàng bì

【浙江】

丽水　lí shuǐ

嵊泗　shèng sì

天台　tiān tāi

鄞州　yín zhōu

乐清　yuè qīng

诸暨　zhū jì